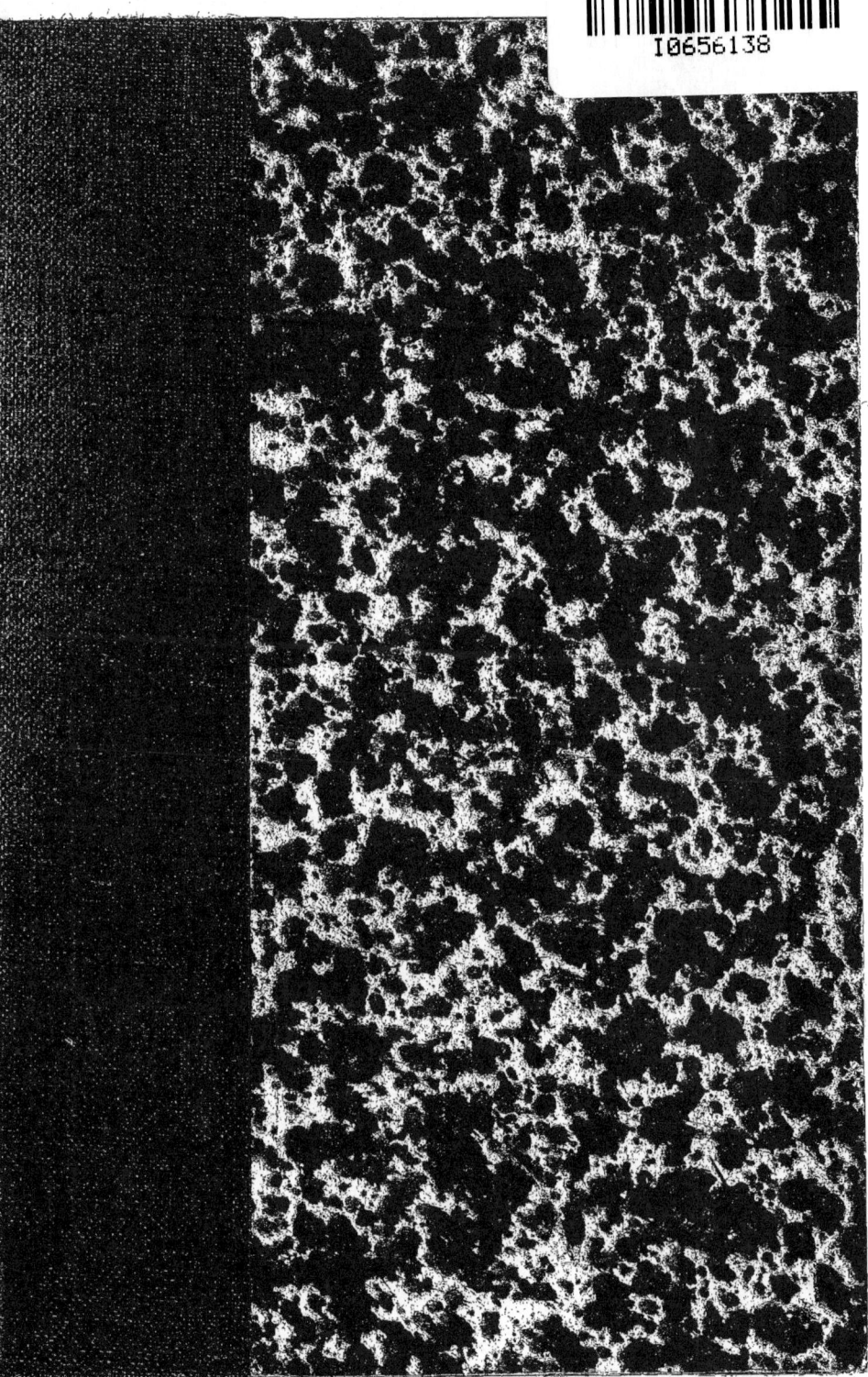

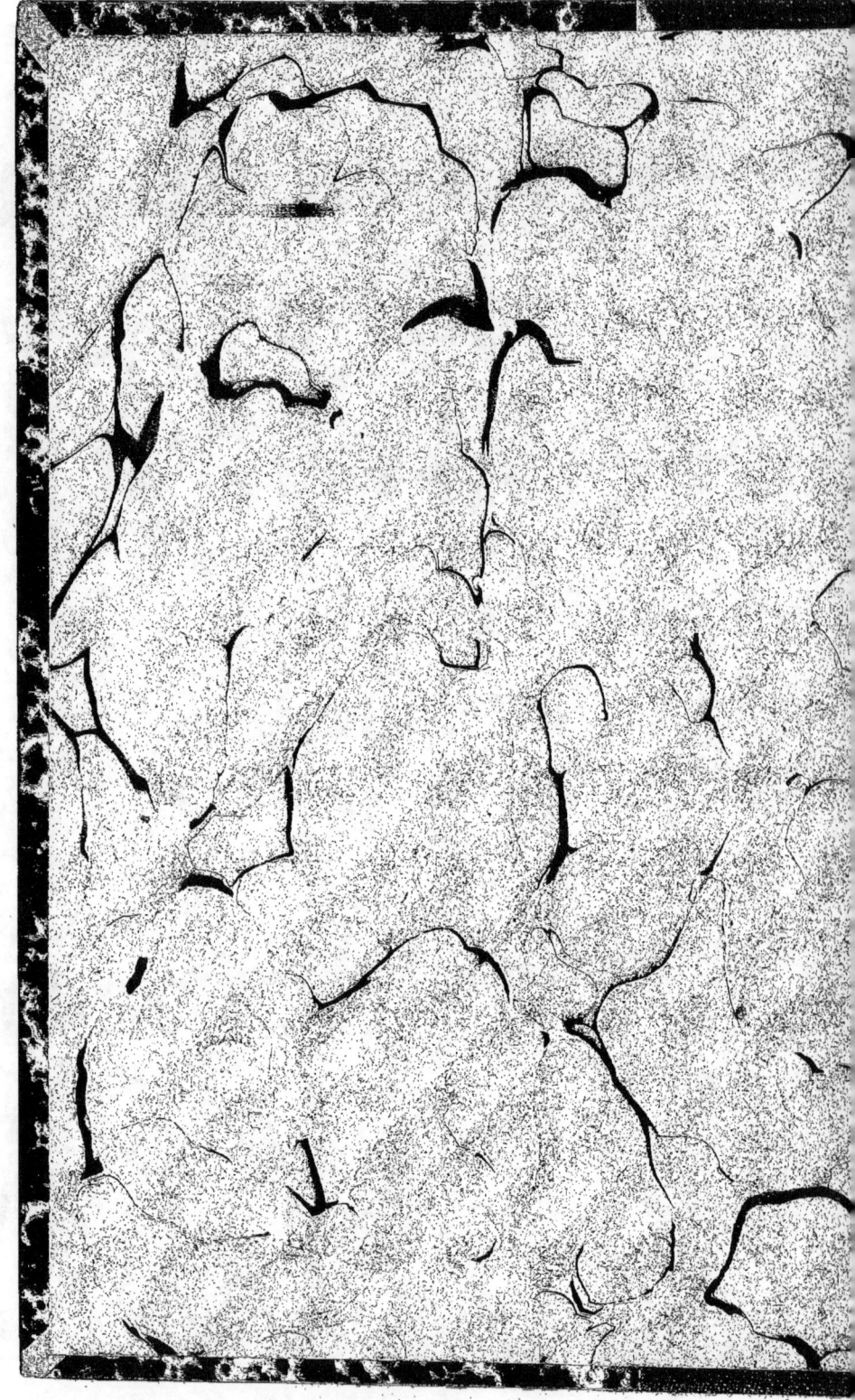

ADOLPHE SOULIE

LES FIANCÉS

DU

Château de Nimbourg

LA PLATA
Tipografía de EL DIA
1902

LES FIANCÉS
DU

Château de Nimbourg

LES FIANCÉS

DU

Château de Nimbourg

PAR

ADOLPHE SOULIÉ

LA PLATA
Tipografía de EL DIA

1902

Le château de Nimbourg

Dans un coin de la Bretagne, sur une hauteur qui domine l'océan, assez élevé pour éveiller l'idée d'un phare, trop grandiose pour faire songer à la demeure d'un simple gardien de la mer, se dressait jadis le château de Nimbourg. On peut encore aujourd'hui voir ses ruines imposantes et l'entrée de ses vastes souterrains, mystérieux labyrinthe, de nature à tenter la curiosité, si on évoque les souvenirs qui s'y rattachent.

L'épaisseur de ses murailles, les proportions de ses quatre tours crénelées que le temps, ce grand faucheur, n'a point épargnées, frappent l'esprit et donnent à l'imagination une sorte de vertige.

La pensée s'abîme devant le travail gigantesque que supposent ces constructions, et l'on se demande quels efforts inouïs il a fallu faire pour conduire là où ils gisent encore, ces blocs énormes qui ont vu défiler tant de générations, témoins muets et inconscients de l'orgueil des hommes.

De ces travaux superbes, de ces tours dont
les flèches fendaient les nues, de ces salles immenses qui entendirent résonner les pas de tant
de chevaliers, et furent, dit-on, souillées par
tant de crimes; de ces fenêtres d'où les belles
comtesses voyaient mourir à leurs pieds les vagues de la mer, et dont le regard se perdait
dans un lointain horizon; de toutes ces splendeurs, il ne reste aujourd'hui qu'un fantôme,
mais un fantôme menaçant qui semble vouloir
défier les âges et survivre à l'abandon.

Le silence qui plane sur les tombeaux a succé-
dé aux bruits de fête; les échos de l'orgie se
sont tus; les instruments de guerre se sont
émoussés; le piaffement des chevaux géants est
mort dans les cours désertes; les zigzags des
lézards qu'attire la solitude ont remplacé les frô-
lements de la soie et les chatoiements du velours, et, là où étaient sculptées des armoiries,
croissent des plantes parasites comme dans un
champ inculte.

Le temps est un grand maître; il a eu raison
de tout. Avec les râles de la victime, la voix
du despote s'est étouffée, comme s'étouffe la
voix du naufragé que la vague engloutit. Le
fantôme seul est là pour attester le pouvoir des
anciens seigneurs et le travail colossal de ces
êtres courbés sous le joug qu'on appelait des
serfs et qui étaient des hommes.

De toutes ces choses qui font passer sous nos

yeux un monde de tristes souvenirs, il ne reste aujourd'hui qu'une ombre, *sic transit gloria mundi!*

Et pourtant la mer n'est pas sortie de son lit, les rochers sont toujours debout sur leurs inébranlables assises, les troupeaux parquent encore dans la pittoresque campagne, les abeilles n'ont pas cessé de butiner le miel dans le calice des fleurs, le chant des oiseaux ne s'est pas ralenti, la terre n'a pas dit: «Je ne puis plus produire», le soleil n'a pas dit: «Je n'ai plus de lumière, et le ciel: «plus d'étoiles.»

Ah! c'est que l'œuvre de Dieu ne périt pas, tandis que celle de l'homme passe comme un souffle!

Construit au dixième siècle, embelli par les largesses de François I qui, en même temps, enfouissait les millions dans le palais des Tournelles pour faire divertir la cour, pendant que le peuple gémissait sous l'impôt, le château de Nimbourg était habité, vers le milieu du seizième siècle, par le très puissant seigneur comte de Blaimont qui en avait fait une demeure royale et une place forte inexpugnable.

On y arrivait par un chemin pratiqué dans la montagne, au milieu de rochers de granit. Une porte en chêne doublée de fer donnait accès à un escalier de pierre où quatre cavaliers pouvaient monter de front; la dernière marche de l'escalier se terminait par une esplanade entou-

rée de murs épais d'un mètre et demi de hauteur, et sur cette esplanade, s'ouvrait une seconde porte, moins grande que la première, mais
ne lui cédant en rien pour la solidité, et per-
mettant l'entrée à la vaste cour du château, où
de vieux chevaliers, sculptés dans la pierre,
semblaient former une garde d'honneur muette.

Les bâtiments formaient un carré flanqué de
tours à créneaux, et sur la façade, étaient sculptées les armoiries des sires de Blaimont.

D'admirables peintures de Léonard de Vinci,
des fresques délicieuses de Jean Cousin, donnaient
aux tapisseries de cuir gaufré un relief frappant,
et le jour mystérieux qui filtrait à travers les
vitres peintes des fenêtres grillées, pour répandre
sur les meubles sculptés une faible lumière, pénétrait l'âme d'une sorte de recueillement et faisait
naître un sentiment qu'on ne saurait décrire.

Des chevaliers bardés de fer, de vieilles châtelaines filant au rouet, de jeunes châtelaines
jouant du luth, semblaient respirer sur la toile,
dans leur grandeur naturelle, pour commander
le silence et inspirer la rêverie dans cette somptueuse demeure où il était impossible de se
guider à travers l'inextricable dédale de pièces,
d'escaliers, de corridors et de tours.

Dans les entrailles de la terre étaient de vastes souterrains qui perçaient la montagne et
avaient, au loin, leur issue secrète.

Tel était, en résumé, le manoir de Nimbourg,

palais digne d'un roi, séjour d'un despote odieux, car, si on en croit les traditions qui se sont perpétuées à travers les âges, le sire de Blaimont était, sous les dehors du champion de la foi, l'homme le plus cruel qu'on pût voir dans ces époques, uniques dans l'histoire, où l'on trouve un mélange bizarre de vérité et d'erreur, de foi et de superstition, de tolérance et de cruauté. On eût pu lui prêter la prière que Brantôme met dans la bouche du connétable de Montmorency, son contemporain:

«Pater noster,—brûlez-moi ces villages; qui es in cœlis,—pendez-moi ces coquins; sanctificetur nomen tuum,—qu'ou assomme celui-ci; adveniat regnum tuum,—qu'on écartèle celui-là.»

Assez instruit pour son temps, vaillant sur les champs de bataille, fervent au pied de l'autel, manquant rarement la messe qu'un vieillard pieux disait au château, le sire de Blaimont n'avait point scrupule de commander l'assassinat sur les malheureux Huguenots que le sort des armes faisait tomber entre ses mains, et les cris étouffés qui montaient du souterrain, le trouvaient insensible à la pitié; que dis-je? l'agonie de ces infortunés donnait à son regard des éclairs étranges et lui arrachait des ricanements farouches.

D'un abord sévère, altier, despote jusqu'à la tyrannie, ses sourcils épais se fronçaient à la moindre contrariété et il n'admettait d'observations de personne.

Marié contre la volonté de sa mère à une jeune femme d'une rare distinction, extraordinairement belle, et dont la bonté était connue dans tout le pays, il était veuf depuis longtemps, à l'époque où commence notre histoire. La châtelaine était morte, trois ans après avoir donné le jour à une adorable enfant qui avait alors dix-huit ans et qui va jouer le principal rôle dans notre récit.

Contraste frappant entre le père et la fille! La nature est inexplicable, quand le démon produit l'ange, quand le régulier, le beau, le bon, sortent du monstre.

Gabrielle avait hérité de toutes les vertus, de toutes les qualités physiques et morales de sa mère, sans qu'un seul des défauts de son père l'eût atteinte. L'ange qui avait présidé à sa naissance l'avait façonnée à son image et lui avait donné un cœur généreux et une sensibilité exquise. Triste présent, peut-être, car elle devait sentir plus cruellement les horreurs de sa situation.

J'ai dit tout à l'heure, que, dans son orgueil sans bornes, le sire de Blaimont n'admettait d'observations de personne.

Je dois faire une restriction, car sa mère Charlotte avait conservé sur lui un grand ascendant.

Possédant une instruction médiocre, mais douée d'une intelligence d'élite et d'une énergie de fer, la vieille comtesse de Blaimont n'avait jamais perdu un pouce de son autorité. Femme au cœur dur, elle aimait son fils avec orgueil, parce que, physiquement et moralement, ce fils était son portrait; elle l'aimait sans lui avoir toutefois jamais pardonné le mariage accompli contre sa volonté, et tout ce qu'il y avait en elle de rancune et de fiel, était retombé sur l'innocente Gabrielle, fruit d'une union qu'elle avait combattue. Il lui était facile de faire sentir à la jeune fille sa froideur, son indifférence, j'allais dire sa haine, car le comte, homme de guerre avant tout, s'occupait peu de Gabrielle, absorbé qu'il était par les progrès croissants de la religion réformée. Peut-être aussi, subissait-il l'influence de sa mère qui, cédant à des instincts pervers, n'avait jamais reculé devant la médisance, devant la calomnie, sans doute, quand il s'était agi de la vertueuse épouse. Goutte à goutte, elle avait adroitement infiltré dans le cœur de son fils cette haine implacable qui la dévorait elle-même; la rumeur courait même discrètement dans le pays que peut-être Charlotte n'était pas étrangère à la mort de la jeune comtesse.

Gabrielle souffrait en silence, cherchant la distraction dans l'étude, et donnant ainsi un aliment à son intelligence toujours avide. Qu'y avait-il de vrai dans les bruits qui couraient? on ne saurait le dire.

Quoi qu'il en soit, mille légendes, plus terribles les unes que les autres, nous sont parvenues à travers les siècles sur le manoir de Nimbourg, et une croix de fer, portant la date 1572, est encore là pour nous raconter quelque événement.

Quelques-unes de ces légendes disent que, dans ses dernières années, saisi par le remords, tourmenté sans cesse par la vue de ses victimes, le sire de Blaimont se convertit et fit ériger cette croix, dans l'endroit même qui avait été le théâtre de tant d'horreurs. D'autres légendes racontent que cette croix fut plantée après sa mort, par sa fille Gabrielle, pour perpétuer un autre souvenir, moins terrible, mais tout aussi émouvant.

Nous ne chercherons pas à discuter la valeur de ces légendes; nous dirons simplement que la croix de fer existe encore, et que les curieux qu'attirent les ruines du manoir de Nimbourg peuvent y lire assez aisément 1572.

Gabrielle de Blaimont

Le 18 Mai 1560, le soleil venait de se lever radieux. Les oiseaux chantaient leurs amours dans les arbres, les papillons légers se jouaient dans le ciel bleu, les pâtres faisaient entendre leurs refrains aimés dans la montagne et la mer balançait mollement les barques des pêcheurs sur ses flots d'azur. La nature entière· était en fête, étalant sa brillante parure de printemps.

Oh! la belle journée du bon Dieu! faite pour jouir, faite pour prier, faite pour chanter des hymnes d'amour et de reconnaissance!

Faut-il, qu'aux heures où tout invite à l'allégresse, il y ait sur la terre des êtres qui souffrent! Faut-il qu'aux heures où la nature chante, il y ait des cœurs qui gémissent!

Destin cruel, hélas! il en est ainsi. La vie est un mélange de joie et de tristesse, de rires et de pleurs, un chemin où le plaisir se rencontre parfois, et la douleur souvent! L'œil d'où s'échappent les larmes est voisin de la bouche d'où s'échappe le sourire et la tombe est toujours près du berceau!

Ce jour-là, disions-nous, la nature entière conviait à la joie, et pourtant, dans le manoir de Nimbourg, une jeune fille pleurait. De temps à autre, sa blanche main, pliant et dépliant un mouchoir de fine dentelle, essuyait de grosses larmes qui perlaient de ses grands yeux noirs. Ses pieds étaient emprisonnés dans deux petites pantoufles qu'une main habile avait brodées, et ses longs cheveux retenus au front par un ruban de velours; sa taille était élancée et sur sa figure se peignait la distinction de race. Elle pleurait, et néanmoins ses traits, d'une régularité parfaite, trahissaient une mâle énergie. Elle était belle dans ses larmes, ravissante dans ses dix-huit ans.

C'était un de ces types qui font le désespoir des peintres, une de ces visions qui se présentent parfois dans la fuite d'un rêve et qu'on poursuit vainement à l'heure du réveil·

Cette adorable créature était Gabrielle de Blaimont.

Elle disait, d'une voix entrecoupée par les sanglots:

«Ne vaudrait-il pas mieux être née dans une chaumière que sous des lambris dorés? Ne vaudrait-il pas mieux avoir été bercée sous le toit d'un modeste pêcheur que d'avoir dormi dans des langes armoriés? Les cabanes que j'aperçois de ma fenêtre ne sont-elles pas préférables cent fois, au manoir que j'habite? Là, au moins,

j'aurais vu des lèvres aimantes se reposer sur
mon front, j'aurais senti battre à l'aise ce cœur
que Dieu m'a donné pour aimer; en mangeant
un pain grossier, j'aurais bu l'air vivifiant de la
liberté. Du matin au soir, le paysan est courbé
sur le soc de la charrue, et pourtant la joie habite son foyer; ses enfants sont privés du luxe
qui m'environne, mais ils ont le luxe des caresses que je n'ai qu'entrevu; ils s'endorment, bercés
par le chant d'une mère, et ce chant n'a retenti
qu'un jour dans le manoir de Nimbourg!

Ah! mère chérie! si tu étais là pour me sourire;
si ta voix suave éveillait l'écho endormi; si
mon œil, parfois, rencontrait le tien, comme je
trouverais moins lourd le fardeau de la vie!»

La jeune fille se tut un moment pour donner
libre cours à ses larmes; puis elle reprit, avec un
accent où, à travers l'émotion, se peignait l'énergie:

«Bonheur, tu n'es qu'un vain mot, quand on
n'a pas le droit de penser, quand on n'a pas le
droit de vouloir, quand on n'a pas le droit d'aimer!...... Que ne puis-je suivre les hirondelles
qui effleurent ma fenêtre et m'envoler de ce
séjour maudit où n'a jamais résonné le mot d'a-
mitié, j'allais dire d'amour!...... Eh bien! oui,
d'amour, car j'aime, et cet amour remplit mon
cœur à le faire éclater!...... J'aime, et je n'ai
pas le droit d'aimer, parce qu'une femme a dit:
«Mon fils, tu seras prêtre,» et parce qu'un hom-

me a dit: «Tout ce qui n'est pas noble est vil.»
Et cet homme, je l'appelle mon père! Et cet
homme que je devrais bénir, m'inspire l'effroi,
quand je le vois, le matin, baiser le Christ, et
le soir......

Ciel! que de soupirs, que de pleurs. que de
sanglots dans ce manoir! Que d'innocents crient
vengeance vers Vous, Dieu de justice!...... Oh!
pardonnez-lui! pardonnez-moi!..... Depuis longtemps, je lutte; j'ai cherché à me convaincre de
ma folie et je m'avoue vaincue!»

Brisée par des souvenirs poignants, épuisée
par l'exaltation, Gabrielle s'assit devant une élégante table d'ébène, prit la tête entre les deux
mains, parut réfléchir un instant, puis, résolument:

«Eh bien! dit-elle, si l'amour est un crime,
j'aime le crime.» Et d'une main nerveuse, elle
traça quelques lignes sur un papier, roula la
feuille et l'enferma dans un étui d'ivoire.

«A la garde de Dieu, s'écria-t-elle, c'est
fait!»

Et, se levant brusquement, elle alla s'accouder
à la fenêtre, respirant à pleins poumons le parfum enivrant des plantes printanières qui montait de la vallée comme un encens. Son regard
se perdit dans le lointain des vagues et sa
pensée s'envola dans un monde inconnu. Les
larmes l'avaient soulagée et, semblant avoir
puisé la force dans la résolution qu'elle venait

de prendre, elle s'abandonnait à la rêverie, quand trois coups discrètement frappés à la porte de l'appartement, l'obligèrent à se retourner.

«Entrez!» dit-elle, d'un ton sec, comme poursuivant une idée fixe.

«Monsieur l'abbé» dit un page en s'inclinant jusqu'à terre; et il se retira sans ajouter un mot, livrant passage à un jeune homme à la taille svelte, au regard vif, à la physionomie expressive, vêtu d'une robe noire et portant un livre sous le bras.

—«Vous, Monsieur l'abbé! s'écria la jeune fille, confuse d'avoir été ainsi surprise et dissimulant de son mieux son émotion; je ne vous attendais pas avant ce soir; monseigneur aurait-il changé l'heure de mes leçons?»

—Pardonnez-moi, Mademoiselle, répondit le jeune homme, si le moment choisi pour ma visite est si peu opportun; l'ordre de rentrer à Rennes vient de m'arriver, et j'avais hâte de me présenter au château pour vous exprimer les regrets que j'éprouve de ne pouvoir continuer auprès de vous un enseignement qui m'était si agréable et dont vous profitiez si bien.

—Vraiment! vous devez partir bientôt? Vous allez nous quitter, au moment où l'étude du latin commençait à avoir pour moi tant d'attraits?

—J'eusse été très honoré, Mademoiselle, de vous consacrer les quelques jours dont je croyais pouvoir encore disposer; mais nos instants ne nous appartiennent pas; notre vie est toute d'obéissance.

—Et vous avez le courage, Monsieur l'abbé, d'embrasser le sacerdoce en des jours si critiques?.... au moment où on incendie les églises, où on profane les vases sacrés, où on foule aux pieds les autels et où on égorge les prêtres? Mais ce n'est plus de l'héroïsme, c'est de la folie! a-t-on vu défier la foudre quand la tempête gronde?

—C'est précisément en ce moment, Mademoiselle, que la religion catholique a besoin de prêtres, et de bons prêtres pour défendre ses dogmes attaqués. L'hydre de l'hérésie montre la tête; un homme a dit: «Dieu est Dieu, mais le Pape est un imposteur», et le sang coule de toutes parts. Ne faut-il pas élever une digue contre ce courant qui avance et menace de renverser tout l'édifice de croyances que des siècles de foi ont élevé?

—Je vous admire, Monsieur l'abbé, et je vous trouve heureux d'avoir un but dans votre vie et de pouvoir, sans effort, vous détacher du monde où, en réalité, tout est déception et amertume, où le bonheur, parfois, s'entrevoit, mais ne se laisse jamais saisir.

Dieu est bon quand il fait des cœurs qui sont tout pour Lui, des cœurs aux élans sublimes, qui n'éprouvent le besoin de s'attacher ni aux personnes ni aux choses!

En prononçant ces dernières paroles, la voix de Gabrielle vibrait comme un clairon, et son regard de feu enveloppait le jeune homme.

Celui-ci n'avait jamais connu cet accent passionné chez Mademoiselle de Blaimont; il se sentit troublé, et une sorte de rougeur empourpra ses joues. Il répondit:

—Croyez-vous, Mademoiselle, que l'esprit arrive, sans efforts, à se détacher de la matière? Croyez-vous que Dieu donne la palme sans combat, et qu'une vocation ne soit point mise à l'épreuve?

Augustin était un saint; Thomas était un saint, et ces deux esprits d'élite, ces vieux lutteurs, avouent que le génie du mal les tourmentait sans cesse, et confessent, sans détours, les combats de chaque heure pour triompher des séductions du monde.

—Une question, Monsieur l'abbé: Voudriez-vous, si vos instants vous le permettent, m'expliquer un mot que vous venez de prononcer? Qu'entend-on par vocation?

—Une vocation, dit l'abbé un peu embarrassé, est une inclination irrésistible pour un état; c'est une voix surnaturelle qui vous trace un chemin à suivre, et une force qui vous fait renverser tous les obstacles pour arriver au but. C'est cette voix qui parla à la bergère de Domremy et lui dit de voler au secours de la France; c'est cette force qui écarta sur sa route tous les obstacles.

La vocation, c'est ce qui peuple les abbayes et les monastères, au moment où retentit de toutes parts le cri de mort contre les prêtres et les religieuses; c'est ce qui fait des héros sur le champ de bataille, et des martyrs au pied de l'autel; c'est....

—Heureux, interrompit Gabrielle, ceux qui l'entendent cette voix!

Et elle poussa un profond soupir.

L'abbé sentit un frisson parcourir tout son corps. Mademoiselle de Blaimont l'avait troublé; son regard étincelant, sa voix vibrante avaient remué les dernières fibres de son être; ce qu'il éprouvait échappait à l'analyse; il sentait son sang bouillonner dans ses veines et mille pensées se croiser dans son cerveau.

Gabrielle était belle, et l'émotion augmentait son charme séducteur. Pour la regarder sans trouble, il eût fallu un ange; Ebrard était un homme.

Passant la main sur les yeux, comme pour écarter une vision, le jeune homme se leva brusquement et, faisant un respectueux salut, il gagna la porte.

—«Acceptez ceci comme souvenir,» dit Gabrielle d'une voix tremblante. Et sa main d'albâtre tendit au jeune abbé un magnifique chapelet de corail enfermé dans un étui d'ivoire.

«A condition que vous l'étrennerez ce soir et que vous prierez pour les martyrs du manoir de Nimbourg.»

L'abbé Ebrard

Le jeune abbé que nous venons de voir soutenir avec Mademoiselle de Blaimont une conversation si animée, exposer en apôtre ardent, des idées si nettes sur la vocation, était issu d'une famille qui, depuis de longues années, était venue s'établir sur les côtes de l'océan, dans le voisinage du château de Nimbourg, mais qui était étrangère à la Bretagne.

A l'âge de quatre ans, son père, livré au travail de la pêche, lui avait été ravi dans un naufrage et il était resté seul au monde avec sa mère qui, privée de soutien par cette mort tragique, sans autres ressources qu'une volonté de fer, une croyance aveugle et une piété poussée jusqu'au fanatisme, avait été heureuse d'accepter l'hospitalité chez un vénérable prêtre de campagne, son frère.

C'est là que le jeune Ebrard grandit, à l'ombre du presbytère, sous la tutelle d'un pieux vieillard, sous le tendre regard d'une femme qui semblait avoir reporté sur lui toute l'affection qu'elle avait pour son père.

Comme s'il eût eu l'intuition de l'affreux
malheur qui avait fondu sur sa famille, le ché-
rubin redoublait de caresses, et de son angélique
regard sortait je ne sais quel langage qui voulait dire: «Mère, ne pleure pas; je serai grand,
un jour; un jour, je serai fort!»

Le prêtre ne fut pas longtemps à remarquer
le naturel doux, l'intelligence précoce de l'enfant, et désormais il consacra ses nombreux
loisirs à lui donner des leçons, et à l'initier,
peu à peu à l'étude de la langue latine.

Ebrard faisait des progrès surprenants. Il écoutait avec intérêt, étudiait avec ardeur, lisait avec
passion, et sa jeune imagination s'exaltait aux
touchants récits de la Bible.

A douze ans, c'était un petit prodige: il traduisait assez bien le latin et commençait á
déchiffrer le grec. La mère ne pleurait plus; elle
débordait de joie qui se traduisait par des élans
de reconnaissance á l'adresse du saint vieillard,
par des caresses passionnées à l'adresse de
l'enfant. Peu à peu, cette joie devint de la vanité, la vanité de l'orgueil, et l'orgueil de l'am-
bition.

Etrange chose que le cœur humain! Source
féconde des sentiments les plus opposés!

La femme rêva pour son fils un avenir brillant; le sacerdoce se présentait tout naturellement. Pourquoi Ebrard ne serait-il pas prêtre,
un jour?.... N'était-ce pas dans le domaine des

·choses possibles?.... Le bon vieillard alla au-
devant de ses désirs.

A treize ans, l'enfant prenait la route de Rennes, et à vingt ans, après avoir complété de
sévères études, il débutait dans la carrière qui
conduit au sacerdoce, enrichissant son intelligence de connaissances abstraites, soupçonnant
à peine les passions qui agitent le monde, marchant aveuglément sous l'impulsion de la femme qui, à son insu, peut-être, creusait un
abîme.

Dieu se rit de nos projets.

Un soir, la mort vint frapper à la porte du
presbytère de campagne, et emporta, sans pitié,
·celle qui avait bâti sur l'avenir, sans lui donner
le temps de voir ses rêves accomplis.

Déchirement cruel, plaie profonde faite au
cœur orphelin, doigt de Dieu, sans doute, qui,
dans sa Providence, comble souvent le gouffre,
quand nous croyons le voir béant!

Ce fut à cette époque que le comte de Blaimont eut l'occasion de connaître Ebrard, et, re-
marquant en lui une instruction solide et une
nature d'élite, lui ouvrit les portes du manoir,
moins pour satisfaire les désirs de Gabrielle
toujours avide de savoir, que pour étudier de
près, un homme qui, au besoin, pouvait lui être
d'une utilité réelle.

Nous allons suivre maintenant Ebrard après
·son entretien avec la châtelaine.

Dix heures sonnaient à l'horloge de la tour,
au moment où il franchit le seuil de la porte.

Il était tellement bouleversé, qu'il frôla, sans
s'en douter, une vieille dame aux cheveux
blancs, à l'aspect altier, aux traits sévères qui
se promenait á ce moment sur l'esplanade du
château, plongée dans la lecture d'un chapitre de
la Bible.

Ebrard était dans un de ces états psychologi-
ques qu'il est difficile de définir. Ses yeux re-
gardaient sans voir; ses oreilles écoutaient sans
entendre; il allait devant lui comme un homme
qui est sous le coup d'une hallucination. Les
dernières paroles de Gabrielle le troublaient; la
réponse à sa question l'obsédait. Il avait dit:
«La vocation est l'inclination irrésistible pour un
état; c'est une voix surnaturelle qui vous parle.»
Mais, l'avait-il, lui, cette inclination irrésistible?.... Entendait-il cette voix surnaturelle dont
il avait parlé?.... N'entendait-il pas plutôt la
voix de sa mère qui, dans son enfance, l'avait
bercé au son de la cloche du monastère et avait
intéressé ses soirées d'hiver de pieux récits?....

Une sainte femme, sans doute; mais sa voix
était-elle l'écho de celle de Dieu?.... Connaissait-il
le monde, pour dire qu'il allait y renoncer?....
Avait-il, jusque là, vu autre chose que les saints
bleus de l'église, les troupeaux dans la campagne, les barques sur la côte et sa froide cellule
de Rennes?.... Etait-ce là le monde? N'était-ce

pas plutôt cette vision charmante qu'il venait
d'avoir? cet ange au dangereux contact qui venait de lui parler?....

Au premier pas qu'il venait de faire, il trouvait un obstacle; car enfin, il ne pouvait se
dissimuler que cette adorable enfant avait éveil-
lé en lui des échos inconnus; que sa voix pas-
sionnée avait remué son cœur, et que son regard
ardent avait troublé le sien.

Etait-ce l'ange de Dieu qui venait de se faire
entendre?.... Etait-ce le génie du mal?....

Son imagination s'exaltait, et soudain, il se
voyait aimé par une créature dont des princes
se seraient disputé un sourire, un regard.

Et si Gabrielle de Blaimont....

Mais non! il était fou!.... L'esprit du mal
parlait.

Comment une jeune fille qui sentait dans ses
veines courir du sang des croisés, qui pouvait
prétendre à ce que la Bretagne avait de plus
noble, aurait-elle daigné abaisser son regard
jusqu'à lui, lui, fils du peuple, sans fortune, sans
armoiries, lui, pour qui, d'ailleurs, la robe noire
dignement portée, était une cuirasse à laquelle
on n'oserait toucher? Non! vraiment c'était impossible! Il était fou!....

C'était le mauvais génie d'Augustin dont il
avait évoqué le souvenir, qui parlait.

En proie à une agitation violente, sentant bouillir son cerveau comme la lave d'un volcan,

Ebrard franchit donc le pont-levis et descendit lentement la pente de la montagne, apercevant, dans une vision confuse, et le clocher de la chapelle de Rennes et la flèche d'une tour, et les froides dalles d'une église et les brillants parquets de la salle d'un château, et la cellule d'un religieux et la chambre nuptiale de jeunes mariés.

Triste, pensif, rêveur, il arriva dans sa demeure, pénétra dans sa modeste chambre, et tomba à genoux devant un crucifix qui pendait au dessus de son lit, éprouvant le besoin de chercher dans la prière le calme qu'il était loin d'avoir.

Il pensa au chapelet. Un frisson involontaire le saisit, en touchant cet objet qu'avaient touché naguère les blanches mains de la belle châtelaine ' Un magnifique chapelet de corail orné d'une croix d'or glissa de l'étui d'ivoire, et, avec le chapelet, un petit papier soigneusement roulé. La foudre tombant à ses pieds n'eût pas fait sur lui plus d'impression. D'une main tremblante il le déroula et se mit à le lire, non sans difficulté, car les lettres dansaient devant ses yeux.

Le billet disait:

« Monsieur Ebrard,
- Je confie ces lignes au papier et j'en demande pardon à Dieu.

Depuis le jour où la Providence, (la fatalité peut-être), vous a mis sur mon chemin, le sommeil à fui ma paupière et, comme un brûlant poison, j'ai senti l'amour pénétrer dans mon cœur. Je m'en suis longtemps défendue, essayant de me convaincre de ma folie. J'ai lutté par la prière, j'ai lutté par les larmes dont vour verrez ici la trace, et je m'avoue vaincue.

Je vous aime à en perdre la raison!....

Si j'ai eu tort; si mon cœur, habitué à la souffrance, n'a rien à espérer, votre silence me le dira. La vie et le bonheur d'une infortunée sont entre vos mains.

Gabrielle.»

Après avoir achevé la lecture de ce billet qui devait décider de son avenir, Ebrard remit en tremblant le papier dans l'étui, en compagnie du beau chapelet, accouplant ainsi deux objets qui symbolisaient des idées si différentes, puis il promena autour de lui son regard, pour s'assurer qu'il n'avait pas été aperçu, comme quelqu'un qui vient d'accomplir une mauvaise action, craignant peut-être de voir se dresser devant lui le fantôme menaçant de sa mère.

Maintenant il ne pouvait plus douter: il venait d'avoir sous les yeux la preuve palpable d'un amour violent dont il était l'objet, d'un amour qu'il avait fait naître innocemment, en faisant l'apologie de la religion catholique.

Les leçons qu'il avait données à Mademoiselle
de Blaimont portaient un fruit étrange! En réfu-
tant Luther, en combattant l'hérésie, en exaltant
Dieu et ses mystères, il avait fait jaillir une
flamme profane, allumé un feu ardent qui commençait à le brûler lui-même!

Ce feu, il pouvait l'éteindre, il est vrai, d'un
souffle, par son silence même; mais alors, il
brisait une existence, il déchirait un cœur qui
avait ¡daigné s'abaisser jusqu'à lui et qui, dans
un aveu intime, ne lui était pas indifférent!

Emu, bouleversé, effrayé peut-être, il sentait
son sang affluer au cœur avec violence; ses yeux
se troublaient et, comme un écho lointain, il lui
semblait entendre le carillon des cloches de
Rennes, le chant majestueux des orgues; il lui
semblait assister à une cérémonie d'ordination.

Tout cela était beau, tout cela était sublime,
mais d'une effrayante majesté.

Le « *Tu es sacerdos in æternum* » qui a fait
trembler tous les Pères de l'Eglise, lui apparaissait écrit en lettres de feu! Celui qui se lie
pour l'éternité doit se sentir fort comme un lion,
pur comme un ange.

N'y tenant plus, il ouvrit au hasard, la Bible
qui était devant lui. Ses yeux rencontrèrent le
passage de la Genèse où il est dit:

« *Crescite et multiplicamini et replete ter-
ram* ».

Croissez et multipliez-vous et peuplez la terre.

Ce fut comme un trait de lumière; la Providence venait à son secours.

Non! il n'est pas fait pour toucher de ses lèvres la coupe sacrée; il n'est pas fait pour appartenir à cette phalange d'élus de Dieu, destinés à toucher le feu sans se brûler, la boue sans se salir. Le sacrifice est au-dessus de ses forces; il le voit, il le sent, il le palpe.

Sa résolution est prise: L'amour remplacera la prière; le fiancé remplacera le prêtre.

Mais que d'obstacles sur la route où il va se lancer!.... Gabrielle a-t-elle songé à l'homme terrible qui, sans s'émouvoir, entend les gémissements de tant de victimes, qui se repaît de leurs tourments et puise le plaisir dans leurs râles d'agonie; à cet homme qui, d'un geste, peut les précipiter tous deux dans l'abîme?.:..

Celui qui déchaîne les vents et calme les tempêtes, peut sans doute, arrêter le bras du redoutable seigneur; Il peut faire un miracle; mais le fera-t-Il?.... En est-il digne d'abord?.... N'a-t-il pas à attendre du ciel le courroux plutôt que la clémence?....

Ainsi pensait Ebrard, étourdi, enivré peut-être, par une révélation inattendue, tandis que les heures fuyaient avec cette silencieuse rapidité qui échappe à l'homme inconscient.

Les châtelains de Nimbourg

La nuit était venue, éteignant les échos de
cette riante journée de printemps. Les étoiles
brillaient au firmament et la lune, projetant ses
rayons sur la mer, donnait aux vagues un reflet
d'argent. Un silence profond régnait dans la
campagne, troublé, de loin en loin, par le cri
de quelque chouette ou par le bruissement des
feuilles à travers les arbres. Tout conviait au
repos, et pourtant, sur les bords de la mer, songeant peut-être à Luther et à Catherine Bora, un
homme, dont la démarche souvent interrompue,
trahissait l'agitation de l'âme, se promenait.—C'é-
tait Ebrard. Au donjon du manoir de Nimbourg,
immobile comme un rocher, la sentinelle veillait;
et, dans l'embrasure d'une fenêtre, le regard
perdu sur l'océan immense, une jeune fille pleurait.—C'était Gabrielle.

Elle pleurait, tandis que sur la terrasse du château, en face l'une de l'autre, deux personnes
causaient, à la douce clarté qui descendait du
firmament.

L'une d'elles était un homme de haute taille,.

à l'aspect altier, au regard plein de feu. Un
ample manteau de la plus fine laine couvrait ses
épaules, et sur sa tête, complètement rasée, re-
posait un chapeau de feutre. D'épaisses moustaches ombrageaient ses lèvres qu'un sourire ne
faisait jamais se plisser. De temps à autre, sa
main nerveuse se portait à son front, comme
pour y chercher une idée ou chasser un souvenir importun.

Le second personnage était une femme légèrement voûtée, avec de profondes rides au front,
trahissant une vigoureuse nature, malgré les ra-
vages du temps. Son visage, d'une étrange sé-
vérité, portait je ne sais quelle empreinte de ruse, d'énergie, de malice et de férocité.

—Que pensez-vous, Madame, de cette Conjuration d'Amboise? dit le chevalier en s'adressant
à la vieille châtelaine qui était sa mère.

—Ce que j'en pense, répondit vivement Charlotte de Blaimont, c'est ce que doivent penser
avec moi tous les bons catholiques du monde
entier:—qu'il n'y aura jamais assez de potences,
assez de supplices pour ces chiens de Huguenots.
En ont-ils de l'audace! Avoir voulu assassiner
les Guises et séquestrer le roi! renverser nos
autels, profaner nos églises, piller nos abbayes,
égorger nos prêtres, semer partout l'abomination!.... Ce que j'en pense!...... Ah! Monsieur,
je ne suis qu'une femme, mais si j'avais encore
mes trente ans, si le poids des années ne me

faisait sentir que je ne suis plus moi-même, vous me verriez marcher à la tête de nos paysans de Bretagne, dresser les potences, élever les bûchers et y mettre le feu! Il me semble que cette race maudite aurait déjà vécu!

Et en prononçant ces mots, elle baisait, de temps à autre, une belle croix d'or retenue à son cou par une longue chaîne.

—Ne vous exaltez pas, Madame, votre santé pourrait en souffrir; d'ailleurs vous m'avez vu à l'œuvre, et s'il fallait de nouvelles preuves de mon courage, de mon énergie et de mon dévouement à la cause des catholiques......

—Je le sais, mon fils, le sire de Blaimont portera toujours fièrement le nom de sa mère; dans ses veines coule le sang généreux que je lui ai donné et qui est le plus pur de la France. Nos aïeux ont contribué à délivrer le saint sépulcre, conquis la croix des preux sous les murs de Jérusalem, et s'ils revenaient sur la terre, ils n'auraient pas à rougir de nous. Parfois je voudrais qu'il leur fût permis de venir visiter les vivants; ils verraient comme les fils sont dignes de leurs pères!

—Voir les morts revenir, Madame!..... les morts!......

Et il poussa un long soupir, comme si une plaie douloureuse eût été touchée, ou si la pensée de ceux qui n'étaient plus, eût été pour lui un sanglant reproche.

—Allons, Monsieur, toujours ce souvenir!......
toujours ces scrupules!...... vraiment, je ne puis
vous comprendre! On déshonorait ce qu'il y a
de plus sacré dans votre famille; on souillait
votre blason; l'infamie venait s'asseoir à votre
foyer, et le remords vous tourmente!......

Le chevalier baissait la tête et restait pensif.

—Madame, répondit-il, en se redressant soudain, je ne saurais vous cacher que parfois le
doute s'élève dans mon âme, m'apportant des
visions qui troublent mon sommeil; mon esprit
tourmenté, vainement cherche le calme; le calme
est un vain mot pour moi!

—Comte, vos doutes ont leur source dans des
scrupules sans nom, scrupules indignes de trouver place dans une âme trempée comme la vôtre. Pourquoi, d'ailleurs, évoquer des souvenirs
de quinze ans?

—Oui, quinze ans!...... Et Gabrielle en a dix-
huit! Mais...... n'avez-vous pas, Madame, entendu un bruit, du côté de la tour? Tenez!......

—Votre imagination vous égare; vous enten-
drez, sans doute, les pas de la sentinelle qui
veille au donjon; je crois vraiment que vous voyez des fantômes partout!

Parlons des vivants, puisque les morts, dans
leurs tombes, ont le pouvoir de vous troubler.

Vous disiez que Gabrielle a dix-huit ans?

—Oui, dix-huit ans, la veille de la Noël!

A ce moment l'horloge sonna dix heures.

Le ciel était sans nuages; une douce brise imprimait aux feuilles des arbres un mystérieux murmure, et au loin, les vagues clapotaient contre les rochers.

—A propos, comte! Savez-vous que Monsieur Ebrard part demain, ayant reçu l'ordre de rentrer à Rennes sans retard? En venant, ce matin, faire ses adieux, il a manifesté un vif regret de ne pas vous rencontrer.

—Je pensais à lui, en ce moment, Madame, et......

—Un garçon instruit, interrompit la comtesse, intelligent, modeste, ayant en lui l'étoffe d'un prieur. Voilà, comte, des hommes taillés pour faire du bien à notre religion, pour réfuter l'erreur, confondre l'imposture et prêcher d'exemple; voilà les religieux tels qu'on aime à les voir!......

Vous ne répondez pas, comte! A quoi pensez-vous donc? Rentrons, si le besoin de sommeil se fait déjà sentir.

—Dormir, Madame! dormir! s'écria vivement le chevalier, comme aiguillonné par ces paroles qui frisaient l'apostrophe.

Puis il ajouta:

Je réfléchis, Madame, et je dis que, pour songer à se faire prêtre aujourd'hui, il faut avoir perdu la raison ou être aveuglé sur la gravité des événements qui agitent la France. Se faire prêtre!......au moment où l'incendie éclate dans les églises; au moment où, des quatre coins de l'Eu-

rope, la vague monte menaçante, furieuse, redoutable!...... Est-il donc nécessaire de porter
une robe noire pour combattre nos ennemis qui
sont puissants!......

Après le coup d'Amboise, ils se sentent forts,
et ils le sont! Ne perdons pas de vue, Madame, qu'ils sont soutenus par l'Angleterre et
l'Allemagne; leur nombre, loin de diminuer, va
croissant tous les jours, et ce qu'il faut aujourd'-
hui, ce sont des hommes qui combattent par
l'épée plutôt que par la parole. Ebrard est un
homme intelligent, courageux, dévoué, ayant
tout ce. qu'il faut pour servir notre cause et nous
rendre, au besoin, de grands services.

—C'est-à-dire, Monsieur?

—Que la Conjuration d'Amboise est le prélude
de guerres sanglantes et que, sans perdre du
temps, il faut réunir dans le château le plus
d'hommes possible, et des hommes sûrs; il y va
de notre propre sécurité.

—Encore une fois, comte, je crois que votre
imagination vous égare; à vous entendre, l'ennemi serait aux portes de Nimbourg.

—Plût au ciel, Madame, que mes craintes
fussent une illusion; mais les nouvelles que j'ai
recueillies aujourd'hui, sont de nature à confirmer mes pressentiments et à ne laisser aucun
doute sur ce que j'avance.

—Et vous persistez à croire qu'Ebrard fait
fausse route?

—Je persiste à croire qu'il ne doit pas partir; et je ne veux pas qu'il parte. Jusqu'à nouvel ordre, j'ai besoin de lui, Madame; demain, dès la pointe du jour, qu'on le prévienne que j'ai à lui parler.

—Il sera fait selon votre désir, Monsieur, répondit Charlotte en se levant; puis elle présenta la main au comte qui la baisa.

Et les deux personnages disparurent dans la cour du château.

Une heure après tout semblait dormir à Nimbourg, sauf la sentinelle qui continuait à veiller au donjon. Son œil, sans perdre l'horizon de vue, plongeait vaguement dans l'océan sans bornes, où des milliers d'étoiles se réfléchissaient comme dans un miroir limpide; son âme, trop inculte pour jouir des splendeurs de cette belle nuit de Mai, s'envolait dans les combats. Blanchi dans le fracas des armes, le guetteur revoyait en esprit le champ de bataille de Cérisoles où il avait conquis la renommée d'un brave. C'est là que le duc d'Enghien, lui-même lui avait dit à la suite d'un hardi coup de main; «Ambroise, tu es un vaillant; voilà qui le dira à tes enfants».

Et, comme récompense de sa bravoure, il lui tendait un magnifique cor d'ivoire, plus précieux pour le soldat qu'un brillant héritage.

Quand l'horloge sonna minuit, au moment où la sentinelle faisait ce retour vers le passé, la

porte d'une chambre s'ouvrit sans bruit, et une
ombre gigantesque se glissa le long des vastes
corridors du château. Aux rayons affaiblis que,
de temps à autre, la lune projetait sur elle, on
eût dit un de ces spectres menaçants qui se présentent parfois dans le sommeil, donnent au front
la sueur froide et enfantent le cauchemar.

L'ombre se dirigea vers la chapelle et dix
minutes plus tard elle était au pied de l'áutel.
Alors elle prit une forme humaine et dessina
nettement la figure sévère du châtelain de Nimbourg. Sa voix, qui semblait monter d'un sépulcre, se fit entendre, réveillant l'écho endormi
du saint lieu:

«Seigneur, disait la voix, Vous êtes grand et
Vous êtes terrible!.... Le crime appelle le crime; celui qui a bu le sang en boira encore, car
le sang ne désaltère point!...... Le gouffre attire,
et le crime est un gouffre!.... Vous êtes témoin,
Seigneur, que je combats pour votre cause; faites
taire en moi la voix du remords qui vibre sans
cesse à mon oreille, plus puissante, plus terrible
que le fracas des batailles!.... Etouffez cette
voix, Seigneur; étouffez-la!...»

La voix se tut et le comte de Blaimont tomba dans une espèce de torpeur.

Il lui sembla alors que le fantôme de la jeune
comtesse, son épouse, se dressait derrière l'autel.
Sa figure, belle toujours, mais d'une pâleur ca-
davérique, s'animait peu à peu; peu à peu son

regard semblait prendre la vie, et de sa bouche
entr'ouverte s'échappait ce cri perçant: «Grâce,
comte, grâce! je suis innocente!»

Puis une autre voix ayant le timbre de celle
de Gabrielle, terrible comme la voix de l'ange,
vibrante comme la trompette du Jugement, ébranlait l'air et criait: «Vengeance, Seigneur, vengeance!»

Les lèvres frémissantes, le regard effrayant,
le comte de Blaimont se leva d'un mouvement
brusque, se précipita derrière l'autel, s'inclina
sur une dalle et pressa un petit bouton admirablement dissimulé. Une porte s'ouvrit comme
par enchantement; le chevalier tremblant descendit quelques marches et disparut.

Il était temps, car, presque au même moment,
la porte de la chapelle s'ouvrit légèrement et
une autre ombre, qui faisait avec la première un
contraste frappant, apparut, s'avança lentement
et alla s'agenouiller à la place abandonnée naguère par le terrible châtelain.

C'était une ravissante jeune fille. Ses longs
cheveux flottaient sur ses épaules, et ses mains,
jointes avec ferveur, s'élevaient vers le ciel. Aux
pâles rayons que projetait sur elle la lampe
sainte, on eût dit un ange en prière. Sa voix,
plus suave qu'une musique, s'éleva dans le silence de la nuit:

«Mon Dieu, disait-elle, merci! Aux heures du
désespoir, Vous voulez qu'on vous implore; j'ai

versé à vos pieds les tortures de mon âme, et ce que j'ai entendu ce soir, est une preuve que vous avez en partie exaucé ma prière.

Eloignez tout danger de celui que j'aime; donnez-lui l'amour qui me brûle, et, si je suis coupable pardonnez-moi!......... Vous m'avez enlevé le tendresse d'une mère, Seigneur; donnez-moi Ebrard!......

Vous êtes témoin que depuis quinze ans je souffre; mais s'il faut encore souffrir, je suis prête; remplissez la coupe jusqu'au bord, je la boirai; remplissez-la de fiel, il me sera doux, pourvu qu'au bout de ce calvaire, j'aperçoive celui pour qui je voudrais vivre, heureuse dans mes larmes, s'il m'en reste encore à verser!...... Seigneur, exaucez-moi!»

La voix se tut; la forme humaine reprit la forme d'ombre et disparut par la porte où elle était entrée.

La guerre

Les étoiles avaient disparu au firmament; les ténèbres de la nuit s'étaient dissipées sous les rayons du soleil qui commençait à lancer ses gerbes de feu sur la cîme des arbres et le manoir de Nimbourg reprenait déjà sa vie de mouvement accoutumé, quand la sentinelle placée au donjon signala un cavalier qui, lancé dans une course furieuse, courait dans la direction du château.

Eperonnant son cheval qui semait l'écume sur le chemin, l'inconnu gravit la côte et s'arrêta sur le bord du fossé.

Le pont-levis s'abaissa.

D'un mouvement rapide, le cavalier s'élança à terre et, s'avançant vers un page qui venait à sa rencontre.

«Pour Messire comte de Blaimont, dit-il; le message est urgent.»

Et il présentait un pli cacheté.

Le page se précipita en courant vers l'escalier du premier étage et s'arrêta devant les appartements du comte, portant le message sur un plateau d'argent.

D'une main fiévreuse le sire de Blaimont brisa
le sceau qui portait les armes du comte de
Montluc, prit lecture du message et, le rejetant
avec violence sur une table qui était devant lui:
«Malédiction!» s'écria-t-il. Et il s'élança dans le
corridor.

—Du nouveau, mon fils? lui dit la vieille
châtelaine qui, obéissant à une impatiente curiosité, arrivait déjà au haut de l'escalier.

—Oui, Madame, du nouveau! J'ai le coup
d'œil juste et rarement mes pressentiments me
trompent. Il y a que, dans ce moment, il se livre
bataille sous les murs du château de Montluc; il y a
que l'ennemi met tout à feu et à sang et que dans
trois jours, peut-être, il marchera sur Nimbourg!

Charlotte exécuta machinalement un grand
signe de croix, tandis que le comte ajoutait:

«Le message est dans mon appartement; allez,
Madame, et vous verrez la réalisation de mes
craintes!»

Il y eut un moment de silence, comme si les
deux châtelains se fussent interrompus pour son-
der la gravité de la situation et mesurer la profondeur d'un abîme sur le point de s'ouvrir.

«Monsieur Ebrard n'est-il pas encore arrivé?»
s'écria brusquement le comte.

Charlotte allait répondre, quand la voix du
jeune abbé qui montait déjà l'escalier, accompagné d'un page, se fit entendre. «Monseigneur,
me voici!»

«Monsieur Ebrard, dit le chevalier, je vous ai fait appeler en toute hâte, prévoyant ce qui arrive; l'orage gronde à Montluc; le temps presse, car les événements se précipitent».

Et d'un geste de la main il signalait au jeune homme surpris l'entrée de son appartement, lui donnant à entendre par là que ce qu'il avait à lui dire n'admettait point de témoins.

L'entretien du comte avec Ebrard dura dix minutes à peine.

De quoi s'agit-il dans ce court tête à tête, à porte fermée?...... L'impénétrable châtelain confia-t-il au jeune homme quelque mission secrète?.... Lui révéla-t-il quelque mystère, ou, en prévision de ce qui pouvait arriver, lui fit-il connaître l'existence de quelque cachette dans le manoir?....

—Nul n'aurait pu le dire. Une chose seule était facile à constater: c'est qu'au sortir de l'appartement, Ebrard semblait transformé. Sur sa figure, visiblement altérée, errait une expression indéfinissable qui était à la fois l'expression du trouble, de la joie et de la tristesse.

A neuf heures, la voix du cor retentit du haut du donjon; des poumons puissants en tiraient des sons que, de mémoire d'homme, on n'avait entendus à Nimbourg, tandis que la cloche lançait aux quatre vents ses notes d'alarme.

A l'appel du maître les paysans accouraient en foule et vers dix heures, le manoir présentait l'aspect d'un champ de guerre.

Les casques d'acier poli étincelaient aux rayons du soleil; les bannières fleurdelisées flottaient dans les airs, gonflées par la brise; les pages couraient dans les escaliers; les gens de guerre astiquaient leurs épées brillantes comme des miroirs; les chevaux piaffaient, trépignant d'impatience comme s'ils partaient pour une fête.

Le comte de Blaimont, portant à la ceinture une riche épée, allait de l'un à l'autre, distribuant des ordres d'un ton sec et impérieux,

Les serviteurs émus, chuchotaient sur les portes et présentaient un visage où se peignait un profond étonnement.

Que se passait-il? Qu'était-il arrivé?....

Accoudée à une fenêtre donnant sur la grande cour, Charlotte de Blaimont suivait d'un œil anxieux les préparatifs du départ; elle ne perdait pas un des moindres mouvements de son fils, et l'expression de sa physionomie trahissait une émotion profonde, malgré l'énergie qui semblait vouloir la dominer. A côté d'elle se tenait un homme de vingt-trois ans, à peine, complètement rasé, grave dans son maintien, éloquent dans son silence. Une sorte de timidité répandue sur son visage, n'enlevait rien à l'expression de son regard. Il portait l'habit de gentilhomme qui lui était peu familier, sans doute, car ses mouvements semblaient manquer de désinvolture.

Le lecteur a reconnu Ebrard.

Sous l'élégant costume du chevalier, le futur prêtre avait disparu.

Quand tous les préparatifs furent terminés, la cavalcade se mit en branle, la cour retentit sous le pas des chevaux et le pont-levis trembla.

Soulevant un nuage de poussière, la petite armée descendit en chantant le chemin sinueux de la montagne et disparut.

Mademoiselle de Blaimont, brisée par une nuit d'insomnie, vaincue par les émotions de la veille, dormait d'un sommeil profond, quand les éclats retentissants du cor et la voix lugubre de la cloche se firent entendre.

Quelques instants lui suffirent pour se rendre compte de la signification de cet appel d'alarme et, peu intéressée par ce déploiement de forces auquel, d'ailleurs, elle était habituée depuis longtemps, elle regagna sa chambre.

Assise maintenant dans l'embrasure d'une fenêtre, elle feuilletait machinalement les pages d'un roman de chevalerie. Des bâillements prolongés trahissaient en elle l'ennui et l'énervement; ses yeux vaguement ouverts, exprimaient la souffrance. Le mystérieux messager était venu; le cliquetis des armes avait retenti; les chevaux avaient ébranlé la terre, et elle s'en était à peine aperçue! En quoi, d'ailleurs, tout cela aurait-il pu l'intéresser?

Habituée à vivre de la vie d'isolement, loin de toute confidence, loin de toute affection,

faite à regarder son père comme un meurtrier,
la vieille comtesse comme une ennemie, les
pages comme des espions, les serviteurs comme des bourreaux au service d'un tyran, la plus
grande partie de ses journées s'écoulait dans
son appartement où, malgré tout, elle était entourée de ce que le luxe pût connaître à cette
époque de plus raffiné.

Ce matin-là elle paraissait étrangement préoc-
cupée. Ah! c'est que sa pensée était avec
Ebrard! Il était peut-être déjà sur la route de
Rennes, emportant les secrets de son âme, ses
aveux les plus intimes! Il lui semblait voir ses
rêves d'amour s'évanouir comme un songe, s'envoler comme les feuilles d'automne qu'emporte
le moindre souffle du vent! Insensée!.... Elle
aurait dû le prévoir! Le démon avait tenté
l'ange; la bataille devait être perdue! Tous ses
projets d'avenir croulaient comme un édifice sans
base; tout son bonheur entrevu se dissipait comme une vapeur légère!.... Infortunée! elle était
adandonnée, repoussée, maudite, comme devait
l'être tout ce qu'abritait le manoir de Nimbourg!

Et pourtant, immobile derrière un pilier, elle
avait entendu, la veille, son père dire à Charlotte: «Ebrard ne doit pas partir; je ne veux pas
qu'il parte!»

Elle en était à ce point de ces réflexions, luttant entre la crainte et une vague espérance,

s'abandonnant à ses tristes pensées, oubliant que le comte venait de partir avec sa troupe, quand l'écho lointain d'un chant de guerre vint frapper son oreille. Elle se leva inconsciemment pour suivre du regard, à l'horizon, la marche de la petite armée, quand, dans ce mouvement, ses yeux s'arrêtèrent sur un objet qui gisait près de la porte.

Surprise, émue, elle se pencha et releva un papier plié avec soin. Un cri s'échappa involontairement de sa poitrine en reconnaissant l'écriture d'Ebrard.

Le billet disait:

«Mademoiselle,

«Depuis le jour où mon regard rencontra le vôtre, le calme abandonna mon âme et le trouble pénétra dans mon cœur.

Je vous aimai, et laissai le feu profane faire pâlir en moi le feu divin, ayant préféré la mort cent fois, à un aveu qui m'était défendu.

Votre noble cœur est venu arracher le mien à une agitation indicible; soyez bénie!

Ne vous défendez pas devant Dieu de la flamme qui vous brûle; Dieu l'a voulue. La Providence a fait de vous un instrument pour couper une mauvaise branche qui allait croître sur l'arbre de l'Eglise.

Votre cœur est rempli d'amour; le mien déborde. Vienne l'heure où je pourrai vous en donner la preuve!»

Ebrard.

Gabrielle eut un frémissement qui tenait du délire; une force irrésistible fit fléchir ses genoux et l'inclina sur son prie-Dieu:

«Seigneur, Seigneur, murmura-t-elle, merci!»

Et elle se tut.

C'est le propre des grandes joies comme des grandes peines de rester muettes. Les mains jointes avec ivresse, elle clouait son regard sur le crucifix, et son âme plongeant dans l'infini, elle s'abandonnait à la contemplation de choses invisibles.

A ce moment des pas se firent entendre dans le corridor et l'arrachèrent à cette extase qui exprimait la joie, symbolisait la reconnaissance et résumait l'amour.

Palpitante d'émotion, espérant peut-être se trouver face à face avec Ebrard, elle s'élança vers la porte. Son espoir fut déçu.

Grave, sévère comme toujours, mais le visage bouleversé, la vieille comtesse entra.

—Mademoiselle, dit-elle, j'ai de graves nou-velles à vous communiquer.

—Un malheur, Madame? hasarda Gabrielle.

—Une catastrophe, peut-être! continua Charlotte. Quel heureux âge est le vôtre! Pendant que vous dormez tranquillement, libre des peines de l'existence, sans souci des événements qui décident du sort d'un peuple, la tempête gronde au dehors! Ces enragés, (que Dieu confonde)....

—Quelque nouveau complot?.... Une nouvelle tentative contre le roi?

—Ne m'interrogez pas, Mademoiselle; toute perte de temps pourrait nous être funeste; l'heure n'est pas aux réflexions; l'heure est à la prière, à la lutte, à la mort, peut-être!

Les Huguenots mettent tout à feu et à sang; je ne sais où s'arrêtera leur audace criminelle! Près d'ici, ils ont incendié la campagne et viennent d'attaquer le château de Montluc. En ce moment même, il doit se livrer un combat terrible. Averti par un pressant message, monseigneur vient de partir avec sa troupe, pour voler au secours du sire de Montluc; si la bataille est perdue, l'ennemi marche sur Nimbourg, et dans trois jours il est ici!

—Des événements bien tristes, en effet, Madame!

—Comment!.... tristes!.... Mademoiselle; des événements épouvantables!.... de nature à faire dresser les cheveux sur la tête! une lutte sans merci, où le vaincu doit disparaître; une question pour nous de vie ou de mort!

—Nos murs sont solides.

—Et bien défendus, surtout, si la langue remplaçait l'épée, ajouta Charlotte, avec ce ton ironique qui lui était familier.

—Madame, répondit Gabrielle, visiblement piquée, les femmes prient, les hommes combattent; l'histoire est là, d'ailleurs, pour lancer

un défi à ceux qui douteraient de notre bravoure.

—A vous entendre, Mademoiselle, on son-
gerait volontiers à l'héroïne qui fit trembler Char-
les le Téméraire, il y aura bientôt cent ans.

—On a tort, Madame, de prêter à mes paroles
un sens qu'elles n'ont pas. Jeanne Hachette dort
dans sa gloire et si, en faisant appel à l'histoire,
j'évoque son souvenir, c'est pour dire simplement
qu'il y a des femmes qui savent affronter les
situations, faire face aux obstacles et trouver
dans le danger la force et la bravoure qui sem-
blent être l'apanage exclusif de l'homme. Personne ne m'a jamais vue à l'œuvre, et si l'heure sonnait où le péril armât mon bras, je prouverais
peut-être, qu'avec l'admiration, avec le culte
pour l'héroïsme que je puise dans l'étude, je
puise aussi l'énergie et l'ardeur qu'inspirent les
exemples sublimes.

Charlotte, peu habituée à ce langage dans la
bouche de Gabrielle, resta comme interdite et ne
répliqua pas.

Etait-ce vraiment le courage qui parlait au
moment du danger?.... Etait-ce l'amour-propre
blessé qui redressait la tête et se traduisait par
des élans généreux?.... Elle avait peine à s'en
rendre compte. Changeant de conversation, s'a-
vouant peut-être qu'elle avait eu tort d'adresser
à Mademoiselle de Blaimont une si mordante
apostrophe, elle reprit, au bout d'un moment:

—Puisque vous parlez d'étude, Mademoiselle,. ne vous vient-it pas à l'esprit de penser à Monsieur Ebrard qui serait en ce moment sur la route de Rennes, si la Providence n'avait empêché son départ?

—Monsieur l'abbé n'est pas parti? Dieu soit loué! je n'aurai pas à interrompre mes leçons!

Et en prononçant ces mots, il y avait dans la voix de la jeune fille quelque chose de si pénétrant, dans ses yeux une flamme si vive,. et sur son visage une telle expression de joie, qu'elle aurait dû trembler, si la vieille châtelaine avait pu se douter de ce qui en était la cause.

—Non, Gabrielle, il n'est pas parti; ceux qui réfléchissent; ceux qui pèsent les choses; qui comprennent le présent et lisent dans l'avenir, ont ouvert ses yeux sur le péril qu'il courait dans les circonstances actuelles, lui ont fait palper la situation qui, de jour en jour, devient. plus critique.

—Mais, puisque vous croyez le danger si grand,. Madame; que la campagne est infestée de bandits, il me semble que Monsieur l'abbé n'est guère en sûreté, exposé sans doute, plus que tout. autre, dans une guerre de religion?

—Il est en sûreté, Mademoiselle, autant que nous puissions l'être nous-mêmes. Par l'ordre de monseigneur, il est arrivé ce matin au château et

a assisté, ému, au départ de la troupe; on ne
sera jamais de trop, s'il prenait envie à ces scélérats de venir attaquer Nimbourg. Voilà un prêtre d'avenir, Mademoiselle; je m'y connais en
physionomies: la prière et l'étude, l'étude et la
prière; instruit comme on l'est rarement à son
âge, et avec cela, d'une modestie exemplaire et
d'un dévouement sans bornes à la cause de notre
famille.

—Rien de plus exact, Madame; et j'ai pour
Monsieur l'abbé une estime profonde.

—Jusqu'à nouvel ordre, Gabrielle, ne dites
plus *Monsieur l'abbé*; dites Monsieur Ebrard, tout
court.

Mademoiselle de Blaimont dont la joie et la
surprise allaient croissant, à mesure que Charlotte parlait, semblait ne pas comprendre.

«Je m'explique, continua la comtesse; en peu
de mots vous allez saisir:

Par le temps qui court, l'habit de prêtre est
un danger, car le prêtre est, avant tout, le point
de mire de l'ennemi. Appelé à prendre l'épée
et à se montrer en cas d'attaque, pour être moins
exposé et plus libre dans ses mouvements, Monsieur Ebrard a dû, pour quelque temps, abandonner son saint habit et revêtir le costume de gentilhomme.

Comprenez-vous, maintenant?

—Mais alors, le danger serait......

—Imminent, vous dis-je; imminent!

A ce moment un bruit de clefs se fit entendre
el des pas lourds résonnèrent dans le corridor.
Charlotte se leva et sans ajouter un mot, gagna
la porte, laissant Gabrielle toute à ses réflexions.

Oh! comme la jeune fille se sentait heureuse à
présent! Comme elle donnait libre cours à la joie
qu'elle avait eu peine à contenir, tant qu'avait
duré son entretien avec la comtesse! Comme un
vase trop plein, son cœur débordait.

On devait l'effrayer, et on lui apportait l'oubli d'un passé d'amertume! on avait signalé à
son regard un horizon sinistre, et l'horizon lui
présentait un soleil radieux qui allait éclairer sa
nouvelle existence!

Qu'importait la guerre? Ebrard n'était pas
parti! Ebrard l'aimait! Ebrard était à Nimbourg!
L'ennemi pouvait se présenter; on lui ferait face;
on se battrait et on triompherait!

Que ne peuvent les cœurs qui ont un but
dans la vie! L'amour voit les chemins semés de
roses!

Pour la première fois le manoir n'apparaissait plus à Gabrielle comme une sombre prison.
D'un bond, elle s'élança vers la fenêtre, et la
mer lui parut plus calme et le ciel plus pur, et
le chant des oiseaux plus harmonieux, et le
parfum des plantes plus exquis. Elle se sentait
vraiment transformée; il lui semblait qu'elle
plongeait dans une atmosphère d'optimisme. La

veille, elle maudissait l'existence; elle la regardait comme un lourd fardeau, et maintenant elle avait soif de la vie!...... Non! elle n'était point malheureuse, puisqn'enfin l'avenir commençait à lui sourire!

Les ombres qui restaient encore au tableau s'évanouiraient comme les cauchemars de ses dernières nuits; devant sa constance, devant son énergie, les obstacles à vaincre tomberaient. L'amour n'enfante-t-il pas des miracles?

Ambroise

Le reste de cette émouvante journée s'écoula sans qu'il fût possible à Gabrielle de voir Ebrard. A plusieurs reprises elle était sortie dans la cour, sur l'esplanade, et pas une fois ses yeux avides n'avaient rencontré celui qui, à lui seul, remplissait sa pensée. Décidément, la comtesse devait l'absorber. Le doute aurait-il surgi dans cette âme méfiante, ou croirait-elle le gentilhomme plus dangereux que le prêtre?.... Mais non!

C'était impossible! Elle-même ne s'était pas trahie dans ses émotions; d'autre part, Charlotte avait en Ebrard une confiance sans limites.

Comment le soupçon aurait-il pu entrer dans le cœur de la femme qui, en parlant d'Ebrard, avait-dit: «La prière et l'étude, l'étude et la prière?» Non! Ebrard devait remplir quelque mission confiée par le comte, avant son départ; elle le verrait le lendemain. Encore une nuit d'attente; mais quelle nuit! Comme elle allait en compter toutes les heures à l'horloge de la tour!

A neuf heures, la lune se montra au dessus

des arbres, éclairant une des plus belles nuits qu'on puisse rêver en Bretagne. La troupe, partie le matin, favorisée par un temps superbe, devait être loin, maintenant, laissant derrière elle le manoir presque désert, car tout ce qui pouvait porter un casque ou manier une épée avait dû accompagner le comte, sauf Charlotte, Gabrielle, Ebrard et huit hommes, vieux serviteurs dévoués, dont la plupart avaient fait leurs preuves sur les champs de bataille.

Au donjon était le guetteur, ayant reçu l'ordre d'exercer une surveillance toute particulière, depuis que le danger était en perspective; et certes, il eût été difficile de le prendre en faute.

C'était un homme d'environ cinquante-cinq ans, de constitution robuste et de taille au dessus de la moyenne. Elevé à la dure dans une famille de paysans, il avait fait la campagne d'Italie et, habitué à l'obéissance passive, il ne connaissait qu'une chose: la discipline. Son esprit, sagace mais inculte, ne cherchait jamais à savoir ni le pourquoi, ni le comment des choses. On lui disait de monter la garde, il la montait; on lui confiait un message pour être remis à dix heures, à dix heures, rien de plus, rien de moins, le message arrivait à destination; on lui commandait la discrétion, il se serait laissé couper la langue plutôt que de dire un mot. C'était la personnification du devoir et de l'obéissance scrupuleuse, une vraie machine. La peur était pour lui un mot vide de sens. Familiarisé avec le grondement des couleuvrines, ayant remué des cadavres sur les champs de bataille, vu couler des ruisseaux de sang à Cérisoles, bravé cent fois la mort pour obéir à ses supérieurs, c'était un homme précieux pour qui savait en tirer parti.

Attaché au service du sire de Blaimont, depuis de longues années, Ambroise, (tel était son nom,) dormait généralement le jour et veillait la nuit.

Sa discrétion à toute épreuve, son courage poussé jusqu'à la témérité, le faisaient choisir de préférence pour les missions secrètes ou périlleuses.

Que d'événements il avait vu défiler sous ses yeux, depuis qu'il était au monde! Que de choses dont il avait été le témoin muet! Que de révélations eût pu faire cette bouche scellée par le devoir! Que de mystères enfouis dans cette âme de bronze! Je me trompe, car sous cette enveloppe grossière, battait un cœur, et un cœur généreux.

Dévoué corps et âme au sire de Blaimont, dont peut-être en secret, il blâmait la conduite; obéissant par devoir à Charlotte qu'il détestait, au fond, il avait une prédilection marquée pour Gabrielle, mais à l'insu de tous, à l'insu de la jeune fille elle-même. Il l'avait vue naître et l'avait vue grandir pas à pas, s'intéressant à elle adroitement et sans que personne pût s'en douter.

Quel rapport mystérieux pouvait-il exister entre ce vieux guerrier né au bas de l'échelle et
cette adorable créature née, pour ainsi dire, sur
les marches d'un trône?...... Etait-ce la beauté
de Mademoiselle de Blaimont qui !'avait frappé?...... Etait-ce sa bonté qui l'avait captivé?.....
Etait-ce le jeune comtesse qui, dans son agonie,
lui avait recommandé l'enfant vouée à la souffrance?.... Enigme pour tous!

Disons toutefois que l'aimable jeune fille était
montée, de temps à autre, à sa tour, pour jouir
du coup d'œil imposant de la mer et n'avait pas
cru s'humilier en causant avec le vieux soldat.
Comme un enfant curieux qui puise l'intérêt
dans tout ce qui parle à l'imagination, elle s'é-
tait plu à lui faire raconter ses exploits et avait
paru vraiment charmée de ses récits.

Quoi qu'il en soit, Ambroise avait pour Mademoiselle de Blaimont une sorte de culte; malheur à qui lui eût parlé mal d'elle!

Sa rude voix se serait fait entendre et ses
doigts osseux se seraient crispés en signe de
menace; la belle châtelaine était pour lui la personnification de la bonté, portrait frappant de
sa mère qu'il avait pleurée, sans que ses larmes
le trahissent un instant.

Une chose le troublait en secret: Pourquoi
cette adorable enfant, faite pour aimer et être
aimée, avait-elle sans cesse un air mélancolique
et rêveur?...... Pourquoi cette bouche rose était-

elle si avare du sourire?.... Pouquoi son œil si
pur portait-il quelquefois la trace des larmes?....
Oh! comme il aurait voulu pénétrer les motifs de
sa tristesse! Si elle avait des ennemis, comme
il aurait voulu les connaître et faire peser sur
eux le poids de la vengeance!

Tel était l'homme qui faisait le guet, ce soir-
là, au manoir de Nimbourg.

On pouvait dormir tranquille, sans crainte
d'une surprise, car Ambroise avait de bons yeux,
et Dieu sait s'il les promenait sur la campagne!

On pouvait reposer, disons-nous, confiant dans
la sentinelle, et pourtant tout le monde ne dormait pas.

A deux reprises, Charlotte s'était couchée,
mais le sommeil, ennemi de la crainte, avait fui
sa paupière. Avec des vibrations brûlantes, elle
entendait encore résonner à son oreille les paroles terribles du comte: «Si la bataille est perdue, dans trois jours l'ennemi marche sur le
château!»

Et si le château était attaqué, avant le retour
de la troupe, était-il en état de se défendre?......
Huit hommes en formaient la garnison! Les
femmes seraient un embarras plutôt qu'un aide!
Ebrard était parti, il est vrai, avec un important message, pour aller chercher du renfort;
mais s'il était pris en route!...... Si le message
tombait entre les mains des Huguenots, n'y
allait-il pas de sa vie et du salut de Nimbourg!...

Charlotte faisait ces tristes réflexions, assise au pied de son lit, relisant le message du sire de Montluc et, l'imagination aidant, chaque fois qu'elle en recommençait la lecture, ses yeux troublés croyaient y voir ce qu'ils n'avaient pas vu encore.

Gabrielle, au contraire, enveloppée dans son manteau de nuit, immobile sur un banc de la terrasse, repassait, en esprit, les événements de la journée; son âme était aussi agitée que celle de Charlotte, mais par des pensées bien différentes. L'une était obsédée par le fracas des armes s'élevant dans le lointain, l'autre plongeait avec délices dans des rêves d'amour!

Vaincue par la fatigue, fascinée par la brillante lumière des étoiles qui scintillaient au ciel, bercée par le murmure des vagues qui frappait l'oreille comme un mystérieux écho, Mademoiselle de Blaimont s'endormit.

Dans un songe heureux, Ebrard lui apparut.

Il était beau dans son costume de gentilhomme, avec son épée brillante suspendue à la ceinture! Sa taille était élégante, son port majestueux, son front découvert, sa physionomie douce et énergique à la fois; son regard plein de flamme s'attachait à elle et sa voix, suave comme un chant, lui répétait: Gabrielle, je vous aime!

Puis, tout à coup, le spectacle change; un son de cloches se fait entendre; les orgues d'une église chantent une hymne de fête; elle voit défiler un long cordon de jeunes prêtres qui, tous, vont se prosterner devant l'autel et s'inclinent sur les dalles. Ebrard est avec eux!........ Gabrielle pousse un long soupir et s'éveille, baignée d'une sueur froide comme le marbre d'un tombeau.

Roulant son manteau autour de ses épaules, rappelée à la réalité par la fraîcheur de la nuit, frissonnante encore de l'émotion que lui avait causé son rêve, Mademoiselle de Blaimont s'élança vers l'escalier qui conduisait à son appartement.

Arrivée au milieu de l'escalier, elle frôla quelqu'un qui descendait à pas de loup.

«C'est vous, Madame?» hasarda Gabrielle.

Personne ne répondit, mais elle sentit une main prendre la sienne, et un frisson de crainte parcourut tous ses membres; elle la retira vivement et allait pousser un cri, lorsque le bruit d'une porte qui s'ouvrait au premier étage, arriva nettement à elle.

L'inconnu descendit rapidement l'escalier et se perdit dans les ténèbres.

Toute bouleversée, Gabrielle gagna sa chambre, et telle était son émotion, qu'elle oublia d'en fermer la porte.

Quel était l'audacieux qui s'était mis sur son chemin?.... Avait-on voulu lui faire du mal?...... Avait-on voulu l'effrayer?...... Un moment, elle

eut l'idée de sortir et d'aller faire part de sa
mystérieuse rencontre à la vieille comtesse; elle
n'était pas encore couchée, puisque c'était la
porte de son appartement qui, à coup sûr, venait de s'ouvrir. Mais alors, elle allait jeter
l'alarme dans le château; peut-être Charlotte
allait la traiter d'hallucinée!

Elle résolut d'attendre que la réflexion lui
dictât ce qu'elle avait à faire.

Soudain, une idée lui vint : Et si c'était
Ebrard?.... Mais alors, pourquoi n'aurait-il pas
parlé?...... Si c'était lui, vraiment, il l'avait reconnue, et alors, pourquoi rester muet?......

Si c'était Ambroise, quel intérêt avait-il à
garder le masque de l'inconnu?......

Trouble facile à comprendre, perplexité de
nature à faire oublier le besoin de repos, et
qu'augmentait singulièrement une imagination ardente et une violente situation d'esprit!

Les souterrains

Qu'on se figure dans les entrailles de la terre
de vastes excavations pratiquées à force de patience et de sueur et allant aboutir au loin, dans
un bois; que d'espace en espace, de chaque côté
de ces chemins ténébreux, sur une longueur de
plus de cent mètres, on place des cellules
à double porte; que dans ces cellules, affreux
réduit, l'esprit se représente des êtres humains
couchés sur la paille, les pieds liés par des chaînes rivées au mur; que dans ces cachots horribles, l'oreille entende des gémissements étouffés,
et des râles d'agonie; que le regard, soudain,
s'éclaire dans l'ombre et aperçoive de temps à
autre, une sinistre figure; que cette figure soit
celle d'un homme qui s'arrête tout à coup devant un de ces cachots et fasse entendre, pour
le murer, le bruit que fait entendre celui qui cloue
un cercueil; on aura alors une idée, encore affaiblie peut-être, mais une idée des souterrains de
Nimbourg.

Cela dit, nous reprenons le fil de notre histoire.

Onze heures sonnaient à l'horloge, quand Gabrielle crut entendre parler dans le corridor.

Mue par une vive curiosité mêlée de crainte, elle alla se placer dans l'embrasure de la porte qui était restée entrebâillée. Elle distingua nettement la voix de Charlotte qui se laissait entendre dans le silence de la nuit: «Point de pitié, disait-elle; le temps presse; demain, peut-être, il serait trop tard; encore six qu'on n'aura plus à craindre; Va! fais ton devoir; c'est l'ordre formel de monseigneur!»

Et la comtesse rentra dans son appartement.

Puis une ombre se glissa en silence le long des murs, descendit l'escalier, et allait disparaître, quand Gabrielle, oubliant toute prudence, jeta de nouveau son manteau de nuit sur ses épaules, s'enveloppa la tête d'un écharpe de dentelle qui lui servait de voile, et s'élança rapidement sur ses traces, avec assez de précaution néanmoins, pour ne pas être remarquée.

L'ombre descendit l'escalier, tourna à gauche dans la cour, descendit un autre escalier et s'arrêta devant une porte solidement grillée.

En passant dans la cour, aux rayons de la lune, la jeune fille put reconnaître le serviteur du château dont nous avons esquissé le portrait dans le chapitre précédent.

D'une main il portait un trousseau de clefs et de l'autre une antorche prête à être allumée.

Arrivé à la porte grillée, l'homme s'arrêta et

se disposait à faire jaillir la lumière, quand Gabrielle se mit à tousser pour attirer l'attention.

—«Quelqu'un ici?» s'écria Ambroise de sa grosse voix. Et en même temps il porta la main au pistolet qui pendait à sa ceinture.

—Doucement, Ambroise, c'est moi! répondit Gabrielle, et elle s'élança à son devant, relevant son écharpe pour être plus facilement reconnue.

—Vous ici, Mademoiselle! balbutia Ambroise, en essayant de donner à sa voix toute la douceur possible; vous ici!...... à cette heure!...... mes yeux ne me trompent-ils pas?

—Tes yeux sont bons, Ambroise; c'est moi! moi, Gabrielle.

L'homme restait stupéfait.

Ta surprise est grande, n'est ce pas? continua la jeune fille; eh bien! je veux savoir où tu vas à une heure si avancée.

—Noble demoiselle, répondit Ambroise visiblement embarrassé, pourquoi m'interroger? pourquoi délier une bouche que scelle le devoir, et vouloir pénétrer des secrets faits pour être enfouis?

—Parle, Ambroise! de grâce, parle! où vas-tu?

Ambroise baissa la tête et parut réfléchir un instant, comprenant sans doute la portée de ce qu'il allait dire et en sondant les conséquences.

—Parle! répéta Gabrielle, en attachant ses grands yeux sur le vieux serviteur.

—J'étais à la tour, noble enfant, balbutia

Ambroise, et maintenant je descends aux souterrains.

—Eh bien! Ambroise, je veux que tu me laisses descendre avec toi; tu ne vas pas me refuser, j'espère, de connaître cette partie de Nimbourg que je brûle de voir depuis longtemps, et qu'on s'est plu à me cacher.

Ambroise recula d'un pas, et, secouant la tête d'une façon significative:

—Vous, enfant! descendre aux prisons!......Mais savez-vous, qu'en moins de temps qu'il n'en faut pour le dire, votre belle figure se ternirait!...... Vos poumons délicats ne sauraient respirer un air qui asphyxie!...... Ignorez-vous que ce sont des tombeaux dont vous auriez peine à sortir! d'ailleurs......

—Sois sans crainte, mon brave Ambroise; ouvre! je veux te suivre! de grâce, laisse-moi!

Ambroise, l'homme de fer, le cœur de pierre pour tout autre, se sentit vaincu par la touchante voix de cette jeune fille; son énergie tombait sous le regard magnétique de la belle châtelaine, comme se fond le métal le plus dur sous l'action du brasier.

Emu, fasciné, ayant à peine conscience de l'acte qu'il accomplissait, il passa dans la serrure une grosse clef, et la lourde porte roula sur ses gonds.

Ils entrèrent et descendirent dix marches. A la lueur blafarde de l'antorche, Gabrielle vit

s'allonger un corridor sans fin, à la voûte écrasée et aux parois humides; puis, le long du corridor, d'espace en espace, de petites portes
grillées. Un frisson d'horreur la saisit, mais
dominant son émotion et puisant la force dans
son énergie:

—Là dedans, Ambroise, qu'y a-t-il? s'écria-
t-elle.

—Les prisonniers, enfant! les prisonniers de
monseigneur!

—Ouvre, Ambroise! je veux les voir; je le
veux!

Et en prononçant ces mots, sa voix tremblait
d'indignation et d'horreur.

—Epargnez-vous, noble enfant, un spectacle
peu fait pour le regard d'une femme.

—Ouvre! te dis-je; je veux connaître à fond
les souterrains; mon regret serait grand, si je
perdais une occasion qui naît pour la première
fois, et qui, jamais peut-être, ne se représen-
tera.

— J'obéis, puisque tel est votre désir, mais il
m'en coûte, enfant, de mettre sous vos yeux des
hommes qui se réveilleront demain dans l'é-
ternité!

La jeune fille éprouva une sorte de commotion
pareille à celle qu'on doit éprouver quand la
foudre vous frôle.

—Que veux-tu dire, Ambroise? s'écria-t-elle
avec force; serais-tu un assassin?

—Je suis tout, ma noble demoiselle, et je ne suis rien, dit Ambroise en baissant la tête, comme s'il eût eu conscience de l'odieux ministère qu'il était obligé de remplir; puis, ouvrant la porte d'un cachot, il ajouta: «Je suis un instrument dans la main de monseigneur; on ordonne, j'obéis!»

Une porte grinça et un spectacle affreux s'offrit aux regards de Mademoiselle de Blaimont.

Six hommes enchaînés, six squelettes, plutôt, gisaient sur une paille infecte! Leur figure décharnée et leurs yeux encavés ne laissaient aucun doute sur les longues souffrances qu'ils avaient dû supporter.

«Allons! fais ton œuvre, bourreau, gémit l'un d'eux, en essayant de secouer la lourde chaîne qui retenait ses pieds captifs; fais ton œuvre, ce sera plus tôt fini!»

Et il retomba sur la paille, sans même détourner la tête.

Gabrielle poussa un cri d'effroi, en voyant Ambroise faire ses préparatifs pour murer le cachot, et d'un mouvement rapide, elle s'élança à l'intérieur.

Le spectre qui avait parlé leva les yeux, en entendant ce cri perçant, et crut à une vision en apercevant devant lui l'image d'une femme qui lui sembla un ange descendu du ciel; sa respiration parut s'arrêter; ses yeux démesurément ouverts, se fixèrent sur Gabrielle d'une façon inexprimable, et il n'articula pas un mot. Il était en extase.

—Mon ami, dit la noble enfant, d'une voix mêlée de sanglots, vous souffrez, n'est-ce pas?

Le prisonnier se tut.

—Vous souffrez? répéta Gabrielle en se penchant vers l'infortuné.

—Oh! pas en ce moment, gémit une voix affaiblie qui semblait venir de l'éternité.

—Frère, reprit Gabrielle, que peut-on faire pour vous soulager?

—M'accorder une seule chose, répondit le prisonnier: la liberté ou la mort! Et il referma les yeux.

—Allons! Mademoiselle, l'heure s'avance; il faudrait sortir, dit Ambroise, dont la voix résonnait sous la voûte comme un glas funèbre.

—Sortir! s'écria Gabrielle dont les yeux lançaient des éclairs et dont la voix vibrait d'une façon étrange; sortir!....pour te laisser murer un tombeau!...... Aller respirer la vie, quand d'autres respirent la mort! ..... Je ne sors pas, Ambroise, entends-tu?....fais ton œuvre, si aucun accent de pitié ne s'élève dans ton âme; fais ton œuvre, je veux mourir, puisqu'il n'y a plus sur terre un cœur sensible à l'infortune!...... Je veux mourir, puisqu'il faut du sang pour désaltérer les hommes; fais ton œuvre, et va dire à ton maître que tu as eu une victime de plus à immoler!......

En prononçant ces mots, des larmes brûlantes
coulaient à flots sur son visage; elle s'était redressée de toute sa taille, admirable, sublime. On eût
dit une lionne lançant un défi au tigre dans un
suprême désespoir.

Ambroise, nous l'avons dit plus haut, avait,
sous une écorce grossière, une âme droite, noble,
sensible peut-être; en outre, il professait pour
Mademoiselle de Blaimont un respect, une affection qui tenaient du culte.

—Que faut-il faire, alors? dit-il.

--Le prisonnier te l'a dit, répondit vivement
Gabrielle; il faut la liberté!

—La liberté, enfant! Et les ordres de monseigneur?...... C'est notre arrêt de mort que nous
prononçons, s'il s'aperçoit, un jour, qu'il a été
trahi!

—Ambroise, mieux vaut mourir en donnant la
vie, que vivre en donnant la mort! Il faut la liberté, te dis-je.

Ambroise était vaincu.

La faible voix d'une enfant avait été plus
puissante dans la prison, que les rugissements du
bronze sur les champs de bataille.

Les fers tombèrent, laissant les infortunés libres dans leurs mouvements.

«Ange de Dieu, dit le prisonnier en baisant
avec délire la main de la jeune châtelaine, sois
béni!......

Ton image, comme un rayon divin, fera vivre

à jamais dans mon cœur le souvenir de l'heure où je te dois la vie!...... Je m'appelle Arthur de Brissac. Fasse le ciel qu'un jour nous nous retrouvions sur la terre! Je saurai te prouver qu'en arrachant un infortuné à la mort tu n'as pas fait un ingrat!»

Un quart d'heure après, six hommes à l'aspect de vieillards, sortaient du manoir de Nimbourg et se perdaient dans la campagne silencieuse.

L'astrologue

Ambroise et Gabrielle, semblables à deux fantômes se mouvant dans un sépulcre, sortirent du
souterrain, l'un morne, pensif, la tête baissée,
comme celui qu'agite le remords; l'autre gaie,
alerte, rayonnante, comme quelqu'un dont le
cœur palpite au souvenir d'un bienfait.

Minuit sonnait quand ils franchirent la porte
de cet horrible séjour. Un silence profond régnait
dans le manoir où l'obscurité était complète,
car, dans l'espace d'une heure, le ciel avait
changé d'aspect. Brillante quand ils étaient entrés, la lune avait disparu du firmament, voilée
par de gros nuages et le vent commençait à mugir à travers les portes.

—Nuit de Dieu pour nos prisonniers! murmura
Gabrielle en se penchant à l'oreille de son
compagnon; tu vois bien que le ciel nous favorise!

Ambroise ne répondit pas.

—Et maintenant, Mademoiselle? dit-il au bout
d'un moment.

—Maintenant, va dire à ta maîtresse que c'est

fait, et dors tranquille; le secret est entre Dieu
et nous! N'oublie pas, Ambroise, que Dieu a
horreur du sang; Lui seul donne la vie; Lui
seul a le droit de l'ôter. Va, mon brave, et sois,
sans crainte.

Et d'un pas agile, se dirigeant admirablement
au milieu des ténèbres, la jeune fille s'élança
dans la cour, gagna sa chambre sans obstacle et
dormit d'un sommeil profond.

Ambroise, fortifié et rassuré par les touchantes paroles de Gabrielle, mentit hardiment et
sans se troubler, pour la première fois de sa vie,
peut-être, car il avait la nature droite du soldat,
la foi robuste du Breton et le scrupule de l'ignorant.

Le premier pas était fait! Il appartenait maintenant à la généreuse enfant dont le dévouement
sublime l'avait vaincu.

Certes, il ne s'était pas trompé dans ses ap-
préciations. Gabrielle avait vraiment en elle quelque chose de surnaturel; son regard possédait
une puissance magnétique telle; il y avait dans
sa voix quelque chose de si pénétrant, qu'on ne
pouvait lui résister.

D'ailleurs, y avait-il à balancer?

Ne valait-il pas mieux obéir à l'enfant droite,
généreuse, candide, que se faire l'esclave d'un
maître sanguinaire?...... Car enfin, en faisant un
retour sur le passé, que de choses honteuses il
avait vu s'accomplir à Nimbourg! Que de cri-

mes, que d'infamies sur le compte des châtelains?

Que de sang répandu! Que d'innocents criaient vengeance!

Non! il n'y avait pas à balancer! L'étoile lui avait apparu; elle le guidait, il fallait la suivre!

Ambroise s'exaltait et puisait le calme dans ces réflexions.

Il avait manqué au devoir; il avait trahi le comte et la comtesse, et pourtant sa conscience se taisait. Gabrielle avait anéanti ses scrupules en lui disant, d'un air inspiré: «Dieu a horreur du sang; mieux vaut mourir en donnant la vie que vivre en donnant la mort.»

A une heure, le vieux soldat dormait du sommeil du juste et le reste de la nuit s'écoula dans le plus grand calme.

Quand les premiers rayons du soleil apparurent à l'horizon, Gabrielle rêvait aux anges dans son lit de chêne sculpté! A travers les plis gracieux de riches draperies, on pouvait voir ses mains croisées sur sa poitrine; sa bouche sur laquelle errait un mystérieux sourire, semblait entr'ouverte pour la prière; sa figure aux fins contours éveillait l'idée de ces toiles de maître auxquelles le pinceau de l'artiste paraît avoir communiqué la vie.

Tableau charmant, de nature à donner au peintre le souffle de l'inspiration et à plonger le poète dans la rêverie!

Il était environ huit heures quand elle s'é-

veilla. Entendant le chant des oiseaux sous ses
fenêtres, et voyant les rayons du soleil inonder sa
chambre, elle se leva rapidement, se reprochant
sa paresse, et se souvenant de la bonne action
qu'elle avait accomplie la nuit; oubliant sa mystérieuse rencontre; songeant à Ebrard qu'elle allait
voir sans doute, elle sentit son cœur déborder de
joie.

Alors, saisissant son luth, muet depuis longtemps, elle se mit à jouer. Les cordes frémis-
saient sous ses doigts émus et l'instrument vibrait
sous le souffle de l'inspiration, rendant admirablement sa pensée.

Dans son enthousiasme, ne voyant plus, n'entendant plus, elle chantait, et dans le timbre de
sa voix il y avait quelque chose de si doux et
de si expressif à la fois, qu'un page, passant
dans le corridor, s'arrêta pour l'écouter.

Son ravissement dura quelques instants, à peine,
car soudain, une porte s'ouvrit et Charlotte, la figure vivement contractée, apparut, frémissante, arrêtant Gabrielle dans ses plus mélodieux accords.

—Vous chantez, Mademoiselle, dit la vieille
châtelaine, sans préambule, vous chantez, quand
il faudrait pleurer!...... Vous chantez, quand le
salut de Nimbourg ne tient, peut-être qu'à un
fil!...... Prenez garde, malheureuse, que votre
chant ne soit le chant du cygne!

—Encore quelque mauvaise nouvelle, Madame?
répondit Gabrielle surprise.

—Vous jugerez, Mademoiselle.

Cette nuit, l'astrologue qu'on avait fait pré-
venir depuis plusieurs jours, est arrivé; enfermé
dans la tourelle, il a interrogé les astres et......

—Qu'a dit le savant homme? interrompit Mademoiselle de Blaimont, sans s'émouvoir.

—Ce qu'il a dit!...... Des choses à faire frémir!
Il a annoncé des événements épouvantables!......
Et si vous pouviez avoir l'idée de douter, voici
qui est de nature à vous convaincre! On a de
bons yeux à votre âge.

Et Charlotte jeta sur la table où le luth semblait encore agité par ses dernières vibrations,
un papier bizarrement découpé, couvert de dessins
étranges et de figures cabalistiques.

Gabrielle promena sur le papier un regard
où se peignait la surprise, et ne répondit pas.

—Douterez-vous maintenant? s'écria la comtesse.

—Madame, répondit la jeune fille avec un calme imperturbable, je dois vous confesser que ma
science est faible devant ces hiéroglyphes, et je
suis surprise vraiment que .....

—Ce n'est pas tout, Mademoiselle; voici qui
est plus clair et que vous allez saisir:

Cette nuit, vers deux heures, on a vu six
hommes errer dans les environs du château, des
espions sûrement qui étudient le terrain pour reconnaître le côté faible de Nimbourg et en tirer
profit, à l'occasion!...... Et avec cela, sans nou-

velles du comte, et sans hommes pour soutenir
une attaque sérieuse!...... Si on avait encore
l'espoir de recevoir du renfort! mais d'espoir,
il n'y en a plus! Dieu seul peut faire un miracle.
La campagne est infestée de Huguenots; on dirait
que cette race maudite pousse partout. Hier
même, Monsieur Ebrard est parti d'ici avec un
message pour le comte de Maulevrier, et, sans
la Providence qui est venue à son aide, il tombait fatalement entre les mains de ces scélérats!

—Monsieur Ebrard est allé porter un message?
hasarda Gabrielle qui releva vivement la tête,
en voyant la tournure que prenait la conversation.

—Oui, un message! Et il est rentré hier au
soir, ayant fait dix lieues à cheval et sans amener
un homme; il a été attaqué et n'a dû son salut
qu'à sa grande présence d'esprit.

—Monsieur Ebrard a été attaqué? interrompit
la jeune fille qui sentit un frisson parcourir tous
ses membres.

—Il a été attaqué, je le répète, et il s'en est
tiré comme un chevalier rompu à la guerre. Quand
je vous dis que ce jeune homme fera son chemin! Il y a en lui le soldat, le prêtre, le gentilhomme.

L'intérêt de Gabrielle allait croissant; maintenant elle ne perdait pas une syllabe.

—Madame, demanda-t-elle, Monsieur Ebrard
a-t-il parlé avec l'astrologue?

—Il ne l'a point vu, Gabrielle, mais ce qu'il a eu sous les yeux, ce sont ces signes que vous traitez de hiéroglyphes, et certes, à l'expression de sa physionomie, j'ai pu me rendre compte qu'il ne comprenait que trop! Lui-même pourrait vous le dire, s'il était là maintenant.

—Monsieur Ebrard est donc reparti?

—Monsieur Ebrard repose en ce moment, ayant veillé au donjon, une partie de la nuit.

—Ambroise ne serait-il plus au château, Madame?

—Ambroise a eu cette nuit des occupations tout aussi sérieuses; il est à la tour, à l'heure présente. Ambroise parti!....... notre meilleur serviteur!...... Y pensez-vous, Mademoiselle?......

Et qui donc manœuvrerait la coulevrine, en cas d'attaque?

Et sans attendre de réponse, la comtesse saisit vivement le papier, le roula soigneusement et sortit.

L'espion

Quand Charlotte eut franchi le seuil de la porte, Gabrielle poussa un soupir de satisfaction.

Décidément, tout lui venait à souhait. La comtesse devait l'effrayer, et sans s'en douter, elle lui donnait la clef de bien des choses qui agitaient son esprit. La veille, Ebrard avait été invisible; mais cela s'expliquait, puisqu'il avait été absent; Ambroise ne s'était pas trahi, puisque Charlotte, loin d'avoir le moindre soupçon sur ce qui s'était passé, parlait de lui comme du plus fidèle des serviteurs.

Quant aux six hommes qu'on avait vu rôder, la nuit, et qu'on avait pris pour des espions, c'était, à ne pas en douter, les six infortunés qui gémissaient dans le cachot du souterrain et qui lui devaient la liberté.

Restait la menaçante prédiction de l'astrologue. En y songeant, un sourire effleura les lèvres roses de Gabrielle. La jeune fille était trop éclairée pour être superstitieuse; Ebrard était trop intelligent pour avoir voulu contrarier la comtesse qui, d'ailleurs, avait le pouvoir de faire trembler tout le monde.

Oh! Ebrard! Comme son cœur battait en pensant à lui! Comme elle caressait le moment où il lui serait enfin donné de le voir! Elle se consumait dans l'attente, et la difficulté semblait encore accroître ses désirs.

Mais qu'importe l'attente; qu'importe la fatigue; qu'importe le souci, quand le succès est là?...... Qu'importe au matelot la tempête furieuse, quand le navire touche au port?...... Le soleil fait oublier l'orage, et le triomphe réduit le sacrifice à néant.

Vers neuf heures, le galop d'un cheval se fit entendre, et Gabrielle, sortant de l'idéal pour palper le réel, put apercevoir, de sa fenêtre, un cavalier qui franchissait le pont-levis.

Elle abandonna précipitamment sa chambre et s'élança dans l'escalier.

Charlotte, que la crainte tenait sans cesse en éveil, l'avait devancée dans la cour et commençait déjà à causer avec l'inconnu.

—Qui es-tu? disait la comtesse, et quelles nouvelles apportes-tu?

—Je suis un soldat de monseigneur, recruté sur sa route, répondit hardiment l'étranger; j'ai fait quinze lieues à cheval pour apporter au château la bonne nouvelle.

Le visage de Charlotte s'illumina.

—Entre! dit-elle; sois le bienvenu et parle!

parle vite, car nous étions en peine depuis le
départ de la troupe.

—Dieu soit loué, Madame! l'ennemi est battu,
broyé, pulvérisé!

La comtesse poussa un soupir de soulagement,
tandis que Gabrielle écoutait, impassible, et que
l'inconnu continuait à parler:

«Quelle épée, Madame, celle de monseigneur,
rien ne résiste à son attaque; à lui seul, il vaut
vingt hommes; les ennemis s'abattent sous ses
coups, comme les feuilles tombent sous l'ouragan!»

—Ah! digne fils de mes entrailles! interrompit Charlotte en se redressant d'un air triomphant; l'orgueil de notre famille! la gloire de
nos aïeux!

Le héraut suspendit un moment son récit,
profitant de l'explosion de l'amour-propre mater-
nel sensiblement flatté, pour envelopper d'un regard scrutateur ce qui l'entourait et graver dans
son esprit l'image de la ravissante jeune fille
qui était là, devant lui, el semblait prendre un
intérêt médiocre à des nouvelles si importantes,
pourtant.

—Soldat, s'écria la comtesse qui, dans son
enthousiasme n'avait point remarqué l'inspection
significative que faisait l'inconnu, dis-moi: l'ennemi a-t-il attaqué Montluc?

—Madame, reprit le messager, une troupe
nombreuse de Huguenots avait attaqué le châ-

teau, avec une impétuosité telle, que les défenseurs, en trop petit nombre pour soutenir le
choc, commençaient à plier; d'énormes brèches
étaient faites dans les murailles; l'ennemi montait déjà à l'assaut, bravant une grêle de traits,
bravant l'huile bouillante qui pleuvait des mâchicoulis......

Quel acharnement, Madame, ont ces satanés
Huguenots! braver......

—Continue, interrompit Charlotte; nous avons
hâte de savoir la fin; tu feras tes réflexions ensuite.

—Eh bien! Madame, la grande porte commençait à céder sous les coups de hache, et
c'en était fait de Montluc, quand soudain, les
éclats d'un cor se font entendre, dominant le
fracas du combat, et un homme de haute taille,
menaçant, terrible, s'élance dans la mêlée, criant
avec des poumons d'hercule:

«Mort aux Huguenots! point de quartier pour
ces chiens-là!» Sa troupe le suit comme un
seul homme; et alors...... quel carnage!...... quelle mêlée!...... quel enfer! ... Jour de Dieu! j'y
étais, Madame, et certes, pour ma part......

—Continue, te dis-je, reprit la comtesse, peu
désireuse de voir le héraut faire son panégy-
rique.

—Alors, Madame, l'ennemi, saisi d'une terreur
panique, croyant sans doute avoir affaire à l'ange exterminateur lui-même, s'est débandé dans

une confusion inexprimable. Quelle déroute, Madame!...... Quelle fuite!...... Quelle frayeur!......

Et il laissa échapper un bruyant éclat de rire
qui, dans toute autre circonstance, lui eût valu
la prison.

La comtesse fronça les sourcils d'une façon
sévère; puis, ne songeant qu'à la victoire:

—Quel est ton nom? dit-elle.

—Je m'appelle Gildas.

— Ton âge?

—Vingt-huit ans.

—Ton métier?

—Hier pêcheur, aujourd'hui soldat, demain
qui sait?......

—As-tu une famille?

—Je n'en ai point, Madame, depuis que ces
scélérats ont incendié ma cabane et assassiné
ma vieille mère!

—Qui? ces scélérats?

—Les bandits qui nous font la guerre, Madame, les Huguenots!

Et se redressant vivement, comme aiguillonné par de poignants souvenirs, il parut essuyer
une larme.

Après une courte pause que la comtesse attri-
bua à une légitime émotion, il reprit:

—Malheur à celui d'entre eux qui me tombe
sous la main!...... Bon nombre ont su déjà ce
que peut ce poignard guidé par la vengeance!
Et ses doigts vigoureux pressaient à la briser,

la poignée d'une arme tranchante dont la lame disparaissait dans la gaîne.

Il y eut un moment de silence que la vieille châtelaine rompit la première:

—Connaissais-tu monseigneur, avant la bataille? dit-elle.

—J'en avais entendu parler, Madame, comme d'un vaillant chevalier, d'un ennemi redoutable pour les Huguenots; mais depuis qu'il m'a été donné de le voir à l'œuvre........ Ah! Madame, quel feu dans l'attaque! Quelle vigueur dans la mêlée! Quelle bravoure dans le combat!......

Et ses yeux se fixèrent de nouveau sur Gabrielle qui suivait le dialogue, à deux pas de là.

La comtesse reprit:

—Crois-tu que monseigneur puisse être de retour bientôt?

—Sans nul doute, Madame; l'ennemi écrasé, qui pourrait lui barrer le passage? Qui oserait se mesurer encore avec un chevalier tel que le sire de Blaimont; avec un homme qui couche sur le sol tout ce qui se met à portée de son bras?

Charlotte émue, gonflée d'orgueil, relevait fièrement la tête, laissant aller son regard du soldat à Gabrielle et de Gabrielle au soldat, voulant dire, dans un éloquent silence: « La mère du vaillant chevalier c'est moi; » tandis que la jeune fille simple, modeste dans son maintien, mais expressive peut-être, dans un léger sourire, semblait demander à Charlotte: « Et l'astrologue, Madame? »

—C'est bien! reprit soudain la comtesse; voilà pour ta course, soldat! Va rejoindre monseigneur, et que Dieu t'accompagne!

Le guerrier ouvrant une main avide sous la pièce d'or qu'on lui tendait, s'inclina jusqu'à terre, promena encore un long regard autour de lui et se retira.

Un instant après il franchissait le pont-levis et galopait à fond de train dans la campagne.

Fiancés

Le messager parti, les prédictions de l'astrologue se dissipaient dans l'esprit de Charlotte,
sans laisser d'autres traces que celles que peut
laisser un affreux cauchemar.

Le savant homme s'était trompé!

Obéissant à l'impulsion de la joie, se sentant
légère, malgré ses soixante-dix ans, la comtesse
se dirigea rapidement, sans compromettre toutefois sa gravité, vers l'escalier qui conduisait au
premier étage.

Tous les gens du château couraient déjà à sa
recontre, sauf le guetteur et Ebrard que l'excès de fatigue supportée la veille, tenait encore
endormi. On avait aperçu le messager et on était
anxieux de connaître la nouvelle.

«Mes amis, s'écria la comtesse, réjouissez-vous
et rendez grâces à Dieu!...... La vérité triomphe
de l'erreur, comme le jour triomphe de la nuit!
Monsieur le comte vient de gagner sur l'ennemi
une victoire éclatante, et sa troupe a écrasé les
Huguenots, comme le marteau écrase le fer sur
l'enclume!...... demain, peut-être, votre maître
sera de retour!»

«Vive monseigneur! crièrent plusieurs voix à l'unisson; vive!»......

«L'heureuse nouvelle, continua la comtesse, nous vient d'un inconnu, il est vrai, mais la bravoure du sire de Blaimont, sa vaillance tant de fois éprouvée sur les champs de bataille où la plupart d'entre vous l'ont vu à l'œuvre, nous sont un garant de la vérité; il est peu à craindre que le messager nous ait induit en erreur,»

L'enthousiasme venait de se ralentir.

«Soyez sans crainte, mes amis, ajouta Charlotte, et partagez la joie que j'éprouve moi-même! notre cause est celle de Dieu!»

Et d'un geste d'autorité elle leur ordonna de se retirer, gagnant elle-même son appartement.

Tout le reste de la journée, elle fut d'une humeur qui faisait d'elle une autre femme.

Elle avait un mot pour chacun et Mademoiselle de Blaimont avait peine à reconnaître en elle l'aïeule malveillante qui, le matin encore, cherchait à l'effrayer.

Le soir venu, elle envoya tout le monde se coucher, sauf la sentinelle qui n'abandonnait jamais le donjon.

On pouvait dormir tranquille; le danger redouté avait disparu; on pouvait oublier dans le repos la fatigue de deux nuits de veille.

Confiante, exempte presque de soucis, la vieille châtelaine s'enferma elle-même dans sa chambre et, sentant le sommeil appesantir ses paupières, elle s'endormit.

Gabrielle seule, ne partageait ni la joie, ni la tranquillité communes. A dix heures elle n'avait pas encore songé à aller prendre du repos. Extraordinairement contrariée de n'avoir pu, de toute la journée, causer avec Ebrard, avec cet homme qu'elle aimait, qui vivait sous son toit et qui s'évanouissait, au moment où l'attente semblait toucher au terme, pareil à ces feux-follets que poursuivent les enfants, elle rêvait, assise au pied de son lit, s'abandonnant à une indéfinissable tristesse.

A plusieurs reprises elle déroula le billet d'Ebrard, le lut et le relut, attachant son regard sur le précieux papier, gage de son bonheur futur.

Ebrard n'était pas un fantôme dont se berçait son imagination en délire! Ebrard était bien un homme réel, palpable, puisqu'il lui avait écrit!...... Son billet n'était-il pas là, faisant frissonner ses mains, enflammant son cœur, agitant son cerveau!....

Persuadée qu'elle chercherait en vain le sommeil, cette nuit-là, Gabrielle résolut de monter à la tour pour jouir du spectacle de la nuit et dissiper les scrupules d'Ambroise, s'il lui en restait encore. Le brave serviteur qui, pour elle, avait trahi son maître, et partant, exposé sa vie, méritait bien quelques paroles d'affection et d'encouragement!...... La nuit, d'ailleurs, n'invitait-elle pas à la rêverie, dans le spectacle ravissant qu'elle offrait?......

Au ciel, des milliers d'étoiles mêlant leurs feux aux rayons de la lune!...... Sur la terre, le calme parfait!...... dans l'espace, la brise!...... au loin, les ondulations de la mer, et dans le feuillage une mystérieux murmure!......

Nuit enchanteresse, faite pour élever l'âme, et confondre ceux qui doutent!.... Spectacle attendrissant où la main de Dieu, visible dans le ciel, palpable sur la terre, fait jaillir du cœur des cantiques d'amour, plonge l'âme dans l'extase et abîme la créature dans l'infini!

Après s'être donc assurée, dans la mesure du possible, que la comtesse dormait, la jeune fille se glissa le long des corridors silencieux, enveloppée dans sa mante et gravit avec précaution l'escalier conduisant à la tour.

Onze heures sonnaient à l'horloge, quand elle mit le pied sur la première marche.

Un frisson la saisit involontairement. C'était l'heure où, la nuit précédente, elle entrait dans le souterrain, et l'affreux spectacle du cachot passa sous ses yeux, comme une vision lugubre. Un moment, elle eut l'idée de retourner en arrière, se reprochant presque son audace; mais le premier mouvement l'emporta.

Arrivée, sans bruit, au sommet de la tour, elle s'arrêta pour respirer et écouter un instant.

La sentinelle était là, debout, le regard tourné du côté de la mer et interrogeant l'horizon.

Gabrielle put l'examiner sans crainte d'être vue. Ambroise lui tournait le dos, et il semblait singulièrement attentif ou singulièrement rêveur, car il ne faisait pas un mouvement. Il repassait sans doute dans son esprit, la touchante scène de la prison! Fallait-il l'interrompre?.... Fallait-il attendre qu'il se retournât?...... Gabrielle attendit.

Cinq minutes s'écoulèrent; la sentinelle ne bougea pas! Ses yeux ne la trompaient-ils pas?...... Y avait-il quelqu'un, vraiment, ou son imagination surexcitée, ne lui présentait-elle que l'ombre des créneaux formée par les rayons de la lune?...... Le guetteur serait-il endormi?......

—Impossible, puisque s'il y était, il était debout!

Soudain, la sentinelle se mit à parler à demi-voix.

Gabrielle, vivement intriguée, s'approcha doucement et, à sa grande stupéfaction, put entendre le monologue suivant:

«Mon Dieu, vous qui savez combien je l'aime; vous qui savez combien je souffre, renversez les obstacles que je vois sur la route, et ne brisez pas sans retour le bonheur entrevu!......

Si je suis coupable d'aimer Gabrielle»......

Mademoiselle de Blaimont n'entendit pas le reste, mais elle sentit un frisson la parcourir depuis la plante des pieds jusqu'à la pointe de ses cheveux; ses yeux se troublaient, sa tête avait le vertige et son émotion était telle, qu'elle tremblait comme une feuille.

Secrets de Dieu! Mystères de la Providence! Prodige!...... Elle avait devant elle Ebrard!

Elle allait voir Ambroise, et son œil rencontrait l'homme qui bouleversait son esprit, la rendait aveugle sur le danger et absorbait toutes les facultés de son être; l'homme qu'elle voyait en rêve et qui fuyait au réveil!...... C'était lui!....

En proie à un trouble indescriptible, elle le contempla un moment, sans oser s'approcher, comme si elle eût craint que l'homme s'évaporât; que la vision s'évanouît comme celle d'un rêve; puis, soudain, n'y tenant plus, ivre de bonheur, folle d'amour:

«Monsieur Ebrard!» dit-elle. Et elle fit un pas en avant.

Le jeune homme bondit comme sous l'action d'un éclair; il regarda sans voir et recula d'un pas:

—«Qui est là? «s'écria-t-il.

—Monsieur Ebrard, c'est moi! balbutia la jeune fille d'une voix tremblante. Et en même temps elle s'avança vers le jeune homme.

Ebrard resta comme pétrifié; il voulut parler, et sa voix mourut dans sa gorge; puis, se remettant de sa surprise, de sa frayeur, peut-être, distinguant nettement:

—Mademoiselle Gabrielle! dit-il; ici!.... à cette heure!......

—Moi-même, Monsieur Ebrard! répondit la jeune fille avec une certaine timidité; vous allez me blâmer, sans doute?

—Vous blâmer, Mademoiselle!...... quand, depuis trois jours, je maudis le destin qui me sépare de vous!...... Je vous cherche, sans pouvoir vous rencontrer, comme si un génie malfaisant prenait plaisir à vous éloigner de moi!...... Vous blâmer, Mademoiselle!...... quand vous m'êtes devenue indispensable comme l'air que je respire!...... Vous blâmer, lorsque mon cœur tressaille!....

Et ses yeux, troublés naguère, lançaient des éclairs maintenant et perçaient la demi-obscurité.

Sans effort, il apercevait devant lui cette charmante créature qui, par un noble aveu, l'avait sauvé du gouffre peut-être, qui enflammait son âme et lui faisait entrevoir le ciel sur la terre.

Mademoiselle de Blaimont était vraiment belle avec ses longs cheveux gracieusement déliés, enveloppée dans sa mante que la lune émaillait de mille fils d'argent.

Femme séduisante, s'il en fût, la jeune châtelaine était, physiquement et moralement, comme nous l'avons dit plus haut, un chef-d'œuvre accompli de la nature.

—Vous m'aimez donc un peu, Monsieur Ebrard? hasarda tout à coup Gabrielle.

—Si je vous aime! répondit le jeune homme.
Et sa voix tremblait. Si je vous aime!.... Que
faut-il faire pour le prouver?

— Accepter simplement ceci, murmura Gabrielle. Et détachant de sa ceinture de petits ci-
seaux d'argent, elle coupa une mèche de ses
beaux cheveux, la roula en forme d'anneau et
la tendit à Ebrard.

Celui-ci saisit l'anneau et, le portant amou-
reusement à ses lèvres:

—Mademoiselle Gabrielle, dit-il, c'est notre
anneau des fiançailles, et je jure, à la face du ciel,
de mourir avant d'oublier qu'il est le gage de notre
éternel amour! Je jure......

A ce moment, un nuage passa sur la lune;
deux mains se rencontrèrent dans l'obscurité et
restèrent enlacées un instant; puis on entendit
un frôlement pareil à un bruit d'ailes, et un
baiser retentit dans la nuit, brûlant comme une
flamme, solennel comme un son de cloche!

Deux âmes venaient de se fondre en une;
deux cœurs venaient de battre à l'unisson, confiant leur secret au silence de la nature et leurs
soupirs à la brise de l'océan! Ebrard et Gabrielle
étaient fiancés.

Minuit sonnait. Mademoiselle de Blaimont descendit l'escalier de la tour, heureuse, légère, brû-
lante du baiser qui faisait bouillir son sang dans
les veines et semblait lui avoir communiqué la
force de tout braver maintenant.

Le comte victorieux allait rentrer, mais elle
ne le craignait pas; on contrarierait ses plans;
on sèmerait des difficultés sur sa route; on l'en-
fermerait peut-être dans un cloître, si son amour
était découvert; mais les obstacles tomberaient;
elle déjouerait les ruses malicieuses de Charlotte
et s'il le fallait, elle fuirait avec celui qui, spon-
tanément, avait répondu à l'appel de son cœur!
Ebrard devait être à elle, et elle devait être à
Ebrard! Personne n'avait plus le droit de toucher
à l'homme qui avait cimenté l'amour par un serment solennel.

Un baiser avait fait de la timide jeune fille
une femme, et une femme forte et décidée!
Vint l'heure où sa résolution fut mise à l'épreuve; elle saurait prouver ce qu'il y a de courage,
ce qu'il y a de constance, ce qu'il y a d'énergie
dans un cœur qui a dit: «*Je veux!*»

Le faux mendiant

Plusieurs jours s'étaient écoulés depuis le départ de la troupe, et le comte de Blaimont n'avait pas reparu. Gildas avait, pourtant, donné la nouvelle de sa victoire au château de Montluc et annoncé son prochain retour.

Que se passait-il donc?

Le comte avait-il jugé à propos de poursuivre ceux qui avaient survécu à la bataille, de les pousser jusque dans leurs derniers retranchements? ou le prétendu messager était-il un espion?...... Si le sire de Blaimont avait écrasé l'ennemi, pourquoi n'était-il pas rentré au château?.... Si des raisons sérieuses motivaient son retard, pourquoi n'envoyait-il pas un écuyer avec un mot écrit de sa main?....

Gildas était un inconnu; les Huguenots, d'une audace sans bornes, n'étaient-ils pas capables d'avoir envoyé un espion à Nimbourg pour se rendre compte du nombre de défenseurs que pouvait compter la forteresse et la surprendre plus facilement, en faisant croire à une défaite de l'ennemi?....

Un doute horrible commença à se glisser dans l'esprit de Charlotte.

Insensée! Eût-il fallu ajouter foi au récit d'un homme qu'on n'avait jamais vu, et qui n'offrait d'autres preuves de la vérité que sa parole?...... Etait-il prudent de croire aveuglément par le temps qui courait?...... N'était-il pas plus sage d'être avare de confiance, quand il s'agissait de nouvelles si importantes surtout?..... D'autre part, la prophétie de l'astrologue était là, menaçante, terrible!...... Le savant homme pouvait-il se tromper?...... Il avait annoncé des événements épouvantables, et ces événements devaient s'accomplir!...... N'était-ce pas de mauvaise augure qu'Ebrard eût failli tomber entre les mains de l'ennemi et qu'il eût dû rentrer au château sans amener le moindre renfort?.... N'était-ce pas le prélude des malheurs annoncés que ces hommes suspects qu'on avait aperçus, la nuit, dans les environs de Nimbourg?......

Telles étaient les pensées qui agitaient l'esprit de la vieille comtesse, trois jours après l'apparition de Gildas, — esprit lucide, fortement trempé, il est vrai, mais victime des grossières superstitions de son temps.

Tout le monde sait le rôle qu'a joué dans l'antiquité cet art mensonger de prédire l'avenir par l'inspection des astres. Si l'on se souvient que l'astrologie a occupé les hommes les plus éminents, dans tous les temps, et de tous les pays: Tacite,

Galien, Saint Thomas d'Aquin, même; que chaque prince avait, autrefois, son astrologue à la cour; que Louis XI avait Galeotti, et Catherine de Médicis Ruggieri, qu'il ne naissait pas un personnage sans lui faire tirer son horoscope, on ne sera point surpris de voir Charlotte de Blaimont, en 1560, trembler devant les prédictions dont nous avons parlé plus haut.

Il n'a fallu rien moins que l'éblouissante lumière de la science, pour ensevelir dans l'oubli ces superstitions grossières, filles de l'ignorance, et faire rentrer l'esprit humain dans le domaine de la raison.

D'une humeur agréable, tant qu'elle avait cru à la victoire, la vieille châtelaine de Nimbourg était redevenue elle-même à présent que le doute envahissait son âme.

Agitée, combattue, bouleversée par l'incertitude, elle allait dans le manoir, lançant des imprécations terribles contre les Huguenots; elle aurait voulu les exterminer jusqu'au dernier, préparer elle-même des potences, dresser des bûchers et y mettre le feu, comme elle le disait au comte avant son départ.

La nuit, elle passait des heures entières accoudée à une des fenêtres de son appartement, sondant les ténèbres, frissonnant au moindre bruit, apercevant un ennemi derrière chaque tronc d'arbre.

Sa vie était un supplice qui ne pouvait durer!

Et qui souffrait surtout de son humeur insuppor-
table?—C'était Gabrielle! Mais la jeune fille souffrait en silence, puisant la force dans l'amour, la
résignation dans l'espérance, attendant l'heure de
se montrer elle-même, confiante dans l'avenir qui
sourit toujours à la jeunesse. Avec un calme
imperturbable, elle écoutait les violentes apos-
trophes de la comtesse, à l'adresse des Huguenots; sans prononcer un mot, elle les entendait
appeler *chiens, bandits, scélérats, enragés*, quoique
son âme droite, généreuse, éclairée, condamnât
vivement ce langage.

On se disait champion de la foi, défenseur
zélé des vrais dogmes de l'Eglise; on se frappait
la poitrine, le matin, au pied de l'autel, et le
soir, on commandait l'assassinat sur des victimes
sans défense, on les murait vivantes dans leurs
tombeaux!......

Quelle horreur! Quelle sanglante ironie! Quelle
monstrueuse interprétation de la doctrine du Christ,
de cette doctrine sainte qui veut que la paix
règne dans le monde et que tous les hommes
soient frères! qui, dans son enseignement sublime, nous montre le pardon à côté de l'injure et
veut que, par la douceur, on ramène au bercail
les brebis égarées!......

Un soir, la comtesse se promenait dans la cour
du château, visiblement agitée, attendant Ambroise qui était parti, le matin, en quête de nouvelles. Les derniers rayons du soleil fuyaient à

l'horizon où de gros nuages commençaient à
s'amonceler; l'air était lourd et le calme, précur-
seur des orages, régnait dans l'atmosphère.

Les serviteurs fondàient des balles, en prévision d'une attaque, Ebrard montait la garde
au donjon, et, dans la chapelle, Gabrielle priait.

Tout à coup, un page, s'élançant dans la cour,
arracha la comtesse à ses sinistres pensées, en
lui annonçant le retour d'Ambroise qui arrivait,
suivi d'un inconnu, à l'allure étrange, comme on
va le voir:

C'était un homme de cinq pieds six pouces
environ, couvert de haillons et chaussé de sandales; d'une main il portait un gros bâton
noueux, de l'autre il retenait une besace qui
pendait sur son dos; un chapeau à larges ailes
couvrait sa tête, de façon à laisser à peine apercevoir deux yeux brillants comme la flamme; son
visage, d'un aspect singulier, par suite de l'ac-
coutrement sans doute, avait quelque chose de
sauvage, de farouche même: personnage peu sympathique, en somme, dans l'ensemble, de nature
à faire naître la méfiance pendant le jour et à
inspirer la crainte pendant la nuit.

La comtesse ne put dissimuler un mouvement
de surprise et de répulsion, en apercevant l'étrange compagnon d'Ambroise:

—Quelles nouvelles? dit-elle vivement, et quel
est cet homme que tu as fait entrer?

—Madame, balbutia Ambroise, d'un air embarrassé, les nouvelles que j'apporte...... Et sa main essuyait de grosses gouttes de sueur qui coulaient de son front.

—Parle, te dis-je; j'ai hâte de savoir, quoi que tu aies à dire.

—Eh bien! Madame, les nouvelles que j'ai recueillies sont contraires à celles qui sont connues déjà!

Charlotte fronça terriblement les sourcils. C'était sa façon de manifester son désappointement.

—J'ai battu la campagne, continua Ambroise, et j'ai appris, (Dieu veuille que je sois dans l'erreur!) que le château de Montluc est tombé entre les mains des Huguenots!

Le vieux serviteur fit une pause, comme s'il éprouvât le besoin de prendre haleine, pour révéler des événements plus terribles encore.

—Est-ce tout? s'écria la comtesse qui voyait danser devant ses yeux la prédiction de l'astrologue.

—Il y a encore, Madame, que le sire de Montluc et monseigneur lui-même sont....

—Morts? rugit la châtelaine qui pâlit horriblement.

—Prisonniers! Madame.

—Malédiction! malédiction! s'écria Charlotte; Gildas était un espion!

—Oui, Madame, un espion! Et puisque je dois tout dire, j'ai appris aussi qu'une troupe de cinquante hommes marche sur Nimbourg! J'en savais assez, Madame, et je suis rentré en toute hâte, pour que nous nous apprêtions à recevoir convenablement l'ennemi!

—Où as-tu appris ces terribles événements? reprit la comtesse, en s'efforçant de dominer son émotion.

—A la taverne des *quatre braconniers*, d'abord; puis de la bouche de......

—«Parle», dit Ambroise, en s'adressant au mendiant.

—Madame, dit l'inconnu en déposant sa besace par terre, et en s'appuyant sur son bâton, comme un homme qui se met à l'aise; je prends Dieu à témoin que ce qui vient d'être dit est vrai: Montluc est tombé au pouvoir des Huguenots!

—Qui es-tu, d'abord, toi? interrompit Charlotte, en promenant sur le mendiant un regard scrutateur.

—Un soldat du sire de Montluc qui....... répondit le singulier personnage, sans hésiter.

—Tu mens, misérable! tu mens!...... la preuve, ou tu payeras cher ton audace.

—La voici, Madame:

Et, enlevant une de ses sandales, l'inconnu retira de l'intérieur une première semelle, puis une seconde; enfin, un pli qu'il tendit à la comtesse.

Charlotte saisit vivement le papier et, s'éloignant de quelques pas, elle lut ce qui suit:

«Madame,

Le singulier messager que je vous envoie, est un homme sûr; ne vous épouvantez pas de son costume; c'est un déguisement que je lui ai fait prendre, pour lui permettre de voyager avec moins de péril. Il vous dira, (si toutefois il arrive jusqu'à vous), que la fortune des armes nous a été contraire!

Craignez une attaque au château.

Nous recrutons des hommes pour prendre notre revanche et, par le ciel, j'espère qu'elle ne se fera pas attendre et qu'elle nous dédommagera de ce que l'ennemi considère comme une déroute!

Ayez confiance, Madame, comme celui qui vous baise respectueusement la main.»

Comte de Blaimont.

Le visage de la comtesse s'illumina.

—Sois le bienvenu, dit-elle au messager, en se rapprochant; puis, s'adressant au vieux serviteur:

—Ambroise, dit-elle, tes renseignements manquent de précision; il n'est nullement question de prisonniers.

—Madame, répondit celui-ci, je ne sais ce que contient le message; fasse le ciel que ce que j'ai dit soit faux! mais à la taverne des *quatre braconniers* j'ai appris, de la bouche de deux hommes qui, échauffés par le vin, causaient à

une table, sans se méfier de moi, que le sire de
Blaimont était prisonnier du comte de Brissac,
au château de Montluc; on parlait même de rançon. Je n'en ai pas écouté davantage, ayant
hâte de vous apporter la pénible nouvelle, et
c'est presque à la porte du château que j'ai
trouvé l'homme que voici, et qui m'a dit avoir
pour Madame la comtesse de Blaimont une mission secrète et importante.

—Mais...... c'est à n'y rien comprendre! s'é-
cria Charlotte.

—Il me le semble, balbutia Ambroise.

Ici la châtelaine fit une longue pause pendant
laquelle elle semblait réfléchir; puis, soudain,
s'adressant au faux mendiant:

—Quel est ton nom? dit-elle.

—Daniel, Madame.

—Connais-tu le pays?

—Comme un matelot connaît son navire.

—Le château où on dit le sire de Blaimont
prisonnier?

—Dans tous ses recoins, étant depuis huit ans
au service des châtelains de Montluc.

—Le vieux comte de Brissac?

—Parfaitement, Madame, et même son fils
Arthur que j'affirmerais avoir vu avant hier, à
la tombée de la nuit, s'il n'était pas mort depuis longtemps.

Charlotte haussa les épaules.

—De celui-là, dit-elle, ne t'en occupe pas!

Et un rictus diabolique plissa ses lèvres.

Puis elle ajouta:

—Tu es un homme d'audace et de courage, sans doute?

—Je ne demande qu'à le prouver, Madame; d'ailleurs, la mission dont a bien voulu m'honorer le sire de Blaimont....

—Eh bien! écoute, interrompit la comtesse, en faisant signe à Ambroise de se retirer:

L'orage s'amoncelle dans le ciel; la nuit va être propice; pars! et si dans trois jours tu es ici avec des nouvelles certaines sur le compte du sire de Blaimont, ton temps et ta peine n'auront pas été perdus; les châtelains de Nimbourg payent royalement les services qu'on leur rend.

—Madame, répondit Daniel, en remettant la besace sur l'épaule, si je ne tombe moi-même entre les mains de l'ennemi, je saurai si monseigneur de Blaimont est prisonnier; et s'il l'est, je jure qu'on le délivrera, ou Lucifer lui-même se mettrait de la partie, pour prêter main forte aux Huguenots!

—Bien parlé, mon brave! nous nous en souviendrons.

Le faux mendiant fit un profond salut, avec une désinvolture qui jurait avec son costume, s'assura que son bâton était en bon état, et se retira.

La comtesse mortellement agitée, mais conservant son sang-froid, se promena encore un

instant sur l'esplanade, réfléchissant, essayant
d'analyser la situation, voyant le salut, soudain,
et soudain, plongeant dans un gouffre. Puis,
sans faire part de ses craintes à personne, de
peur d'émousser les courages, elle parcourut les
diverses parties du château, distribua des ordres,
sans rien laisser voir de son trouble, s'assura
par elle-même que la grande porte était solidement verrouillée, et monta dans son appartement.

Que le comte eût été battu, il n'y avait pas
à en douter; lui-même le faisait savoir; mais
qu'il fût prisonnier, c'est ce qu'elle ne pouvait
admettre. Ce serait donc après avoir écrit le
message, qu'il serait tombé entre les mains de
l'ennemi! Elle ne pouvait se résoudre à le croire; mais lorsque son esprit sceptique se révoltait
en face de cette possibilité, la prédiction de l'astrologue se dressait de nouveau devant elle, et
elle la voyait s'accomplir dans toute son horreur!

Oh! quelle nuit d'angoisse celle qu'elle allait
passer! Jamais de sa vie, peut-être, elle n'avait
senti son énergie à l'épreuve comme ce soir-là.
Le présent était sombre, l'avenir se présentait
lugubre!.... Elle avait comme une vision confuse de malheurs inévitables! Son âme était
pourtant façonnée aux émotions violentes! Elle
avait vu défiler des événements durant ses soixante-dix ans d'existence!......

Que de crimes dont elle avait été complice!
Et ses mains, trempées dans le sang, n'avaient
pas eu un frisson!...... Que de spectacles horribles dont elle avait été témoin! Que de râles
d'agonie elle avait entendus!...... Et sa nature
farouche n'avait pas eu une commotion!......

Et maintenant, elle sentait ses genoux fléchir,
malgré son énergie de fer!

Ah! c'est que le comte pouvait être prisonnier, et sa captivité était la ruine de Nimbourg!
C'était fatal; on rendrait œil pour œil, dent pour
dent! L'abîme s'ouvrait mugissant, profond,
horrible!

Cette âme pétrie de mal, sous les dehors du
bien, avait encore, à son insu, conservé une
notion de la justice!

Premières ombres

A neuf heures, des roulements lointains du tonnerre se firent entendre et des zigzags de feu apparurent dans le ciel. L'atmosphère était lourde, l'air suffoquant et les nuages semblaient toucher la terre. A deux pas, on ne distinguait un homme qu'à la lueur des éclairs.

A ce moment, Mademoiselle de Blaimont, sortant de la chapelle, se dirigeait vers son appartement, ignorant les nouvelles qu'on avait apportées, ne sachant même pas qu'Ambroise était sorti dans la journée. Charlotte agissait toujours sans consulter personne, moins encore Gabrielle qu'elle n'aimait pas, et dont la présence, au château, dans les circonstances actuelles, l'incommodait singulièrement. En songeant à cette soldatesque sans frein qui était à la veille d'attaquer Nimbourg, Mademoiselle de Blaimont lui apparaissait comme un danger réel; car enfin, il était impossible de fermer les yeux sur cet ensemble de qualités physiques dont la nature avait été prodigue à son égard.

La candide jeune fille était loin de soupçonner

les craintes dont elle était l'objet. Simple, sans
affectation, possédant à un haut degré cette
modestie qui est le plus beau fleuron des perfec-
tions physiques et morales, elle avait à peine
conscience de sa radieuse beauté et, toute à
Ebrard, après avoir offert à Dieu d'ardentes ac-
tions de grâce, elle rentrait paisiblement dans sa
chambre. Déjà elle en avait ouvert la porte, et
se disposait à entrer, quand elle entendit distinctement, quoiqu'on parlât à voix basse: «Mademoiselle! Mademoiselle!»

Surprise, elle se retourna et, à sa grande stupéfaction, se trouva en face d'Ambroise.

—Y penses-tu, Ambroise! dit-elle; à ma porte!...... au moment où tout le monde se dis-
pose à dormir!.... Pourquoi as-tu abandonné la
tour?

—Abandonner la tour, Mademoiselle!... quand
la foudre menace!.... il faudrait vraiment
avoir....

—Qui veille donc en ce moment au donjon?

—Eh bien, vous savez, c'est Monsieur Ebrard;
un bon cœur, tenez, Mademoiselle! ça fait
plaisir quand il vous parle! Je ne crois pas me
tromper en disant qu'il est bon comme vous, et
si jamais....

C'est bien, Ambroise! mais pourquoi m'as-
tu appelé tout à l'heure? Qu'avais-tu à me
dire?

—Ecoutez, Mademoiselle: comme j'ai conru

toute la journée, j'étais allé me reposer; mais il
m'a été impossible de dormir, parce que, voyez!....
ce qu'a dit le mendiant....

—Que veux-tu donc dire, Ambroise?

—Eh bien, Mademoiselle, je veux dire que
peut-être j'ai eu tort l'autre nuit, vous savez....
au souterrain....

—Tais-toi! ne pense plus à cela! c'est ce que
tu as fait de mieux dans ta vie!.... Et pourquoi
aurais-tu eu tort?

—Parce que, si monseigneur est prisonnier du
comte de Brissac, on va savoir....

—D'où as-tu tiré cela, Ambroise?

Et les yeux de la jeune fille, brillant dans
l'obscurité, se fixaient sur le vieux serviteur avec
un étonnement mêlé de crainte.

—Sans doute, Mademoiselle, ce n'est pas sûr,
mais ce qui est certain, c'est qu'on vient attaquer le château; le mendiant l'a affirmé à Madame la comtesse.

Gabrielle, ignorant complètemet ce qui s'était
passé, comme nous l'avons dit tout à l'heure,
allait de surprise en surprise; un moment, elle
crut qu'Ambroise perdait la raison. Puis, lui voyant conserver tout son calme, et réfléchissant
qu'il avait pu se passer quelque chose pendant
qu'elle était à la chapelle:

—Tu as donc peur, toi, Ambroise? dit-elle.

Le vieux de Cérisoles exécuta un mouvement
brusque, comme si on lui eût fouetté le sang.

—Peur! répondit-il; peur!.... quand on a blanchi sur les champs de bataille!.... quand on a
tant de fois fait fi de la mort!....

Dieu m'entend, et Il sait si le danger m'a
jamais donné un frisson!.... Il m'est témoin que
si j'ai quelque crainte aujourd'hui, c'est pour
vous, noble enfant, qui pourriez souffrir dans une
attaque!.... J'ai la peau dure, moi!.... mais
vous!.... Tenez!.... C'est alors que je devien-
drais fou vraiment, si malheur vous arrivait!....
Quand je songe....

—C'est bon! mon brave ami, interrompit Gabrielle qui, persuadée maintenant, qu'elle n'était
pas au courant des événements de la soirée, allait
de nouveau interroger Ambroise, lorsqu'un bruit
de pas se fit entendre.

Et elle se précipita dans sa chambre, tandis
que son vaillant ami disparaissait dans les ténèbres.

Une porte, en effet, venait de s'ouvrir. C'était
celle de la comtesse.

A la lueur des éclairs, Charlotte avait cru apercevoir, de sa fenêtre, des ombres qui se mou-
vaient dans le bois et, bouleversée par la crainte, surexcitée par l'orage, elle se dirigeait vers
le donjon, pour interroger la sentinelle.

Avait-elle vu quelqu'un vraiment? ou son esprit
inquiet était-il victime d'une hallucination?

Il lui était difficile de s'en rendre compte,
étant donné les sentiments qui l'agitaient. Pous-

sée par la frayeur, marchant sous l'impulsion d'une force irrésistible, elle se dirigeait sans effort à travers le dédale des corridors.

Arrivée au sommet de la tour, elle put voir Ebrard, debout, au milieu des éclairs et des tonnerres, l'oreille tendue, promenant ses regards sur la campagne, et faisant le guet avec une scrupuleuse attention.

L'orage se déchaînait maintenant dans toute sa fureur. Un vent de tempête, soulevant les vagues de l'océan, les lançait violemment contre les rochers, et leurs mugissements s'élevaient dans la nuit, comme l'écho lugubre d'effrayantes clameurs. Un rideau de feu apparaissant et disparaissant soudain, semblait unir le ciel à la terre. Spectacle effrayant et grandiose à la fois, où la nature semblait s'armer pour jeter l'épouvante dans le cœur de la vieille châtelaine!

Chaque roulement de tonnerre lui arrachait de pieux murmures accompagnés de grands signes de croix, comme si elle eût voulu calmer la foudre, fléchir le ciel et conjurer les dangers qui menaçaient Nimbourg.

Ebrard, au contraire, était là grave, impassible devant ce déchaînement de toutes les forces de l'univers, comme un prêtre de l'ancienne Loi, sondant apparemment du regard, l'horizon sinistre, mais en réalité, n'apercevant devant lui que la séduisante femme qui, à elle seule, absorbait toutes ses facultés.

Evoquant instinctivement le souvenir de cette nuit délicieuse où ils s'étaient fiancés, là, à la même place, loin du regard des hommes, sous l'œil de Dieu, il allait prononcer le nom de Gabrielle, quand la comtesse parla:

—Monsieur Ebrard, dit-elle brusquement et sans se soucier de la violente surprise qu'elle allait causer au jeune homme, me suis-je trompée, ou là, au milieu des arbres, il y a des ombres qui se meuvent et que j'ai aperçues de ma fenêtre, il n'y a qu'un instant?

Et son doigt signalait l'endroit où elle croyait les avoir vues.

Ebrard interloqué ne répondit pas.

—Là!...... là!...... répéta la comtesse, en élevant la voix, n'avez-vous rien remarqué?

—Madame, balbutia le jeune homme, en tâchant d'orienter son esprit, depuis que je suis à la tour, je n'ai rien vu d'anormal; pourtant, il y a environ un quart d'heure, je crois avoir entendu le bruit d'une grosse pierre qui, détachée de la montagne, a roulé dans le ravin; je n'ai donné à ce bruit aucune importance, vu que cela doit se produire assez fréquemment, en temps d'orage, surtout.

—Mais!...... tenez!...... Monsieur Ebrard, là.... là...... ne dirait-on pas quelque chose qui remue?

A ce moment en effet, l'éblouissante lumière d'un éclair laissa apercevoir une ombre gigantesque au pied d'un arbre.

Etait-ce un homme?...... Etait-ce un animal?....
Etait-ce une branche morte pendant de l'arbre?....
La distance ne permettait guère de le distin-
guer.

A un second éclair, la vue perçante d'Ebrard
crut effectivement remarquer une masse informe.

—Madame, dit-il, ou mes yeux me trompent,
ou l'ombre vient de changer de place!

Le regard de Charlotte commençait à se troubler. Malgré son énergie, la frayeur s'emparait
d'elle. L'horloge sonnant onze heures lui donna
le frisson, comme si chaque heure qui s'écoulait,
avançât celle d'une catastrophe.

—Monsieur Ebrard, dit-elle, en faisant un effort
considérable pour ne pas laisser trembler sa voix,
que pensez-vous de notre situation, si nous sommes attaqués?

—Mon Dieu, Madame, je pense que les murs
et la porte du château sont solides, et à l'abri
d'un coup de main........ le fossé large et profond...... les provisions suffisantes pour soutenir
un siège assez longtemps.

—Mais, si on tentait de prendre Nimbourg
d'assaut, au moyen d'échelles?

—Eh bien, Madame, il me semble qu'en ma-
niant avec intelligence les arquebuses et le fau-
conneau, en ménageant les munitions, c'est-à-dire
en ne les employant qu'à coup sûr, en pourrait
aisément repousser l'ennemi et se maintenir dans
la forteresse.

—Mais, songez-vous, Monsieur Ebrard, que la garnison compte à peine quelques hommes?

—Sans doute, Madame, mais tous ces gens sont valides, courageux, dévoués, et......

—Pourvu que chacun fasse son devoir! interrompit la comtesse; car par le temps qui court...

—Mais c'est pour tous, Madame, une question de vie ou de mort!

Ebrard se tut, un moment, puis il ajouta:

—Je ne songeais même pas à la coulevrine qui, maniée par Ambroise, défendrait seule l'esplanade, et aux femmes qui pourraient se rendre utiles, au besoin.

—Ah! Monsieur Ebrard, s'écria Charlotte, les femmes!...... Vous êtes heureux de ne pas connaître le monde!...... Ce sont elles, surtout, qui me préoccupent! Tenez!...... Je ne sais pourquoi il me semble que Mademoiselle de Blaimont va nous porter malheur et, s'il en était temps encore, je crois que......

A ce moment, des pas se firent entendre dans l'escalier, et Ambroise, venant relever la sentinelle, apparut, interrompant la comtesse, à propos, sans doute, car Ebrard commençait à pâlir.

L'orage se dissipait, le tonnerre ne grondait plus que de loin en loin, et le feu des éclairs semblait s'être éteint.

Ambroise se mit à son poste, et la comtesse,

suivie du jeune homme, redescendit l'escalier du donjon, voyant toujours des ombres sinistres danser devant ses yeux, tandis qu'Ebrard apercevait sans cesse dans la nuit la riante image de Gabrielle.

La taverne des quatre braconniers

A la même heure où Charlotte faisait part de ses craintes à Ebrard, un homme bravant l'orage, comme quelqu'un qui veut gagner du temps, arpentait la campagne, sans autre lumière pour s'orienter sur sa route, que le feu intermittent des éclairs.

C'était Daniel, le singulier personnage que nous avons vu à la tombée de la nuit, causer avec la comtesse. A onze heures, alors que la tempête rugissait, il frappait à la porte de la taverne des *Quatre braconniers*, que nous allons esquisser à grands traits.

C'était une maison d'aspect ingrat, aux murs noircis, au pignon délabré, perdue dans les bois, sur la route du château de Montluc, à six lieues de Nimbourg. Le jour y pénétrait par deux fenêtres, (si toutefois on peut donner ce nom à deux petites ouvertures veuves de carreaux), et une porte, solidement verrouillée, dès que la nuit tombait.

De plein pied, on y avait accès à une pièce de forme rectangulaire, autour de laquelle s'alignaient de nombreux escabeaux. Au milieu de la pièce, quelques tables de pin, grossière‑ ment rabotées;—au fond, la cuisine;—à droite, en entrant, le comptoir du cabaretier;—à gauche, un escalier perçant le plafond;—en bas, sous l'es‑ calier, le lit des maîtres;—en haut, le galetas, chambre des étrangers!

Là, dans ce misérable bouge, un homme et une femme inconnus dans le pays, et autour desquels l'imagination brodait mille histoires fan‑ tastiques, y donnaient à boire aux passants. On pouvait même y trouver asile la nuit, si on voulait se contenter de quelques bottes de paille ou de bruyère.

A n'importe quelle heure, la taverne était pourvue de vin, de poisson, d'œufs en abondan‑ ce et de laitage; mais il n'eût jamais fallu s'a‑ viser de vouloir partir sans payer!

On aurait entendu alors la grosse voix d'Ul‑ ric, le cabaretier, et de sa digne compagne, vive, alerte, nerveuse, quoique trapue.

Au physique comme au moral, les maîtres du taudis se ressemblaient et avaient, tous deux, des arguments à conviction, riant de tout, plai‑ santant sur tout, bavardant avec les clients, mais n'entendant jamais raillerie quand la bourse était en jeu.

Avec une communité d'idées parfaite, avec un ensemble admirable, du même mouvement que faisait l'un pour s'élancer à la porte et barrer

le passage, l'autre saisissait une gourdin, sentinelle muette à côté du comptoir, et compagnon
fidèle des époux.

Cela dit, au moment où Daniel arriva à la
porte de la taverne, on parlait avec animation
à l'intérieur, et assez fort pour qu'on pût entendre du dehors.

L'étrange client qui allait se présenter, à une
heure si avancée de la nuit, écouta un moment
et, s'étant rendu compte qu'il avait affaire à des
Huguenots, il frappa résolument avec son bâton,
ayant soin préalablement de cacher deux pistolets qui pendaient à sa ceinture.

—«Qui va là?» gronda à l'intérieur une voix,
pareille à celle que ferait entendre un dogue
troublé dans son chenil, en même temps qu'une
tête hideuse apparaissait à la lucarne.

—Ouvrez! répondit le mendiant; je payerai
bien!...... je suis trempé jusqu'à la moëlle des os!

Et il montrait, au bout des doigts, une monnaie d'argent, convaincu que son aspect inspirerait peu la confiance et suffirait pour le faire
repousser.

—Si tu as de l'argent, c'est bon! reprit le cabaretier en baissant le ton de sa voix.

Au même moment, le verrou grinça et la porte s'ouvrit.

Daniel entra, et d'un rapide coup d'œil, embrassa les six hommes qui buvaient et parlaient
bruyamment, formant cercle autour d'une table.

—«Dis donc, Gildas, quelle tête!» dit l'un d'eux à demi-voix, en montrant le mendiant, mais pas assez bas pour que sa mordante ironie échappât au nouveau venu; «cela ne ressemble guère à la belle châtelaine?»

—Tais-toi! répondit celui à qui s'adressaient ces paroles; qu'en sais-tu, toi qui ne l'as jamais vue?

—Comment! répliqua le premier, aurais-tu peur, par hasard, qu'on te la vole?...... Je la connaîtrai d'ailleurs, sous peu, ou le diable, en personne, rapporterait, cette nuit, à Nimbourg, le sire de Blaimont!

—Holà! les amis! s'écria un troisième; ne dirait-on pas que vous tenez déjà la cage et que vous vous disputez l'oiseau?...... Et le sire de Brissac, s'il vous plaît?....... Vous le jugez bon enfant, il me semble!

—Imbécile! repartit celui qu'on avait appelé Gildas, ce sera fait avant qu'il arrive!...... d'ailleurs, il est assez occupé avec ses deux prisonniers, et son fils doit lui tenir au cœur, pour le moment, plus qu'une châtelaine!........, on ne voit pas tous les jours, les morts sortir de terre!

—C'est juste! dit un quatrième; mais est-on sûr qu'Arthur de Brissac soit ressuscité?

—On est sûr de qu'on peut! ricana Gildas, en avalant d'un trait un verre de vin; on est sûr qu'il y a du bon gibier à Nimbourg!

Et il laissa échapper un gros éclat de rire,

que le cabaretier crut de son devoir d'accompagner; puis, avalant une seconde rasade, en faisant claquer la langue, comme un gourmet qui savoure ou qui, par anticipation, jouit d'un bon morceau, il ajouta:

—Par Luther! frères, l'heure s'avance! Il est temps de partir, si nous voulons prendre part à la fête; il est peu convenable de faire attendre les camarades et d'arriver à table juste pour manger les restes! Allons! frères, debout!

«Partons! répondirent cinq voix à l'unisson; une heure sonne!...... l'orage est passé!»

Et, comme un seul homme, tous les buveurs se levèrent. Dix minutes plus tard, ils marchaient au milieu des ténèbres, dans la direction de Nimbourg, décrivant de nombreux zigzags, conséquence fatale de la liqueur perfide qui trahit, jadis, le patriarche hébreu!

Le mendiant n'avait pas perdu une syllabe de cette conversation, source de renseignements si précieux pour lui. Assis à une table, dans un coin de la pièce favorable à l'observation, l'oreille tendue, sans en avoir l'air, lançant à la dérobée un regard scrutateur, dévorant en silence un morceau de poisson, avec l'appétit d'un homme qui a jeûné trois jours, il venait d'apprendre que le sire de Blaimont était prisonnier du comte de Brissac, que Gildas était l'espion dont avait parlé la comtesse, qu'on était à la veille d'attaquer Nimbourg, et qu'on ne se pro-

posait rien moins que de piller le riche manoir
et d'enlever la jeune châtelaine. Tel était, au
moins, le projet des six hommes qui venaient
de sortir, soldats de rencontre, pillards de profession sans doute, voleurs de grand chemin
peut-être, et qui devaient aller rejoindre la troupe chargée d'attaquer le château, ou profiter
de l'attaque, pour s'introduire dans la demeure
seigneuriale et exécuter leur plan hardi.

Un point obscur restait à éclaircir: la mystérieuse résurrection d'Arthur de Brissac à laquelle
avaient fait allusion les six bandits,—point secondaire, sans doute, mais pouvant être intimement lié à des faits plus importants.

Le cabaretier, content de sa journée, caressait
encore dans sa main les belles pièces blanches
de ses généreux clients, se promenant dans le
taudis avec un air triomphant de suffisance, et
roulant de yeux à fleur de tête, quand le mendiant se leva, paya, sans mot dire, son maigre
souper, et sortit.

Quelques instants après, il se lançait sur les
traces des imprudents buveurs à qui le cabaretier
avait tendu la main comme à de vieilles connaissances, salut singulièrement différent de celui qu'il recevait lui-même, puisqu'on lui ver-
rouillait la porte sur le nez, en lui criant: «*Que le
diable t'accompagne!*»

Doué d'une force prodigieuse, déguisant sous
ses haillons, une constitution d'hercule, Daniel

eût pu, sur le champ, tirer vengeance du personnage grotesque qui avait deux façons si opposées de traiter ses clients, mais sentant que plus tard il pourrait, au besoin, exploiter la cupidité d'Ulric, il se contint et s'éloigna en silence, jouant son rôle à merveille. L'heure viendrait où ils pourraient régler leurs comptes! Qu'importaient d'ailleurs, les attentions d'un être sordide s'il en fût!.... Qu'importe à celui qui passe la bave d'un limaçon?....

Il fallait, à tout prix, regagner Nimbourg avant le lever du soleil, et faire parvenir à la comtesse la confirmation des terribles nouvelles; l'attaque pouvait commencer à l'aurore.

Suivant à travers les bois des sentiers connus de lui seul, Daniel marcha sans se reposer, tout le reste de la nuit et, quand le jour commençait à poindre, il franchissait le pont-levis du château.

Le temps pressait; les instants étaient précieux! En peu de mots, il rendit compte de son voyage nocturne à la comtesse qui, ayant passé la nuit dans une agitation fiévreuse, était déjà debout sur l'esplanade, sondant l'horizon d'un œil anxieux, et allait regagner son appartement, quand la sentinelle placée au donjon signala au loin une troupe d'hommes qui marchait dans la direction de Nimbourg.

Daniel échangea encore quelques mots avec la châtelaine et repartit précipitamment.

Les hommes aperçus se rapprochaient; ils pou-

vaient être environ soixante; bientôt ils apparurent au pied de la montagne et se mirent
à gravir la côte.

Plus de doute, l'ennemi était là!.... Ce qui
était prévu arrivait!

La comtesse était atterrée, mais son énergie
de fer reprenait le dessus en face du danger;
il fallait vaincre ou mourir!

Sans perdre une minute, sans laisser paraître
la moindre altération sur son visage, enfouissant
dans son cœur, en proie à la torture, la nouvelle de la captivité du comte, elle rassembla dans
la cour tous les gens du château:

«Mes amis, leur dit-elle, l'heure a sonné où
votre bravoure, votre loyauté, votre dévouement
bien connus vont, encore une fois, être mis à l'é-
preuve! L'ennemi est aux portes!

Nous sommes en petit nombre, il est vrai,
mais nos murs sont solides, nos fossés profonds,
et si chacun sait faire son devoir, j'en réponds,
la victoire nous est assurée!

Souvenez-vous, mes amis, que vous combattez
pour une cause grande, que le bras de Dieu est
de votre côté, et que c'est pour nous tous, ou
le triomphe ou la mort!»

Debout au milieu des gens du château, Ebrard
avait écouté, recueilli, la touchante allocution de
Charlotte. Son regard inquiet enveloppait Gabrielle qui était là devant lui, et dans une éloquente fixité, il semblait plonger dans le fond de

son âme et lui dire: «Je serai là pour vous protéger et, si la mort nous frappe, nous tomberons à côté l'un de l'autre, enlacés dans un suprême adieu!»

Mademoiselle de Blaimont, à son tour, la taille fièrement redressée, semblant braver le péril, attachait sur le jeune homme ses grands yeux noirs où pétillait la flamme qui fait les héros ou les martyrs!

Conversation muette, dialogue sublime, entendu de Dieu seul, où deux âmes semblaient se fondre en une pour affronter le danger ou s'unir dans la mort!

Soudain, la trompette retentit, et deux hommes s'avancèrent au bord du fossé, agitant le drapeau parlamentaire.

Presque en même temps, on vit flotter, au haut du donjon, celui des châtelains de Nimbourg. Quand l'un des hommes fut assez près pour se faire entendre, il parla:

—Au nom du sire de Brissac, dit-il, je vous somme d'ouvrir les portes, ou vous serez traités avec les dernières rigueurs de la guerre! Sachez que le sire de Blaimont est prisonnier et que toute résistance sera inutile!

—Trop jeune, mon brave, pour donner des ordres ici! répondit une grosse voix dans l'embrasure d'une fenêtre; un vieux de Cérisoles ne connaît que ça! Et sa main caressait le canon d'une couleuvrine dont le héraut pouvait apercevoir la gueule.

—Si c'est là tout ce que vous avez à dire,
je vous conseille de vous retirer sans perdre une
minute!

Les deux hommes, surpris de cette réception,
se retirèrent au milieu des leurs sans ajouter
un mot. Ils savaient le château presque désert,
et ne pouvaient comprendre qu'on pût même
avoir l'idée de tenter une résistance.

Plusieurs avaient compté entrer dans Nimbourg
sans combat. Le maître prisonnier, tout le reste
n'avait qu'à fuir!

Quels étaient donc les hardis défenseurs qui
parlaient avec cette arrogance?.... Le sire de
Blaimont n'était plus là; il était parti avec sa
troupe et avait été écrasé sous les murs de Montluc!.... Bien plus, il était prisonnier, alors qu'on
le croyait victorieux!... Qui donc aurait eu l'idée
de faire rentrer du renfort dans la place?....
D'ailleurs, les environs avaient été surveillés, et
il n'était entré personne!....

L'insolente réponse était donc une pure bra-
vade, ayant pour but de les dérouter et faire
gagner du temps!.... Aux meurtrières, pas l'ombre d'une arquebuse! dans le manoir un silence
de mort! Le mystérieux artilleur qui avait parlé,
devait être un portier qui, voulant faire fuir ses
maîtres, chercherait lui-même un refuge dans les
souterrains, au premier coup de feu!.... Pas le
moindre doute, le château n'était pas à prendre;
la porte était simplement à ouvrir!

L'attaque

Vers dix heures, une vingtaine d'hommes, se détachant de la troupe campée dans le bois, s'avancèrent, après avoir longtemps délibéré, les uns portant des fascines, les autres portant des échelles. Leur intention était, évidemment, de combler le fossé à un certain endroit, d'escalader les murs et d'ouvrir la grande porte. Pourquoi mettre en jeu leur coulevrine et dépenser inutilement des munitions qui pourraient leur faire défaut plus tard?

On n'apercevait plus l'artilleur à son poste; les maîtres devaient avoir fui, déjà, abandonnant la forteresse qu'ils se sentaient impuissants à défendre, car pas le moindre bruit n'accusait la présence d'un être vivant.

Jour de fortune pour ceux qui étaient de la fête! champ semé d'or pour les pillards! mine féconde pour tous, où les trésors les plus variés se trouvaient entassés!......

Il était temps de se dédommager et des longues privations, et des rudes fatigues, et des combats meurtriers! On allait enfin respirer, oublier la terre fraîche dans des lits moelleux et savourer, un instant, les douceurs de la vie de châtelain!........ Joie ineffable! enthousiasme sans nom! délire enivrant!...... L'heure sonnait où le champ du butin rêvé, où la moisson d'or entre-vue étaient là, couronnant l'effort, éblouissant les yeux, faisant palpiter le cœur et semblant dire: *baissez-vous et récoltez!*

Les préparatifs étaient à peine terminés; les échelles étaient à peine dressées, qu'une avalan-che d'hommes, se bousculant dans un désordre indescriptible, se précipita pour monter à l'as-saut. Chacun voulait avoir l'honneur et l'avan-tage, peut-être, d'arriver le premier.

L'un des soldats touchait déjà au dernier de-gré de l'échelle et allait atteindre une des fenê-tres du premier étage; ses compagnons jaloux entendaient déjà le cri de *victoire*, quand sou-dain, une des tours qui flanquaient la porte d'en-trée s'éclaira d'un jet sanglant; une détonation formidable retentit, et un boulet siffla, semant la mort parmi ceux qui arrivaient du côté de l'esplanade; en même temps, une pluie d'huile bouillante, lancée des mâchicoulis par des mains invisibles, tombait sur ceux qui montaient à l'as-saut.

Les premiers atteints roulaient, en poussant des hurlements épouvantables, et entraînant leurs compagnons dans leur chute horrible.

Sous le poids de cette grappe humaine et sous

la pluie de fer de huit arquebuses et de deux fau-
conneaux, les échelles craquaient, comme les parties d'un navire que la tempête disloque. Spectacle
effroyable que la plume se refuse à décrire!.......
En quelques instants, l'esplanade fut balayée
et l'ennemi en déroute.

Quand midi sonna, il ne restait plus, sous les
murs de Nimbourg, que des débris informes de
chair humaine, des fascines fumantes et des tronçons d'échelle sanglants. Les mourants avaient
été abandonnés, et leurs râles d'agonie montaient
du ravin, poignants comme le désespoir, lugubres comme la mort!

Etrange portier, celui qui devait se cacher au
premier coup de feu, et qui venait de jeter la
panique parmi les plus décidés!......

Quelle était donc cette légion de démons qui
venait de combattre?......, de rudes tireurs, qui
calculaient leurs coups avec une précision ma-
thématique et ne perdaient pas une balle!......
L'action avait à peine duré un quart d'heure, et
vingt hommes avaient péri! Pas un, sûrement,
n'était tombé du côté des défenseurs!

Cette première tentative n'était pas faite, certes, pour rassurer les peureux; elle ébranlait les
plus braves! On s'était singulièrement trompé!
Le château n'était point désert, comme on l'a-
vait supposé, mais habité, et bien défendu! La
garnison n'était pas nombreuse, peut-être, mais
quels hommes, eeux qui la composaient!

L'ennemi allait-il se débander?—ou allait-il
faire une seconde tentative?—La deuxième supposition était la plus probable, étant donné que,
à vrai dire, il n'y avait pas encore eu de combat. La coulevrine des Huguenots n'avait point
battu les murs de la forteresse, et il restait
quarante-cinq hommes valides, quarante-cinq
enragés qui, furieux de ce premier échec, pous-
saient des vociférations horribles. Leurs voix
rauques, portées par la brise, arrivaient au manoir confuses, mais pleines de menaces; en se
perdant dans le dédale des pièces, des corridors
et des tours, on eût dit les hurlements lointains
d'animaux en détresse.

Malheur à la garnison, si l'ennemi parvenait
à entrer! Il n'y avait pas à se faire la moindre
illusion, la vengeance serait terrible! Les gens
du château seraient tous passés au fil de l'épée
et pendus aux créneaux de la forteresse!

Aussi, dans le manoir, chacun était-il toujours
à son poste, disposé à mourir avant de se rendre, décidé à vendre chèrement une vie qui fini-
rait dans les tortures, si la place était forcée.

Charlotte, satisfaite du premier échec des
Huguenots, mais peu rassurée, allait de l'un à
l'autre, semblable à un général, au jour d'une
bataille décisive, encourageant de la voix, distribuant des ordres, évoquant les grands noms
de *religion* et *de patrie*.

Ambroise était en fête; cela lui rappelait, de

loin, Cérisoles. Il avait cinquante-cinq ans sonnés; quelques touffes de cheveux gris l'avertissaient qu'il n'était plus jeune, mais il était encore solide, le vieux, debout à côté de sa couleuvrine, droit comme un peuplier, redoutable comme un lutteur antique, étalant crânement ses épaules d'athlète et ses muscles d'acier, tendus comme des câbles!

Vers trois heures de l'après-midi, Ebrard aperçut, de la tour, trois cavaliers arrivant à fond de train; ils agitaient des oriflammes dont il put distinguer les couleurs; il les vit gravir la côte, l'éperon au flanc des chevaux, et se diriger vers la troupe des ennemis qui les entoura, à peine eurent-ils mis pied à terre. Leur entretien avec les Huguenots, interrompu souvent par des cris de joie et accompagné de grands gestes, dura longtemps; il s'agissait sûrement d'une nouvelle importante pour les assiégeants.

Soudain, la masse s'ébranla comme un seul homme, couleuvrine en tête, dans la direction de l'esplanade. Evidemment, par les manœuvres que faisait l'ennemi, l'attaque allait recommencer.

Charlotte avait tout vu, et elle sentait ses jambes fléchir comme celles d'un convalescent.

Gabrielle n'avait rien laissé échapper non plus, et, l'héroïsme dans le regard, elle avait le frisson au cœur, non pour elle, mais pour celui qu'elle aimait.

Horreur, si l'artillerie de l'ennemi venait à faire une brèche dans les murs! Désespoir, si cette horde sauvage pénétrait dans Nimbourg! Dans une poignante vision, elle apercevait étendu par terre, sans mouvement et sans vie, ce même homme qui, quelques jours auparavant, déposait sur ses lèvres vierges le premier baiser d'amour, en lui murmurant: «Gabrielle, je vous aime à en mourir!........ Gabrielle, nous serons heureux!.... l'avenir est à nous!»

Obsédée par l'horrible vision, elle poussa un cri qui ne fut entendu de personne, car au même instant une détonation formidable fit rugir les échos de la montagne; les fenêtres tremblèrent comme sous l'action d'un volcan, et la grande porte sembla craquer. Une seconde détonation plus terrible que la première abattit un pan de mur. La brèche était faite!

Un homme s'élançait déjà qnand une troisième détonation, partant de la tour, ébranla le château et jeta l'effroi parmi les assaillants. Le boulet d'Ambroise vcnait de démonter la coulevrine de l'ennemi, broyant trois hommes, et mettant en fuite une partie de la troupe.

«Je la tiens! Je la tiens!» hurlait celui qui entrait par la brèche. Et, comme un noir vautour, il s'élançait vers Gabrielle, allant la saisir, quand un poignet d'acier s'abattant sur lui, fit craquer ses membres et l'étendit sur le sol; en même temps quatre arquebuses, habilement dirigées

sur la brèche, tenaient à distance les plus intré-
pides assaillants.

«A la brèche! A la brèche!» criait Ambroise
qui, rapide comme la pensée, ayant aperçu le
danger que courait Mademoiselle de Blaimont,
s'était élancé dans la cour pour la sauver.

Son bras et celui d'Ebrard s'étaient croisés
dans l'air comme deux éclairs terribles, et l'audacieux, malgré sa taille de Goliath, s'était abattu comme l'arbre frappé par la foudre.

Quelques instants après, la brèche était répa-
rée; l'artillerie du guerrier de Cérisoles tonnait
toujours, et celle de l'ennemi se taisait.

A sept heures, tout était dans le silence; la
troupe huguenote fuyait à la débandade, comme
sous le souffle d'un génie infernal. Les pâles
rayons du soleil couchant n'éclairaient plus un
champ de bataille; la mort seule planait là où
des hommes s'étaient battus! Les flèches du manoir se dressaient toujours dans le ciel bleu, et
les ombres de la nuit n'allaient envelopper qu'un
champ de carnage.

De l'ennemi il ne restait d'autres traces qu'une
pièce d'artillerie démontée, une trentaine d'arquebuses abandonnées et des cadavres horriblement mutilés! L'ange de la mort avait passé
là; il avait fauché, et il s'était retiré! rien de
plus!

Décidément, ce n'étaient point des hommes
qui formaient la garnison de Nimbourg; c'étaient

des géants, vrais esprits infernaux qui se trouvaient partout à la fois et semblaient invulné-
rables!

Ah! ils auraient dû savoir, les vainqueure de
Montluc, que le désespoir prête à l'homme des
muscles de lion, et fait de lui un lutteur invincible, quand, au fort de la mêlée, il aperçoit la
femme agitant devant lui le flambeau de l'a-
mour!

Le spectre du tombeau

Il est temps de jeter un coup d'œil en arrière pour voir ce qu'étaient devenus les prisonniers de Nimbourg échappés à la mort, grâce à Mademoiselle de Blaimont, dans cette nuit lugubre où on allait les murer vivants dans un cachot· Nous nous transporterons en même temps au château de Montluc après la bataille qui s'y était livrée, pour connaître quel avait été le sort du sire de Blaimont.

La nuit de leur évasion miraculeuse, les six infortunés, semblables à des ombres fuyant dans les ténèbres, errèrent longtemps dans la campagne, cherchant un abri dans les bois et tremblant au moindre frisson des feuilles. C'est d'eux qu'il·s'agissait quand la vieille comtesse, dans son entretien avec Gabrielle, affirmait qu'on avait vu des espions rôder dans les environs.

Dès l'aurore, ivres de liberté, tombant à genoux en voyant resplendir ce brillant soleil qu'ils n'avaient vu depuis si longtemps, respirant à pleins poumons l'air vivifiant de la montagne, en extase devant le chant des oiseaux, comme s'ils

assistaient au premier jour du monde, ils se sé-
parèrent, prenant chacun des directions différentes.

Nous n'en suivrons qu'un, Arthur de Brissac,
pour être le seul qui présente de l'intérêt dans
notre histoire.

Cet infortuné, fils du vieux comte de Brissac
qui avait défait le sire de Blaimont et emporté
le château de Montluc, était prisonnier à Nimbourg depuis quinze ans, et voici comment il
l'était devenu:

Confiant dans la bonté si en renom de la jeune
comtesse, femme du sire de Blaimont, il s'était
présenté un jour au manoir, profitant de l'absence du redoutable seigneur pour solliciter la grâce
d'un gentilhomme détenu à Nimbourg. Il se trouvait aux pieds de la belle châtelaine, faisant
appel à ses généreux sentiments, en faveur de
son protégé, quand le terrible comte était rentré,
sans être attendu. C'était un soir d'hiver, à la
tombée de la nuit.

Il avait été surpris en tête à tête avec la comtesse, et le sire de Blaimont, dans un accès de
jalousie, croyant à l'infidélité de l'épouse, s'a-
bandonnant à une fureur aveugle, sans vouloir
entendre un mot d'excuse, avait saisi la jeune
femme et, malgré ses cris et ses larmes, l'avait
enfermée dans une tour et avait fait murer la
pièce; puis, on l'avait jeté, lui, dans un cachot
du souterrain. Son séjour y avait été de courte

durée, car deux semaines après, il en avait été retiré pour aller occuper une chambre du manoir, située au premier étage d'une tour et connue sous le nom de *chambre noire*.

La réflexion était venue à l'impitoyable châtelain, et son esprit sagace, prévoyant le jour où on pourrait peut être tirer parti d'un illustre captif, avait suggéré l'idée d'épargner à l'infortuné les horreurs d'un cachot, dans le but de ménager une vie susceptible d'être exploitée plus tard.

Arthur de Brissac avait passé de longues années dans la chambre noire, privé de liberté, privé de relations avec tout être vivant, mais entouré d'un bien-être relatif, au point de vue matériel. La Conjuration d'Amboise qui avait éclaté en Mars 1560, avait été funeste pour lui, car, depuis cette date, il avait dû redescendre au souterrain, et c'est là qu'on allait l'ensevelir vivant, quand soudain le flambeau de la liberté avait lui.

Avant son départ pour Montluc, le sire de Blaimont avait recommandé à Charlotte les six prisonniers, mais il n'avait ordonné leur mort que dans le cas d'une attaque sérieuse à Nimbourg, et alors seulement que la situation serait désespérée.

La vieille comtesse n'avait pas cru nécessaire d'attendre une attaque, et, cédant à ses instincts de férocité, invoquant un ordre du comte lui-même, elle avait pris sur elle de commander une mort horrible.

Arthur de Brissac n'avait dû qu'à une constitution extraordinairement robuste et à sa florissante jeunesse d'avoir résisté si longtemps. Il avait trente-sept ans, maintenant, mais son aspect était celui d'un vieillard.

Sa belle tête avait grisonné; de profondes rides avaient creusé ses joues; son teint, si pur autre. fois, était terni par de longues souffrances; ses yeux, d'où l'expression avait fui, étaient encavés, et là où on admirait des moustaches soyeuses, croissait une barbe inculte!

Quelle horrible transformation! Allait-on pouvoir le reconnaître?.... Combien de temps avait duré sa captivité? Il n'aurait pu le dire, ayant perdu la notion du temps, et presque oublié de marcher.

Dans une confuse vision du passé, il allait à travers champs, quand il avait appris et la Conjuration d'Amboise, et les luttes sans trêve entre catholiques et protestants; il avait su que son vieux père vivait encore et se trouvait maintenant au château de Montluc, où il venait d'entrer en vainqueur, après avoir battu le sire de Blaimont qui, disait-on, était prisonnier.

Après mille précautions, mille difficultés, il arriva à Montluc, au lendemain de la bataille. C'était vers le soir.

La terre était encore jonchée de cadavres; des

brèches nombreuses, faites aux murs par les
pièces d'artillerie, se dessinaient nettement aux
rayons de la lune qui commençait à se montrer
au-dessus des arbres.

Plein de trouble, sentant encore au cœur cet
indéfinissable frisson que doit donner la vue de
la mort prête à frapper, il arriva à la porte du
manoir démantelé et, étant parvenu à se faire
reconnaître, il fut introduit auprès du vieux comte
de Brissac.

Nous n'essayerons pas ici de peindre la scène
attendrissante qui se produisit entre le père et
le fils se retrouvant au bout de longues années,
alors qu'ils se croyaient morts l'un pour l'autre.
Il est des cas où le silence est mille fois plus
éloquent que la parole.

Dans le beau jeune homme, autrefois l'orgueil
de sa famille, le père retrouvait un vieillard
comme lui!...... Etait-ce bien son Arthur qu'il
pleurait depuis quinze ans?........ —Oui! c'était
lui!...... c'était bien sa voix et son air de distinction!...... L'anneau des fiançailles, échangé huit
jours avant sa disparition, était encore à son
doigt, trop grand maintenant pour sa main décharnée!

Pendant longtemps, ils restèrent enlacés, et
leurs larmes brûlantes se confondirent, sans qu'ils
pussent articuler un mot. Quand ils essayaient
de parler, leurs voix mouraient dans la gorge,
comme meurent les sons sur les cordes d'une

harpe mutilée. On eût dit deux statues, penchées l'une sur l'autre dans un suprême ébranlement.

Tous les assistants, guerriers à l'âme de bronze, la main crispée sur leurs épées, étaient là, immobiles, frissonnant devant ce tableau qu'aucun pinceau ne saurait rendre.

Sur un signe du vieux comte, les gens de guerre se retirèrent, et le père et le fils restèrent plusieurs heures à l'abri des regards, pleurant comme deux enfants, et donnant libre cours à la joie immense qui les suffoquait.

A minuit, dans une salle du rez-de-chaussée, deux hommes, en face l'un de l'autre, parlaient. L'un était le vieux comte de Brissac et l'autre le sire de Blaimont.

La taille fièrement redressée, quoique captif, le châtelain de Nimbourg semblait, par son attitude et par son regard, insulter au vainqueur.

—«Comte, disait le sire de Brissac, d'une voix que l'émotion faisait trembler, vous êtes mon prisonnier par la fortune des armes.»

—Comme vous auriez pu être le mien, répondit de Blaimont, avec ce ton superbe qui lui était particulier. Et il ajouta:

«Quel prix mettez-vous à ma rançon?»

—Le prix de votre rançon, comte! ... Il n'est pas en votre pouvoir de le payer!

—Qui sait? reprit le captif; le manoir de Nimbourg renferme peut-être des trésors que vous ne connaissez pas. Votre fils Arthur......

Et un ricanement de démon contracta ses lèvres.

—Comte de Blaimont, n'insultez pas les morts!
Ils secouent quelquefois la pierre du tombeau,
et se dressent pour châtier les vivants!

—Je n'insulte ni les morts ni les vivants; je
dis simplement qu'il ne dépend que de vous de
revoir......

—Vous mentez, comte! interrompit le vieillard.
Et sa voix tremblante vibrait, malgré l'émotion,
dans le silence de la nuit.

—Que la terre s'entr'ouvre pour m'engloutir,
si je ne dis pas la vérité! s'écria le sire de
Blaimont avec force; Arthur de Brissac est mon
prisonnier à Nimbourg, comme je suis le vôtre
à Montluc, et si l'amour paternel trouve écho
dans votre cœur, dans trois jours vous pouvez
le revoir.

—Comme vous pourriez revoir la vertueuse
comtesse, épouse dont vous étiez indigne, et qui,
depuis quinze ans, dort dans l'éternité!......

—Comte! rugit le prisonnier, comme si on lui
eût mis le doigt sur une plaie saignante.

—Je sais tout, comte de Blaimont; n'ajoutez
pas l'imposture au crime; vous avez trempé vos
mains dans le sang des innocents, et ce sang
crie vengeance vers Dieu!

—Mensonge! infamie! rugit de nouveau le captif, avec l'accent d'un tigre blessé; je jure, par
le ciel......

—Oui, mensonge! infamie! interrompit le vieillard dont l'émotion allait croissant.

Rappelez vos souvenirs; ils doivent être frais encore: Le jour où vous êtes parti de Nimbourg, vous avez, comme un bandit....

A ce mot, le sire de Blaimont secoua furieusement ses chaînes, comme un lion fouetté qui cherche à rompre les barreaux de sa cage. Il n'articula pas un mot; la rage l'étranglait.

Le comte de Brissac continua:

—Oui, vous avez commandé l'assassinat sur un innocent que vous proposez pour payer le prix de votre rançon! vous avez......

—Mensonge! mensonge! s'écria le prisonnier, d'une voix rauque; qu'on me présente les imposteurs, je les confondrai! qu'on me conduise à Nimbourg et l'erreur tombera devant la vérité, comme les ténèbres de la nuit devant les rayons du soleil!

Alors, le comte de Brissac, élevant le ton de sa voix comme un juge qui prononce une sentence:

—Comte de Blaimont, dit-il, ou rachète le crime par le repentir et non par l'imposture! Tremblez, au lieu de mentir! On a vu parfois l'ombre des morts sortir du tombeau et se dresser en face des vivants, terrible comme le remords, inexorable comme la vengeance, flamboyante comme le glaive de la Justice!

A ce moment, une porte s'ouvrit sans bruit

et, dans le demi-jour qui éclairait la salle, une ombre apparut sur le seuil; bientôt cette ombre prit la forme d'un homme légèrement voûté qui, s'avançant, sans mot dire, alla se placer en face du sire de Blaimont.

Celui-ci poussa un rugissement de bête fauve dont les vibrations, trouvant issue par la porte entr'ouverte, allèrent mourir dans les vastes corridors; ses yeux s'ouvrirent démesurément, et il fit un pas en arrière; mais le fantôme cloua son regard sur lui d'une façon effrayante et, au bout d'un moment de silence lugubre:

—«Comte de Blaimont, dit une voix qui semblait monter d'un abîme, reconnais-moi!...... Je suis le spectre du tombeau!...... Je suis le châtiment! Je suis la vengeance! Je suis la Justice!........ Comme un enfant au berceau, j'étais innocent, quand tu me fis enfermer à Nimbourg!...... La comtesse, ton épouse, était une sainte à qui j'allais demander grâce pour un gentilhomme que tu retenais captif, et, sans lui donner le temps de se justifier, sans entendre un mot de sa bouche, tu la condamnas à mourir à petit feu, en la murant dans une pièce de ton château!....... Paix sur sa tombe, elle n'est plus!.......

Après quinze ans de tortures, ce Dieu que tu blasphèmes quand tu le pries à deux genoux, et que tu prends à témoin lorsque ta main se lève pour frapper; ce Dieu qui scrute les cons-

ciences et châtie les crimes, m'a arraché à un
supplice affreux en me rendant à la liberté!......

Tu es indigne de pitié, comte, et je devrais
n'écouter que la voix de la justice; mais la souffrance m'a rendu clément! Un gentilhomme se
bat, mais ne tue pas comme un vulgaire bandit!........ Trouve le moyen de sortir d'ici, c'est
ton droit; comme j'étais le tien, tu es mon prisonnier!»

Le comte de Blaimont n'articula pas un mot,
comme si cette vision d'outre-tombe l'eût pétrifié.

Une heure sonna; les gardes entrèrent et le
conduisirent, sans qu'il fît la moindre résistance,
dans un cachot du souterrain, à côté de celui
qui renfermait déjà le sire de Montluc.

L'évasion

Quand le sire de Blaimont se vit seul entre quatre murs où suintait une humidité pénétrante; quand il eut entendu grincer le verrou de la prison; quand il sentit l'air méphitique remplacer l'air pur, il se laissa tomber à terre d'une façon inconsciente, et une espèce de torpeur s'empara de lui. Brisé, anéanti, il dormit, non du sommeil qui donne le repos et répare les forces, mais du sommeil agité qui porte au front la sueur froide en faisant tourbillonner devant nos yeux des spectres horribles prêts à nous saisir, des gouffres béants qui nous engloutissent, des monstres épouvantables qui nous dévorent, visions sinistres, que l'imagination enfante et qui parfois se présentent à nous avec la saisissante apparence de la réalité.

Ce sommeil,—si toutefois il est exact de donner ce nom à cet état morbide de l'esprit et du corps,—dura environ trois heures, et quand le sire de Blaimont s'éveilla, il lui sembla qu'il sortait de la léthargie. La réaction commençait à s'opérer; la force, l'énergie, reprenaient

le dessus, et peu à peu, le captif retrouvait l'u-
sage de ses facultés que le fantôme avait para-
lysées. Alors seulement il commença à se rendre compte de sa situation.

Arthur de Brissac s'était évadé de Nimbourg!
De quelle façon?—Enigme!

Ni Charlotte ni Ambroise n'avaient pu le
trahir; il les connaissait trop bien, tous deux,
pour que cette pensée pût lui venir à l'esprit;
l'une était sa mère, l'ennemie implacable des
Huguenots, l'autre le serviteur aveugle, l'instrument inconscient de la volonté du maître.

Comme conséquence logique de son raisonnement venait donc ce dilemme: Ou son château était tombé entre les mains de l'ennemi
qui avait rendu la liberté à Arthur, ou celui-ci
avait eu la force et l'adresse de pratiquer une
ouverture dans la maçonnerie du cachot, et avait
fui par le souterrain.

Son esprit, se révoltant à l'idée que Nimbourg
avait pu succomber, il s'arrêtait à la dernière
supposition. Et, ce qu'avait fait un homme affai-
bli par quinze ans de souffrances, pourquoi ne
pourrait-il pas le faire, lui, robuste, plein de
santé, et que la nature, d'ailleurs, avait doué
d'une force prodigieuse?......

Le souterrain était là; la difficulté était de
franchir la cachot, soit en forçant la porte, soit
en perçant le mur. Fallait-il se décourager,
quand ses pieds et ses mains étaient libres en-

core?...... fallait-il attendre, pour tenter l'évasion, que le vainqueur le fît enchaîner?—ce qui, d'un moment à l'autre, pouvait arriver!

Oh! s'il parvenait à forcer sa prison, quelle vengeance il tirerait des affronts sanglants qu'on avait déchargés sur lui...... Il trouverait des soldats, dût-il aller les chercher dans les entrailles de la terre, pour châtier l'insulte et laver dans la sang le mot de *bandit* qui révoltait son cœur, brûlait son oreille et faisait éclater son cerveau! Bandit!...... lui, comte de Blaimont!...... lui, châtelain de Nimbourg!....... lui, fils de preux!...... descendant des croisés!...... Ah! l'outrage avait atteint le cœur, la vengeance briserait le coupable! Malheur à la bouche d'où avait jailli l'injure!

Dans un accès de délire, réunissant toutes ses forces, comme celui qui tenterait de franchir un abîme, le prisonnier s'élança, d'un bond furieux, contre la porte; celle-ci n'eut pas un léger craquement! Il s'élança de nouveau; la porte le repoussa! Alors, au paroxysme du désespoir et de la rage, il essaya d'introduire ses doigts nerveux dans la serrure; il les retira ensanglantés! Le découragement le saisit. Il s'appuya contre le mur, laissant couler la sueur qui inondait son front et se prit à réfléchir.

Malédiction! Le gouffre était là...... là, toujours, vomissant sans cesse le même mot: *Impossible! Impossible!*

A ce moment, un rayon de lumière, filtrant dans la partie supérieure de la prison, vint l'avertir que le jour commençait à paraître pour augmenter son supplice en mettant sous ses yeux les horreurs du cachot.

Désespéré, n'y tenant plus:

«Comte de Montluc! Comte de Montluc!» s'écria-t-il, d'une voix qui ressemblait à un hurlement.

Des gémissements étouffés semblèrent lui répondre à travers les parois lugubres.

«Comte de Montluc!» répéta-t-il.

Ce qu'il avait cru entendre se taisait! L'écho seul de sa voix, écrasé sous la voûte, battait les murs comme un râle de mort!

A bout de forces, le sire de Blaimont s'étendit par terre, tâchant de trouver dans le sommeil l'oubli d'une situation affreuse.

Le lendemain et le surlendemain, il renouvela ses tentatives, mais sans plus de succès.

Trois jours s'étaient écoulés depuis qu'il était dans sa prison, en proie à la fièvre et au désespoir, en proie au frisson glacé que donne la vue d'une mort inévitable, quand, une nuit, il lui sembla entendre gratter à la porte. D'un bond, il se leva et se mit à écouter en retenant sa respiration. Le bruit se faisait toujours entendre, pareil au bruit régulier d'une lime.

Dieu! si c'était lui!....... lui, le mendiant qu'il avait envoyé à Nimbourg, avec un message pour la comtesse, et qui, ayant appris sa captivité, vint tenter de le délivrer!...... O joie!...... espérance!...... ivresse!....

Qui, mieux que Daniel, connaissait le château, étant depuis longtemps attaché au service du comte de Montluc?....... N'avait-il pas pu entrer par le souterrain où il était passé tant de fois pour le service de son maître qui, maintenant, gémissait dans un cachot voisin?...... Daniel n'était-il pas un homme d'audace et un homme dévoué?.... Ciel! comme son cœur battait! comme son sang qui, naguère, semblait s'être arrêté, circulait avec force! Comme son œil, qu'on eût dit sur le point de s'éteindre, s'enflammait dans la nuit!

Transportons-nous par la pensée dans un noir cachot construit dans les entrailles de la terre, entre quatre murs sombres, vestibule de la mort; entendons la vague humaine s'agiter sur nos têtes sans qu'il nous soit pour ainsi dire permis de faire un mouvement, sans qu'il soit donné à notre œil de rencontrer un visage; alors il nous sera aisé de comprendre, de sentir tout ce que peut renfermer de doux, de suave, d'attendrissant, de sublime, le mot de *liberté!*

On limait toujours et sans se reposer.

Combien de temps dura l'opération? Le sire de Blaimont n'aurait pu le dire; il lui semblait qu'elle durait depuis un siècle, quand soudain, le verrou céda, et la porte s'ouvrit!

Oui! c'était lui!...... lui, l'ange du salut, sous les traits d'un mendiant!

—«Daniel! Daniel!» s'écria le comte avec délire, en s'élançant dans le souterrain. Et saisissant la main de son libérateur, il la pressait avec transport.

—Pas une minute à perdre, Monseigneur, dit le mendiant; il est minuit!...... Où est le sire de Montluc? Délivrons-le et partons!

—Là!........ là!.:...... balbutia le châtelain de Nimbourg.

—Monseigneur, reprit le mendiant, je vous en supplie, à l'œuvre! mes forces sont à bout! Et, tendant une lime à l'illustre prisonnier, il détacha deux pistolets de sa ceinture; puis, se cambrant devant la porte, dans une attitude terrible, il se mit à monter la garde, prêt à faire feu au moindre danger.

Le comte de Blaimont, disons-le pour lui rendre justice, était un vaillant chevalier; sans posséder à un haut degré cette noblesse de sentiments qui caractérise les grandes âmes, il était capable, parfois, de mouvements généreux; mais dans les circonstances actuelles, il lui en coûtait, certes, de compromettre son salut par un retard qui pouvait lui être funeste. Ses poumons demandaient l'air pur et ses yeux avaient soif de lumière.

Voir le tombeau ouvert, et rester enseveli! tenir la vie, et rentrer dans la mort! avoir en

main le glaive de la vengeance et le briser!
pouvoir laver l'affront, et s'endormir dans l'ou.
trage! ce n'est pas beau, c'est sublime!

Une fois dans sa vie, le sire de Blaimont fut
sublime. Sans prononcer un mot, il obéit au mendiant.

Saisissant la lime d'une main fiévreuse, il atta-
qua le verrou avec fureur, mais, soit que ses
forces se fussent affaiblies par d'indicibles tortures morales, soit que le crainte troublât son
regard et lui fît manquer de précision dans son
travail, au bout d'un quart d'heure il s'avouait
vaincu!

L'intrépide mendiant se remit donc à la besogne, oubliant la fatigue et le sang qui rougis-
sait ses mains. Il fallait se hâter; une heure
sonnait. Sous ses doigts enragés, l'instrument
libérateur faisait merveille; à vue d'œil, il mor-
dait le fer qui allait s'amincissant, tandis que le
châtelain montait la garde à son tour.

Enfin le verrou tomba et la porte grinça

«Comte! comte! s'écria le sire de Blaimont, en
se précipitant dans les bras de son compagnon
d'infortune, la liberté!...... la vie!»......

«Fuyons! dit le mendiant; fuyons vite! trois
chevaux nous attendent dans le bois!»

Et les trois hommes s'élancèrent dans les pro-
fondeurs du souterrain.

Une heure plus tard, admirablement favorisés
par l'obscurité de la nuit, ils galopaient à fond

de train dans la campagne, emportés dans une course vertigineuse.

Quand on s'aperçut, le lendemain, de leur évasion, ils étaient déjà loin et marchaient dans la direction de Nimbourg.

Perplexité

La nuit qui suivit l'attaque au château de
Nimbourg,—attaque qui avait été si vaillamment
repoussée par une poignée d'hommes,—la garnison resta sous les armes. L'ennemi avait fui
dans un désordre inexprimable, abandonnant les
morts et les mourants; les ténèbres étaient venues jeter un voile sur ce tableau sanglant, et
pourtant, dans la forteresse, chacun était encore
à son poste: Ebrard au donjon, Ambroise à côté
de sa coulevrine, quelques-uns aux mâchicoulis,
d'autres debout dans l'embrasure des fenêtres,
l'arquebuse sous la main.

Après leur coup d'audace, les Huguenots étaient
bien capables de revenir avec du renfort, et de
tenter pendant la nuit ce qu'ils n'avaient pu réaliser pendant le jour.

Charlotte était loin d'avoir le calme que donne
le triomphe; tout n'était pas fini, certes, si par
malheur le comte était prisonnier du sire de
Brissac; elle avait ses raisons pour voir l'horizon
sombre, malgré la victoire remportée! Aussi, une
inquiétude mortelle se peignait sur son visage;
elle allait de son appartement à la terrasse, de la

terrasse à la tour, sondant l'horizon noir, épiant
le bois, frissonnant au moindre bruit.

Le mendiant était reparti, en quête de nouvelles, et il devait être en ce moment sur la
route de Montluc; mais pourrait-il arriver sans
être découvert?...... Ne tomberait-il pas entre les
mains de l'ennemi?.... Un homme précieux, à la
vérité, que ce singulier messager qui avait annoncé l'attaque d'une façon si précise et qui,
sans avoir combattu comme Ambroise et Ebrard,
avait sonné l'alarme, permis d'organiser la défense, et peut-être sauvé Nimbourg! On lui devait quelque chose, certes, sans oublier les deux
héros de la journée qui avaient paralysé l'ennemi,
quand la brèche était faite; qui, d'un même mouvement, avaient terrassé l'audacieux prêt à atteindre Mademoiselle de Blaimont! Chose étrange, pourtant! Comment leurs bras s'étaient-ils
rencontrés au même instant, pour secourir la
jeune fille?...... Par quelle coïncidence avaient-ils
vu le danger, à une minute précise, si leurs
regards ne suivaient pas Gabrielle?...... D'Ambroise, il n'y avait pas à en être surpris; vieil-
li dans les combats, familiarisé avec les pé-
rils, il pouvait conserver sa présence d'esprit et
avoir l'œil partout; mais Ebrard?...... lui, qui
avait toujours vécu dans le silence et la retraite, loin du fracas des armes, si propre à faire
naître le trouble en inspirant la crainte, comment avait-il affronté une situation périlleuse s'il

en fût?...... Comment avait-il exposé sa vie pour
sauver Mademoiselle de Blaimont? L'avait-il fait
par dévouement?...... L'intérêt avait-il parlé?....
    Vraiment, il devait avoir une nature fortement
.trempée, un fonds de bravoure étonnant, ou
bien...... Mais non! Le gentilhomme effacer le
prêtre! Le génie du mal forcer le sanctuaire du
bien!...... Impossible! sa raison s'aveuglait!

Telles étaient les réflexions que faisait la
comtesse, se promenant sur l'esplanade, au moment où Gabrielle sortait de la chapelle.

Dans une fervente prière où elle mêlait les
noms d'Ambroise et d'Ebrard, elle était allée, la
jeune fille, parler à Dieu, là, à genoux sur les
dalles, à la lueur mourante de la lampe d'argent,
sans autres témoins que le crucifix d'ivoire et
l'image des saints dont le regard semblait s'animer sur la toile.

Oh! comme elle était éloquente cette prière
qui jaillissait de ses lèvres émues! Comme ils
étaient sincères ces élans de reconnaissance qui
se traduisaient par de pieux murmures en face
de l'autel!

Comme son cœur s'enivrait à la pensée qu'E-
brard avait exposé sa vie pour sauver la sienne! Comme il devait l'aimer! Comme il était
vaillant! Comme ils seraient heureux, si Dieu,
entendant ses soupirs, ils s'envolaient un jour,
loin, bien loin, à l'abri de la haine, à l'abri des
dangers, sous des climats plus doux!.... Chi-

mère peut-être, de rêver cette lune de miel, de caresser déjà ce bonheur ineffable! Mais, n'é- taient-ils pas sûrs d'Ambroise qui favoriserait leur fuite? N'avaient-ils pas là leur planche de salut dans la tempête? Celui qu'on croyait tout. dévoué au comte, et qui rendait la liberté aux prisonniers; celui qui, pour lui plaire, avait creusé le gouffre qui pouvait l'engloutir; qui, de sang- froid, affrontait les batailles et semblait se jouer de la mort, ne pouvait-il donc pas tendre une main amie sur l'abîme prêt à franchir, et dévier le bras d'un persécuteur inexorable?......

Ainsi raisonnait Gabrielle, quand elle aperçut Charlotte qui paraissait, à son tour, absorbée dans une ténébreuse méditation; et, soit qu'elle eût besoin d'expansion, après une journée de secous- ses violentes, soit qu'elle ne pût éviter la com- tesse sans l'aigrir, la jeune fille alla à sa ren- contre:

—Madame, dit-elle en l'abordant, quelle cho- se horrible que la guerre! Que de sang répandu!

—Je vous admire, Mademoiselle, répondit du- rement Charlotte que ces paroles venaient de tirer de sa rêverie; je vous admire vraiment, de concevoir de la pitié pour ces scélérats! Ne sa- vez-vous donc pas que, sans Ambroise, sans Monsieur Ebrard, vous ne seriez plus, vous, dont le cœur s'attendrit, et qu'en ce moment les Huguenots se disputeraient les richesses de Nim- bourg, qu'ils pilleraient les trésors amassés par

vos aïeux, qu'ils profaneraient ces salles qui ont
vu défiler tant de preux, ces salles, foyer de la
bravoure et vierges encore de la souillure de
l'ennemi?....

Ah! Mademoiselle!......

—Madame, répondit la jeune fille avec calme,
Celui qui a allumé dans mon cœur le sentiment
de la pitié, y a allumé aussi le sentiment de
la reconnaissance. Je sais que ma vie n'a
tenu qu'à un fil; je sais qu'Ambroise et Monsieur Ebrard nous ont sauvées d'une catastrophe,
et je leur témoignerai, à l'occasion, que je sais
apprécier leur courage et leur dévouement; mais
je ne puis me défendre d'un sentiment de com-
passion et d'horreur, en songeant à ces cadavres
qui gisent là, près de nous, sanglants, mutilés,
restes hideux de ce qui fut des hommes! Il me
semble qu'un jour......

—Votre sensibilité s'égare, Mademoiselle, interrompit la comtesse; ceux que vous plaignez
sont nos ennemis jurés et ceux de l'Eglise; il
faut vaincre ou succomber soi-même! La lutte
engagée est une lutte à mort! Gardez votre pitié
pour ceux qui en sont dignes!...... Tenez!......
Gabrielle, quand je songe que votre père est
peut-être, en ce moment...... Ah!...... Et elle
passa la main sur ses yeux, comme pour chasser
une horrible vision, puis elle ajouta: «Malheur,
malheur à nous, si le comte de Blaimont est
prisonnier du sire de Brissac!»

—Nos craintes n'ont rien de fondé, Madame, et si la fatalité voulait que ce fût vrai, n'y aurait-il pas dans notre manoir de quoi payer une forte rançon? Le sire de Blaimont ne serait pas un prisonnier vulgaire, et le comte de Brissac n'aurait, ce me semble, ancun intérêt à......

—Gabrielle, interrompit de nouveau la vieille châtelaine, en baissant le ton de sa voix, comme si elle eût craint d'être entendue, il est des choses que vous ne pouvez comprendre, et qu'il serait oiseux de vous expliquer.

Et, sans ajouter un mot, elle gagna son appartement, et Gabrielle sa chambre.

Fortement agitée entre la crainte et l'espérance, repassant dans son esprit les diverses phases de cette horrible journée, Mademoiselle de Blaimont s'assit près de son lit et, prenant la tête entre ses mains, elle se mit à réfléchir.

Que le comte fût prisonnier ou que sa captivité fût une invention de l'ennemi, sa situation, à elle, était des plus critiques. L'évasion d'Arthur de Brissac allait être découverte, il n'y avait pas à en douter, et alors, qu'allait-il arriver à celui qui, cédant à sa prière, avait trahi son maître?...... Au lendemain de l'évasion on avait muré le cachot, mais le cachot vide! On allait s'en rendre compte, et alors?...... Alors, c'était l'arrêt de mort prononcé sans appel contre l'homme qui venait de lui sauver la vie!...... Perdre

Ambroise!......, son ami!......, son protecteur!......
son sauveur!...... —Jamais!

A tout prix, il fallait trouver un moyen de la
sauver; elle seule était coupable, elle seule devait accepter la responsabilité! Sans perdre une
minute, il fallait inventer un stratagème pour
dévier le bras vengeur, et si le stratagème
échouait, alors elle confesserait tout; elle prou-
verait l'innocence d'Ambroise et laisserait dé-
charger sur elle seule le courroux de son terrible père et de l'impitoyable Charlotte!

Situation affreuse, où l'amour se trouvait aux
prises avec le devoir! D'un côté, l'abîme; de
l'autre, le salut, la vie, le bonheur caressé!......
Malheureuse! avait-elle été inspirée quand elle
était descendue au souterrain?.. ...... Avait-elle
bien fait, en s'attendrissant sur le sort d'un malheureux, de sauver une vie qui maintenant pouvait la perdre?...... —La femme disait oui; la
fiancée disait non!

Brisée par ce duel à outrance dont son cerveau était le théâtre, Gabrielle ferma les yeux
dans son fauteuil, s'abandonnant à une sorte de
repos qui tenait du sommeil et qui tenait de la
veille, mais qui n'était ni l'un ni l'autre. Dans cet
état pénible où son esprit tourmenté cherchait à
s'envoler dans des régions plus calmes, sans
pouvoir y parvenir, elle entendait vaguement le
marteau de l'horloge sonner les heures à la tour.

La nuit était silencieuse, et le manoir semblait

dormir avec les morts couchés dans le ravin. Il n'en était pas ainsi pourtant, car tout le monde veillait, et un homme faisait la ronde en ce moment dans le château, pour s'assurer que chacun était à son poste. Gabrielle l'entendit marcher, et, se levant résolument, elle ouvrit la porte de sa chambre.

Bénédiction! Ambroise était là.

—Debout, Mademoiselle!...... si tard! s'écria l'artilleur, en apercevant la jeune fille; et puis on dira qu'il ne faut rien attendre des femmes!

—Merci, mon brave Ambroise, de l'opinion que je t'inspire; je pensais à toi justement, et je bénis la Providence qui me fait te rencontrer.

—Vraiment, noble enfant, vous pensiez à moi?

—N'en doute pas; Ambroise; j'ai contracté aujourd'hui une dette envers toi qu'il me sera bien difficile de payer; mais il est tard, on pourrait nous surprendre; écoute vite ce que j'ai à te dire.

Le vieux serviteur s'approcha, l'oreille tendue, comme pour recevoir une confidence.

—Le bruit court, continua Gabrielle à voix basse, que monseigneur est prisonnier du comte de Brissac; vrai ou non, on va constater la fuite d'Arthur, et il faut que tu puisses expliquer son évasion d'une façon toute naturelle.

—C'est plus difficile que de faire jaser la coulevrine! s'empressa de dire l'artilleur; pas facile à tromper Madame la comtesse!

—Ne m'interromps pas, Ambroise; les minutes sont d'or maintenant.

—Parlez, noble enfant!

—Eh bien, voici: tu vas descendre au souterrain, cette nuit même, si c'est possible, ou demain au plus tard; tu feras une ouverture dans la maçonnerie du cachot, de façon à ce qu'on puisse croire que les prisonniers eux-mêmes l'ont faite; quand monseigneur descendra aux prisons, il verra l'ouverture et restera convaincu que l'évasion a été toute naturelle.

—Le croira-t-il, Mademoiselle?

—Il le croira, Ambroise, car il a en toi une confiance sans bornes, et jamais l'idée ne lui viendra que tu es pour quelque chose dans la fuite de ces malheureux.

—Vos désirs sont des ordres, noble enfant; j'obéirai; mais quoi qu'il arrive, ne vous mettez pas en peine de moi; j'en ai vu d'autres dans ma vie!

—Je le sais, mon brave ami; je n'ignore pas que tu te ris des dangers, de la mort même; mais je ne me consolerais jamais s'il t'arrivait malheur à cause de moi; il faut que tu vives pour moi, entends-tu, si tu ne veux pas vivre pour toi! Va, mon brave ami, et songe à Gabrielle qui t'aime bien!

Le vieux soldat ne parlait plus; il écoutait en baissant la tête, et de grosses larmes coulaient sur ses joues bronzées. Il saisit la main de la

jeune châtelaine, et, la portant respectueusement
à ses lèvres: «Vous êtes un ange, dit-il, un ange, et pour vous je vivrai!»

Gabrielle rentra dans sa chambre et Ambroise disparut dans le corridor.

Le lendemain, quand le soleil vint dissiper les
ténèbres de la nuit, Mademoiselle de Blaimont
dormait paisiblement dans son lit, et le vieux
de Cérisoles montait gaîment la garde au donjon. La campagne était calme et le ciel était
pur; pas un nuage, pas une ombre à l'horizon;
tout danger avait disparu, en apparence, du
moins.

Charlotte, après avoir longuement causé avec
Ebrard et Ambroise, envoya ses gens se reposer. Ce splendide réveil de la nature semblait lui rendre un peu d'espoir et donner à sa
sombre physionomie un reflet de gaîté. Elle-
même s'enferma dans sa chambre, et, après une
longue nuit d'angoisse, ses yeux se fermèrent.
Quand elle s'éveilla, il était trois heures du soir,
et rien n'était venu troubler le calme de cette
belle journée.

Décidément, l'ennemi avait fui; il fallait être
prudent encore, mais la garnison pouvait prendre un peu de repos; deux hommes suffisaient,
la nuit, pour faire la garde, en se relevant, de
temps à autre, à la tour. La grande porte était
solidement verrouillée, les arquebuses chargées,
et la coulevrine prête encore à vomir la mort.

Sa gueule s'avançait toujours dans l'embrasure de la fenêtre, menaçante comme l'ouverture d'un volcan, et propre à inspirer le respect, même dans son silence.

L'épreuve

Vers cinq heures, Mademoiselle de Blaimont
se leva et demi-heure après elle se promenait
dans sa chambre, soucieuse, pensive, comme
quelqu'un qu'une idée fixe poursuit. Une élégante
robe de velours noir dessinait admirablement sa
taille dont les mouvements flexibles ressemblaient
à des ondulations. Dans son regard on lisait
l'énergie; sa démarche accusait la résolution.
Parfois, elle s'arrêtait devant la fenêtre, écoutant
le chant des oiseaux, le murmure des vagues ou
plongeant l'œil dans l'horizon sans bornes.

A quoi pensait la jeune châtelaine dont le
visage, miroir fidèle de l'âme, respirait tour à
tour et le trouble et le calme, et la crainte et
l'espérance? Pensait-elle au présent?-noir tableau
d'ombres! Pensait-elle à l'avenir?—souriant peut-
être, mystérieux toujours?

Son esprit tourmenté s'envolait-il dans des régions lointaines où le cœur peut à l'aise s'eni-
vrer d'amour et de liberté? Songeait-elle à Ebrard
qui exposait sa vie pour la sauver? Songeait-elle
à Ambroise qui ouvrait les cachots pour lui

plaire?—A tout, probablement; à l'un et à l'autre sans doute, car ces deux noms devaient être
unis pour toujours.

Le premier l'aimait; le second la protégeait!
Ebrard était le bonheur; Ambroise le dévouement!

L'un était la fin; l'autre était le moyen.

Soudain, la comtesse apparut sur le seuil de
la porte. Gabrielle n'eut pas un mouvement de
surprise; on eût dit qu'elle l'attendait.

—Mademoiselle, dit Charlotte d'un ton plus
doux qu'à l'ordinaire, la nuit porte conseil:

Comme toute personne sensée doit le faire
dans ma situation, j'ai réfléchi, et j'ai cru bon,
pour ce qui vous concerne, de prendre une
résolution que les événements rendent nécessaire.

L'idée qui était née de l'étrange coïncidence
dont nous avons parlé, au sujet du danger qu'a-
vait couru Mademoiselle de Blaimont, avait-elle
pris consistance dans le cerveau de la vieille
châtelaine? Le doute, le soupçon avaient-ils en-
vahi son âme?......

Gabrielle dut le croire, sans doute, car elle
pâlit, mais dominant son émotion:

—Je vous écoute, Madame, dit-elle avec fermeté.

—Tremblante encore, continua Charlotte, de
ce coup d'audace dont vous avez failli être
victime, et dans la crainte fondée de nouveaux

malheurs, l'idée m'est venue de vous envoyer à Saint-Clair.

—A l'abbaye? interrompit Mademoiselle de Blaimont.

—Sans doute, Gabrielle. Depuis le départ du comte, je suis responsable de vous, et il est de mon devoir de tenter l'impossible pour vous mettre en sûreté. Sous la garde d'Ambroise, il faut partir demain, à la tombée de la nuit; les ténèbres favoriseront votre fuite; ma conscience sera en paix, vous sachant à l'abri, et, quand tout danger aura disparu, vous pourrez rentrer à Nimbourg.

La jeune fille fixa sur la comtesse, qui faisait appel à la conscience, un regard de mépris, et ses yeux brillèrent d'un feu étrange.

—Madame, dit-elle, en maîtrisant l'indignation qui lui montait aux lèvres, croyez-vous que dans une guerre dont la religion est le point de départ, il y ait plus à craindre dans une forteresse protégée par des murs solides, pourvue de puissantes armes à feu et de vastes souterrains, en cas de besoin, que dans un cloître où de frêles créatures n'ont, pour toute défense, que le crucifix, d'autres secours que la prière, d'autre lieu de refuge qu'une simple cellule? Ou je me trompe, ou c'est l'idée que j'exprime, qui a guidé monseigneur, quand il a empêché Monsieur Ebrard de partir pour Rennes?

—Ce que vous dites, Mademoiselle, est le

propre de ceux qui manquent d'expérience et
qui, de tout, ne saisissent que la surface. Si votre esprit,—trop jeune, hélas!—pouvait aller au
fond des choses, vous comprendriez sans peine
la portée de mes paroles. Un homme est un
homme, et une femme est une femme; au milieu de gens de guerre, une jeune fille de votre
condition n'est point un 'aide, mais un obstacle,
un danger permanent, sans qu'elle puisse se rendre utile.

Mais!...... ne dirait-on pas que Saint-Clair
vous épouvante, que la vie du cloître vous fait
horreur, au point de compromettre par un refus
la tranquillité de ma conscience? Vous m'étonnez
vraiment, Mademoiselle!........ D'ailleurs, je ne
consulte pas, j'ordonne.

—Madame, répliqua Gabrielle avec vivacité,
Saint-Clair ne m'épouvante nullement; la vie du
cloître a formé trop de saints pour que j'en aie
horreur; j'affirme au contraire, que, pas un instant, l'idée ne m'est venue de penser au danger
que je pouvais courir, ni ici ni ailleurs; ma vie
dépend de Dieu, et je suis prête au sacrifice,
quand il lui plaira de me le demander; mais lorsque le bruit des armes retentit, et qu'on se sent
la force de soigner des blessés, de consoler des
mourants, et d'agiter le flambeau de l'espérance
où râle l'agonie, il me semble qu'on est coupable de fuir; que la prudence devient de la lâcheté, et qu'il faut avoir peu de cœur d'aban-

donner à leur sort des frères qui peuvent avoir besoin de secours!

—Vous n'êtes point faite pour voir couler le sang, Gabrielle, reprit Charlotte, en élevant la voix; hier encore vous-même le disiez.

La jeune fille garda un moment le silence; puis, d'une voix vibrante, dont le ton était pour la comtesse un terrible anathème, si elle avait pu en saisir le sens:

—Madame, dit-elle, la guerre est une chose horrible! je le maintiens; la vue du sang répandu est un spectacle affreux! Ou mes principes sont faux, ou Dieu en pèse chaque goutte pour en demander compte un jour! Malheur à celui qui l'aura inutilement ou injustement versé!

A ce moment, un bruit de pas se fit entendre devant la porte; la comtesse pencha la tête au dehors, et apercevant Ebrard:

—Monsieur Ebrard! dit-elle.

Le jeune homme apparut sur le seuil, et il faillit se trahir en apercevant Gabrielle, ravissante de beauté dans sa robe de velours, provocante dans sa sublime indignation.

D'un rapide coup d'œil, la jeune fille l'enveloppa et dans le regard magnétique qui s'échangea entre eux, Ebrard comprit de quoi il s'agissait. Point de doute! La comtesse devait communiquer à Gabrielle la résolution dont elle lui avait fait part à lui-même déjà.

—Monsieur Ebrard, s'écria Charlotte, que pensez-vous de Mademoiselle de Blaimont que je ne
puis convaincre de la nécessité où nous sommes,
après ce qui est arrivé, de l'éloigner de Nimbourg? Je lui fais toucher du doigt qu'il y va
de sa propre sécurité, que tout danger est loin
d'avoir disparu, qu'une jeune fille de sa condition' n'est pas à sa place au milieu de gens de
guerre, et je n'arrive pas à me faire comprendre!

—Mon Dieu, Madame, balbutia Ebrard singulièrement embarrassé, les temps sont critiques,
et une jeune fille......

—Doit obéir, continua Charlote, d'un ton sec,
surtout quand son intérêt est en jeu!......
Est-il possible d'avoir les yeux fermés en face
du péril! Est-il permis, vraiment, de dire non,
quand la raison, quand l'évidence s'accordent
pour dire oui? Que vous en semble, Monsieur
Ebrard?

—Sans doute, Madame, l'obéissance est une
qualité, une vertu louable et que les saints
Livres......

—Oui, une vertu! s'empressa d'ajouter la comtesse; une vertu de premier ordre que devraient
acquérir ceux qui manquent d'expérience!
Quand on est jeune, on a besoin d'être guidé;
le monde est plein de malice, et l'âge seul peut
donner une idée de ce qu'est une guerre de scélérats, de vandales que rien n'arrête, qui insul-
tent ce qu'il y a de plus sacré!

—Certes, Madame, on ne saurait nier que la guerre est une chose terrible!

—Epouvantable! reprit Charlotte en se levant, et peu faite pour servir de spectacle à des natures sensibles comme celle de Mademoiselle de Blaimont. Puis, portant la main à son front et s'adressant à Gabrielle:

Ah! Mademoiselle, dit-elle, Dieu vous épargne d'être mère, un jour! Tenez! ..... quand je songe qu'en ce moment, peut-être......

Elle s'arrêta comme brisée et poussa un long soupir.

A la dérobée, la jeune fille lança à Ebrard un regard de feu et, dans un éloquent sourire que Charlotte ne pouvait remarquer, elle laissa entrevoir l'émail de ses belles dents, brillantes comme un collier de perles.

Six heures sonnaient. La comtesse sortit en murmurant des mots inintelligibles; Ebrard la suivit immédiatement, et Gabrielle resta seule, en proie aux émotions qui l'agitaient.

La nuit était venue, et avec elle le silence. Pas un bruit à Nimbourg. La fatigue, les longues veilles, triomphaient de ces natures robustes, et un sommeil réparateur pesait lourdement sur ces yeux que le danger et la crainte avaient tenus ouverts pendant plusieurs jours suivis. L'amour seul veillait dans une chambre, et la sentinelle au donjon: Ebrard à la tour, Gabrielle au pied de son lit.

Le repos pouvait-il trouver place dans le cœur
blessé par une décision inattendue?...... meurtri
par une volonté de fer?..... Dormir, quand la
comtesse avait dit: «Vous partirez demain!»
Dormir, à la veille de quitter Ebrard!...... Avoir
le calme quand la paupière tremblait, quand
le cerveau bouillait, quand le bonheur fuyait,
quand l'avenir croulait, quand l'âme se brisait!....
Dormir!......

Ah! elle ne savait pas, la vieille châtelaine
ce qu'il y a dans un cœur aigri par de longues
humiliations, exalté par l'amour, en proie au désespoir!

Onze heures sonnaient.

Mademoiselle de Blaimont ouvrit avec précaution la porte de sa chambre, écouta un instant et
se glissa dans les ténèbres. Cinq minutes après,
elle était au donjon, à trois pas de la sentinelle.

La jeune fille ne s'était pas trompée; Ebrard
était là, debout, immobile, épiant le bois sombre,
le chemin sinueux, tel enfin qu'il était, la nuit
où ils s'étaient fiancés. Lui aussi veillait, attentif au devoir, mais ému, bouleversé en songeant à Gabrielle; vainement son esprit s'agitait
pour trouver le moyen de conjurer l'orage, d'é-
loigner le déchirement de la séparation; l'image
de Charlotte se dressait froide, sévère, inflexi-
ble! La comtesse avait parlé, Gabrielle devait
partir! Fallait-il, d'ailleurs, éveiller le soupçon
en essayant de dévier l'arme?

Fallait-il briser l'espoir, compromettre la vie,
pour éviter une blessure? N'était-il pas plus sage
de laisser courir les événements et d'avoir confiance en l'avenir?......

Tel était le raisonnement d'Ebrard, au moment où Mademoiselle de Blaimont touchait à la
dernièie marche de l'escalier.

Le temps pressait. Tout à coup, la jeune fille
s'avança d'un pas ferme, palpitante d'émotion et
de trouble:

—Monsieur Ebrard! dit-elle; et elle éclata en
sanglots.

—Gabrielle! Gabrielle! s'écria le jeunne homme, en exécutant un vif mouvement; et, la prenant par la main, il l'attira à lui sans prononcer
un mot. Son cœur se brisait devant cette douleur muette, devant l'amour candide qui se je-
tait dans ses bras pour épancher la souffrance.

Les deux jeunes gens qui s'aimaient avec passion, mais de cet amour pur qui échauffe le
cœur sans étouffer la raison, restèrent enlacés un
moment, sans articuler une syllabe, confondant
leurs soupirs, expression fidèle de leur horrible
situation.

Destin cruel, poursuivant deux âmes faites
pour se comprendre, créées pour s'unir!.... sort
ironique, présentant la coupe du bonheur et l'é-
loignant des lèvres, allumant l'espérance et éclairant l'abîme!

Soudain, Gabrielle se dégagea des bras du jeune homme, et se redressant avec énergie:

—Monsieur Ebrard, dit-elle, il faut que nous soyons heureux! Oh! fuyons loin des êtres sans cœur qui forgent la souffrance, à l'abri des regards d'où jaillit la menace, loin des cris étouffés, loin des scènes poignantes, loin des......

Elle s'arrêta, comme si tout à coup, elle eût senti un doigt se poser sur sa bouche; comme si elle eût craint d'outrager la nature en révélant le crime. Dans sa voix il y avait des sanglots et dans ses yeux la flamme ardente.

—Tendre amie, murmura Ebrard, en saisissant la main de la jeune fille, ayons confiance! l'avenir est à nous! un jour viendra où l'épreuve cruelle......

—Nous séparer, Ebrard! s'écria Gabrielle; nous séparer, quand le cœur nous unit! être écrasé, sans relever la tête! voir la main qui nous frappe, et attendre le coup!.... La comtesse en a menti, et je la braverai!

—Que faire, hélas! amie?

—Que faire! —Ce que fait le marin quand gronde la tempête: gagner la haute mer ou ancrer dans le port! renverser les obstacles et déjouer la ruse! Que faire?..... —Fuir ensemble, Ebrard; fuir bien loin! Dieu nous protégera contre la haine et contre la malice! Le lion est redoutable, et l'homme le domine! Le fer est dur, et le feu le réduit!....., Comme l'oiseau fend

l'air, Monsieur Ebrard, nous franchirons les murs
de Nimbourg; d'autres les ont franchis!

Le jeune homme écoutait, mais ne répondait pas.

En extase devant la femme aimée qui, dans
un élan de légitime indignation, s'attaquait au
géant, se heurtait au granit et s'écriait: *Quand
même!* sa langue se paralysait et son œil plein
de doute semblait dire: *Impossible!*

Gabrielle le comprit. Alors, se rapprochant
d'Ebrard, comme si elle eût craint que ses paroles s'évaporassent en traversant l'espace:

—Monsieur Ebrard, dit-elle, écoutez: Le moment est venu d'agir; demain il pourrait être
trop tard; cette nuit même, fuyons! nous avons
un ami, un ami sûr; je réponds de lui; Ambroise......

A ce moment, la silhouette de l'homme dont
on venait de prononcer le nom, apparut au haut
de l'escalier, comme si, caché dans l'ombre, il
eût tout écouté, attendant seulement l'appel pour
se présenter.

Il venait relever la sentinelle et, sans le vouloir, avait surpris les deux jeunes gens qui, tout
à leur amour, tout à leurs projets, ne s'étaient
pas aperçus que les heures fuyaient au cadran
de l'horloge et qu'il était minuit.

Ambroise les avait vus en face l'un de l'autre,
la main dans la main! nier était impossible.

Ebrard resta comme pétrifié; Gabrielle n'eut
par un frisson.

—«Mademoiselle de Blaimont, balbutia le nouveau venu, confus de cette surprise involontaire, soyez sans crainte; vous savez que je suis votre serviteur loyal, trop heureux, quand je puis vous donner des preuves de mon dévouement!........ On comprend les choses quand on a eu vingt ans; et certes, avant la bataille de Cérisoles»....

—Approche, mon brave Ambroise, interrompit la jeune fille avec sang-froid; approche, et dis à Monsieur Ebrard que tu es notre ami et qu'on peut compter sur ta discrétion; qu'il sache que dans ta poitrine de soldat Dieu a mis un noble cœur! qu'il apprenne de ta bouche qu'ici, à côté de la main qui frappe, il y a le bras qui protège!

Approche, Ambroise; tu dois faire désormais pour celui que j'aime ce que tu ferais pour moi.

Le farouche guerrier qui avait jeté l'épouvante dans les files ennemies et fait trembler les plus braves, s'avança, tête nue, l'œil humide et, comme un prêtre à l'autel, étendant ses mains sur les deux jeunes gens: «Mademoiselle de Blaimont, monseigneur, dit-il, d'une voix tremblante, que Dieu m'entende et bénisse votre amour!..... Soyez heureux!........ Vivez longtemps!........ Je suis vieux, mes enfants, pour vous suivre dans la vie; vous y entrez, et moi j'en sors!...... Ma pensée sera toujours près de vous, et tant que j'aurai au cœur une goutte de sang pour le faire palpiter, cette goutte vous appartiendra!»

Il se tut un moment pour essuyer une larme qui brilla dans la nuit comme une perle
tombant du ciel; puis, se redressant comme dans
l'attitude du combat, menaçant, terrible, tel qu'il
était au jour de la bataille, il ajouta:

«Malheur! malheur à celui qui touchera un seul
de vos cheveux; je le plierai comme un roseau
et le briserai comme verre!»

La nuit était avancée; on causa encore quelques instants à voix basse, et tout rentra dans
le silence.

Gabrielle descendit rapidement l'escalier de
la tour et se perdit dans les corridors sombres;
peu après, Ebrard la suivit, et Ambroise resta
seul au donjon, revoyant en esprit les scènes
du passé, pleurant peut-être, priant sans doute,
l'œil fixe dans la nuit, essayant d'épeler dans
le grand Livre obscur où Dieu seul pourrait
lire!

Providence

On était aux premiers jours de Juin. Le soleil, si radieux la veille, s'était levé enveloppé de vapeurs blanchâtres; d'épais brouillards flottaient sur l'océan comme des ombres indécises, et les tours du manoir disparaissaient dans la brume. Les oiseaux, dont le chant joyeux s'était fait entendre les jours précédents, se taisaient, cachés dans l'épais feuillage des arbres. Jour triste, où la nature semblait vouloir jeter un voile sur les hideuses épaves qui gisaient sous les murs de Nimbourg, comme si elle eût craint d'illuminer un tableau si lugubre, comme si elle eût voulu s'associer à la tristesse qui gonflait le cœur des jeunes fiancés.

Chose rare pour la saison, à sept heures du soir, l'obscurité était devenue complète.

A ce moment, deux personnes descendirent l'escalier conduisant au souterrain et s'engagèrent bientôt dans cette route ténébreuse qui avait une issue, au loin, dans la campagne. L'une d'elles était un homme frisant la soixantaine, droit, robuste, agile, malgré l'âge écrit au front.

par de profondes rides. Son teint bronzé, ses
mains calleuses, portaient la marque du travail
pénible! une large cicatrice à la joue, une dé.
marche régulière, un air martial, éveillaient l'i-
dée du soldat. Une arme à feu pendait à sa
ceinture et, sous les plis d'un long manteau d'é-
toffe grossière mais solide, brillait la poignée
d'une épée dont la lame disparaissait dans la
gaîne. D'une main, il portait un bâton noueux
et de l'autre il soutenait la démarche de sa compagne qui faisait avec lui un contraste frappant.

C'était une élégante jeune fille, à la démarche gracieuse, à la taille souple comme un jonc.
Son costume, où la perfection du travail le dis-
putait à la richesse du tissu, accusait la fortune;
ses traits, la distinction. Sur ses épaules repo-
sait un manteau de velours, et sur sa tête,
une écharpe de dentelle soigneusement attachée,
mais trop peu discrète pour voiler deux yeux
brillants comme des étoiles. L'ensemble de sa
physionomie douce et énergique à la fois, portait je ne sais quelle empreinte de trouble et de
tristesse qui pénétrait l'âme et la faisait rêver;
je ne sais quelle mélancolique expression qui
frappait l'œil et le captivait.

Dans ces deux voyageurs nocturnes, si diffé-
rents d'aspect, si unis peut-être par le sentiment,
le lecteur a déjà reconnu Ambroise et Mademoiselle de Blaimont.

Ils marchaient à côté l'un de l'autre, à la va-
cillante lueur d'une antorche dont la lumière
blafarde, rampant sur les parois humides, dessinait des ombres fantastiques.

Où allaient-ils, à cette heure avancée?......
Etait-ce le départ pour Saint-Clair?.... Etait-ce
la fuite de la jeune châtelaine, allant rejoindre
Ebrard dans un lieu convenu, ou le précédant
dans l'exécution d'un plan hardi?....

—Enigme pour tous, car pas un mot ne trahissait leur secret! Leur bouche semblait scellée, comme s'ils eussent craint des oreilles invisibles, ou si l'émotion eût étouffé leurs voix!

Dans le souterrain, pas le moindre murmure;
le silence troublé seulement par un bruit de pas
que l'écho répétait, pareil à ces bruits sourds
qui montent des abîmes.

Les deux voyageurs marchèrent longtemps,
et quand ils furent arrivés à l'extrémité de cet
affreux chemin, tout nouveau pour la jeune fille,
si connu de son conducteur, Ambroise pressa,
sans tâtonner, un bouton, au centre d'une grosse pierre et éteignit l'antorche. La pierre roula
sur elle-même, et Gabrielle sentit l'air frais lui
frapper le visage. Il était temps, car ses poumons délicats commençaient à souffrir et sa respiration devenait difficile.

Ambroise écarta ensuite d'épaisses touffes de
genêts qui dissimulaient admirablement l'entrée
du souterrain, et s'adressant à la jeune fille:

«Enfant, dit-il, nous voici loin de Nimbourg; la nuit est noire; courage! nous arriverons sans obstacle!»

Gabrielle ne répondit pas, mais Ambroise sentit sa main frémir dans la sienne.

Ils firent quelques pas, marchant avec précaution pour s'orienter au milieu des ténèbres. Pas une étoile au ciel; par un frisson dans les feuilles! Nuit horrible, vraiment! propre à inspirer la crainte, car à trois pas, on ne distinguait pas un homme. Un grand fonds de témérité, ou une affaire urgente pouvaient seuls lancer quelqu'un dans des chemins impossibles à suivre.

Soudain, Mademoiselle de Blaimont s'arrêta et, pressant d'un mouvement nerveux la main de son conducteur: «Ambroise, dit-elle, j'ai peur! Il me semble qu'il y a quelqu'un, là, devant nous!»

Son oreille, d'une étrange subtilité, avait entendu un bruit, et son regard perçant avait cru distinguer une masse au pied d'un arbre.

Presque au même instant, une grosse voix se fit entendre au milieu des broussailles:

—C'est vous, monseigneur?

—Qui vive? rugit Ambroise, en se plaçant devant la jeune fille pour lui faire un rempart de son corps; parle, ou tu es un homme mort!

La voix se tut, mais une détonation ébranla l'air et un projectile siffla, perçant le chapeau du soldat au-dessus de l'oreille. Gabrielle poussa un cri aigu qui retentit dans la nuit comme un cri de détresse.

—Arrête, bandit! s'écria Ambroise en s'élançant d'un bond sur·l'homme qu'il venait d'apercevoir, à la lueur d'un éclair; arrête! on n'assassine pas des jeunes filles!

Une lutte corps à corps allait s'engager, quand, à la lueur d'un second éclair qui semblait être une continuation du premier, le conducteur de Gabrielle reconnut distinctement le faux mendiant qui, à son tour, venait de le reconnaître.

«Bénédiction! s'écrièrent deux voix, en même temps; bénédiction! nous allions nous tuer!»

. Et les deux hommes échangèrent une poignée de main, tandis que la jeune fille, glacée d'effroi et de surprise, murmurait: «mon Dieu!»

—Par quel miracle es-tu ici, quand je te croyais à Montluc? dit Ambroise à Daniel.

—Par le miracle que fait Dieu, répondit le faux mendiant, quand il se sert des petits pour élever les grands; par le miracle qu'Il vient de faire à l'instant, en déviant le coup qui devait t'atteindre!

—Apportes-tu des nouvelles?

—Sans doute.

—Bonnes?

—Excellentes.

—Mes renseignements étaient faux, alors?

—Très exacts, au contraire.

—Montluc au pouvoir de l'ennemi?

—Oui!

—Monseigneur prisonnier?

—Oui!

—La troupe de Nimbourg battue?

—Ecrasée, anéantie!

—Mais, tu es fou, Daniel! Où sont donc les bonnes nouvelles?

—Attends, mon brave! Le soleil luit après l'orage.

—Parle, Daniel! parle! Il me semble que je rêve....

—Eh bien, voici: j'arrive de Montluc à fond de train, comme une flèche lancée dans l'air, comme une feuille chassée par l'ouragan, et, quand je t'ai adressé la parole, je croyais avoir affaire à monseigneur, ton maître, qui m'a donné rendez-vous ici même.

—Mais tu es fou! je le répète; ne viens-tu pas de dire qu'il était prisonnier?

—Il l'était, Ambroise, et avec lui, le sire de Montluc; mais à l'heure où nous parlons, ils chevauchent près d'ici.

—En liberté?

—Comme l'oiseau dans l'espace.

—Continue, Daniel: Qui donc a brisé leurs chaînes?

—Peu de chose, mon brave! peu de chose! c'est là, dedans. Et, fouillant dans le fond de sa besace, Daniel en tira une lime qu'il tendit à Ambroise.

Celui-ci venait de comprendre et, saisissant vivement la main du mendiant et la pressant avec effusion:

—Vaillant Daniel, s'écria-t-il, quelle nouvelle pour la châtelaine! Quelle épine tu lui arraches du cœur!

—Doucement, frère!. Je sais aussi comment vous vous êtes comportés à Nimbourg; je connais l'accueil fait à ces enragés!...... A Montluc, vainqueurs! ici, broyés!......, chacun son tour!

Quelle joie, Ambroise, pour ton maître qui ignore tout encore, m'ayant envoyé en éclaireur tremblant que son manoir eût succombé!

Quelle flamme va lui remettre au cœur la nouvelle de votre triomphe! C'est bien, camarade; on a du plaisir à se rencontrer, quand on a de pareilles choses à se dire! Mais...... il est tard; monseigneur ne peut tarder à arriver; rentre vite au château; qu'on se prépare à recevoir le maître; cette nuit même nous serons là, en compagnie du sire de Montluc qui a été de la partie. Va, mon brave! nous causerons plus tard.

Ambroise était stupéfait; cette rencontre inattendue changeait complètement la face des choses et produisait toute une révolution dans son esprit.

Il tourna vivement sur lui-même, prit la main de la jeune fille, et allait disparaître, quand Daniel, lui adressant de nouveau la parole:

—Encore un mot, camarade: où allais-tu, toi, par ce temps affreux?

—Toute une histoire, frère, trop longue à raconter! la nuit s'avance et j'ai hâte d'apporter la nouvelle; aujourd'hui l'important; demain, le reste qui ne sera pas sans intérêt.

Et, sans donner à Daniel le temps de l'interroger de nouveau, il s'élança avec sa compagne par le chemin où il était venu et se perdit dans la nuit.

—«Ambroise, que Dieu est bon! s'écria Gabrielle, quand elle se vit seule avec son conducteur; dire que tu as failli être tué à cause de moi, et qu'il t'a sauvé!...... Ah! Il sait bien, Lui, qu'il faut que tu vives, et Il te protège!....

Mon Dieu, merci!»

—Courage, noble enfant! courage!

Et en prononçant ces mots, la voix du vieux tremblait comme la veille où il lui parlait à la tour, en compagnie d'Ebrard.

Oh! comme le cœur devait lui battre, en ce moment, au pauvre jeune homme qui, résigné, fidèle au poste où l'enchaînait le devoir, n'écoutant que la prudence et la raison, avait dit à la femme adorée: «Gabrielle, partez! n'éveillons pas les soupçons de la comtesse; le sacrifice, un jour, aura sa récompense; partez! l'obéissance est agréable à Dieu!»

Et Gabrielle était partie, sous la garde d'Ambroise, l'œil sec mais le cœur brisé, lançant à

Ebrard un douloureux regard, poignant comme
l'angoisse, navrant comme l'adieu!

Elle s'en allait dans la nuit sombre, la mort
dans l'âme et la prière aux lèvres, quand Daniel était apparu, quand le miracle s'était fait!

Ah! il ne voulait pas, ce Dieu qu'implorent
les cœurs purs, que le sacrifice fût consommé!
Il déviait le coup qui devait tuer Ambroise, et,
comme il arrêta jadis le bras levé sur Isaac, il
brisait la coupe de fiel présentée à l'enfant
candide, à l'ange des prisons!

Et voilà pourquoi la jeune fille, ivre de joie
et de reconnaissance, s'écriait dans la nuit:

«Ambroise, que Dieu est bon! Que Dieu est
grand!»

Et sa voix, muette naguère sous la voûte sombre, étranglée par un mortel adieu, frémissait,
vibrait maintenant comme un arc tout à coup
détendu, comme une lyre sainte sous le souffle
divin.

Onze heures sonnaient au moment où Ambroise et Gabrielle arrivaient, dans le souterrain, à la hauteur des cachots. La jeune fille ne
put se défendre d'un sentiment d'horreur, en
songeant aux infortunés qui, quelques jours auparavant, gémissaient là, dedans, attendant le
bourreau pour finir leur martyre.

L'ouverture habilement pratiquée dans la maçonnerie pour expliquer l'évasion, attira naturellement l'attention de Gabrielle qui, l'exami-

nant avec soin, se montra satisfaite; puis, s'a-
dressant à Ambroise:

—Vois-tu, mon brave ami, dit-elle, puisque
monseigneur va être de retour, il faut sans retard
aller au-devant des difficultés. C'est toi qui,
cette nuit même, dois donner à Madame la
comtesse la nouvelle de leur fuite; car, étant
passé dans le souterrain, on n'admettrait pas que
cette ouverture eût échappé à tes regards, et
ton silence même serait un danger; en donnant
au contraire l'alarme, tu éloigneras tout soupçon
et nous serons sauvés l'un et l'autre. Comprends-
tu, ami?

Le visage d'Ambroise s'éclaira d'un franc sourire et, attachant sur Gabrielle un regard où se
peignait l'admiration:

—Noble enfant, dit-il en s'arrêtant, votre idée
vient de Dieu qui nous protège!.... plus de
doute, la partie est perdue pour Madame la comtesse, difficile à tromper pourtant! puis, continuant
à marcher, il ajouta:

« Quelle chose, quelle belle chose l'instruction!»

Mademoiselle de Blaimont était émue et elle
souriait à l'ignorance naïve qui mettait tout sur
le compte de l'instruction.

Ah! certes, il n'était pas instruit, le vieux,
mais il savait se battre! la science ne lui faisait pas défaut pour mettre le feu à la coulevrine et terrasser l'ennemi! Il était ignorant,

mais le cœur le guidait, et il comprenait que
le fort doit protéger le faible, que la justice est
une, et qu'il est un lieu, sans doute, où le crime
est puni! Qu'importait le reste?

Gabrielle et Ambroise franchirent donc la porte
du souterrain, l'esprit tranquille et le cœur content; la première, songeant à Ebrard que la
Providence lui rendait; le second, repassant men-
talement le rôle qu'il avait à jouer en présence
de la comtesse.

Mademoiselle de Blaimont échangea encore
quelques mots, à voix basse, avec son conducteur; puis, rayonnante, légère comme un souffle,
elle s'élança dans la cour et gagna sans encom-
bre l'escalier conduisant à son appartement, tandis que le vieux serviteur allait frapper à la porte
de Charlotte.

Celle-ci, n'ayant pu trouver le repos, quoiqu'elle se fût couchée et relevée à deux reprises,
était en ce moment debout dans l'embrasure
d'une fenêtre, suivant vaguement du regard les
zigzags de feu qui se croisaient dans le ciel
noir, en butte aux sombres pensées qui étaient
une conséquence logique de sa situation incertaine.

—«Madame, balbutia Ambroise, quand la porte
s'ouvrit, me voici de retour!»

—Ambroise! s'écria la comtesse en reculant
d'un pas, comme si son regard troublé crût à
une vision; puis, revenant un peu de sa surprise:

«Et mes ordres? dit-elle sévèrement; parle! parle vite; il y a là un mystère!»

—Oui, Madame, un mystère, et qui va vous surprendre! J'en suis encore tout bouleversé moi-même.

—L'ennemi? interrompit Charlotte effrayée.

—Non, Madame; voici: Nous avions déjà franchi la porte du souterrain et nous nous lancions dans les bois, quand la Providence a mis sur notre route un homme qui vous est connu......

—Quel homme? interrompit de nouveau la châtelaine, dont l'intérêt allait croissant avec la surprise.

—Le mendiant, vous savez, Madame, qui était parti pour Montluc.

Charlotte ne respirait plus.

—Où est-il? dit-elle vivement. A-t-il eu des nouvelles de monseigneur?

—Des nouvelles certaines, Madame, puisque cette nuit même, monseigneur va être de retour, en compagnie du sire de Montluc.

—Mais tu as rêvé, Ambroise? ... Que dis-tu là?

—La vérité, Madame, la vérité que peut confirmer, d'ailleurs, Mademoiselle de Blaimont. Pauvre enfant! elle a eu bien peur; et certes, peu s'en est fallu que sa vie fût encore en danger!

—Continue, Ambroise, continue!

Et la comtesse passa la main sur ses yeux, pour se convaincre qu'elle ne rêvait pas elle-même.

—Eh bien! vous savez, Madame, nous allions notre chemin, nous dirigeant de notre mieux à travers les ténèbres...... Quelle horrible nuit, Madame! à trois pas......

—Continue! te dis-je.

—Tout à coup, une détonation retentit! Le mendiant nous avait aperçus et, croyant avoir affaire à l'ennemi, il se mettait en garde; alors, je m'élance, et je ne sais ce qui serait arrivé, si le bon Dieu qui, à ce moment, a envoyé un peu de lumière, ne nous eût permis de nous reconnaître!

—Et monseigneur? l'as-tu vu? c'est ce qui m'intéresse.

—Le mendiant l'attendait sous un arbre, presque à l'entrée du souterrain; je ne l'ai point vu; mais à l'heure qu'il est, ils sont sûrement près d'ici, et ne peuvent tarder à arriver.

—Cette nuit?

—Cette nuit même, Madame.

Les yeux de la vieille châtelaine brillèrent de joie.

—C'est bien! dit-elle; avertis Monsieur Ebrard qui est à la tour; nous verrons bientôt si ce que tu m'annonces se réalise. Et elle le congédia pour se préparer à recevoir le comte et donner libre cours à la joie dont son cœur débordait.

—Pardon, Madame! ajouta Ambroise, dont le visage s'assombrit; il y a encore une chose......

—C'est bon! te dis-je; avertis Monsieur Ebrard,

pour qu'il ne soit pas exposé à donner une
fausse alarme.

—Oui, Madame; mais c'est peut-être important....

—Quoi donc, Ambroise?

—Vous savez, Madame, le cachot que j'ai
muré l'autre nuit....

—Eh bien?

—Nous y sommes passés devant.

—Naturellement! Où vouliez-vous passer?
Ne serait-il plus à sa place?

—Le cachot y est, Madame; mais peut-être les
prisonniers......

—Ont fui? rugit la comtesse, en faisant un
bond, comme si la foudre fût tombée à ses côtés.

—Je l'ignore, Madame; il y a un trou au mur!
Je n'ai pas voulu me rendre compte, en présence
de Mademoiselle de Blaimont, mais j'avais hâte
d'arriver pour vous le dire.

—Malédiction! Malédiction! s'écria Charlotte;
mais c'est horrible! vite, au souterrain!

Et la comtesse atterrée, sentant fléchir ses
genoux, se mit à marcher la première.

Sa figure, rayonnante naguère, avait pris une
expression diabolique.

A ce moment, on entendit des pas précipités,
du côté de la tour; c'était Ebrard, descendant
rapidement de la guette. A la lueur des éclairs,
il venait d'apercevoir un cavalier arrivant à fond
de train.

—Ce sont eux! ce sont eux! s'écria Ambroise. Et, suivi de Charlotte, il s'élança dans la direction de la porte, laissant stupéfait Ebrard qui le croyait sur la route de Saint-Clair.

Le pont-levis s'abaissa, en effet, et l'encolure d'un cheval apparut sur la terrasse avec son cavalier.

Une rude course elle avait dû faire, la noble bête, car son poil luisait de sueur comme sous l'averse; son mors disparaissait dans l'écume, et ses naseaux en feu lançaient une bruyante haleine.

Ebrard, interdit, essayant vainement d'expliquer ce qu'il voyait, allait se précipiter dans l'escalier pour s'assurer que Gabrielle était encore là, lorsque la voix bien connue du sire de Blaimont se fit entendre dans la cour du château, brève, ferme comme toujours, vibrante comme l'airain.

Les apprêts du festin

La présence d'Ambroise qui aurait dû partir, avait ému Ebrard; l'apparition subite du comte le troubla. Il balbutia à peine quelques mots en présence du sire de Blaimont et remonta machinalement au donjon, l'esprit agité, attendant avec impatience que le jour vînt dissiper les ténèbres pour avoir la clef de ce qu'il n'arrivait pas à comprendre.

Minuit sonnait. Les châtelains pénétrèrent dans la vaste salle du rez-de-chaussée, et, sourds à la voix du tonnerre qui ébranlait la terre, insensibles au feu des éclairs qui incendiaient le ciel, ils entamèrent un intéressant dialogue, tandis qu'Ambroise, fortifié par les paroles de Mademoiselle de Blaimont, attendait avec calme le moment de descendre au souterrain.

«Sois sans inquiétude, mon brave, s'écria le comte, en s'adressant à lui; les prisonniers se sont évadés, je le sais; cela arrive quelquefois, mais on les retrouvera! Je suis content de toi, Ambroise; va dormir tranquille; demain la journée sera rude, peut-être!»

Le vieux serviteur s'inclina et sortit, dissimulant une larme de joie qui gonflait sa paupière. La porte de la salle se ferma, et le sire de Blaimont resta seul avec Charlotte, libres maintenant tous deux, d'épancher leurs cœurs après les heures amères, libres de verser leur fiel sur les vainqueurs de Montluc et d'ouvrir leur âme aux projets de vengeance pour laver les affronts.

—Ah! Madame, s'écria le comte, quand les pas d'Ambroise se furent perdus dans la cour; entre le sire de Brissac et moi, ce n'est plus une guerre, c'est un duel sans merci; c'est une lutte à mort!...... Quand le lion est blessé, il rugit, et ses rugissements font trembler! Le comte de Brissac tremblera, Madame, ou le sang que vous m'avez donné ne serait plus celui des preux qui sont là, devant nous, témoins de mon serment!

Et son doigt nerveux signalait une toile représentant un groupe de chevaliers partant pour les croisades.

—Calmez-vous, mon fils, répondit la vieille châtelaine; avant tout, le repos que votre esprit réclame autant que votre corps.

—Du repos, Madame, quand la tête est en feu!...... du repos, quand Nimbourg est désert!... quand une armée, une armée, entendez-vous? est en marche, à l'heure où nous parlons, pour assiéger notre manoir et s'emparer de ma personne!...... Du repos, Madame, quand......

Il s'arrêta comme suffoqué par un horrible souvenir. L'outrage reçu à Montluc le brûlait comme un fer rouge; ses yeux lançaient la flamme, et son visage se contractait d'une façon effrayante. Au paroxysme de l'exaltation, il se leva de son siège et frappa sur la table qui était devant lui un formidable coup de poing dont le bruit fut couvert par un roulement de tonnerre.

—Mais, ne disiez-vous pas, mon fils, que demain le sire de Montluc serait ici avec cent hommes? à mon avis, c'est plus qu'il n'en faut pour défendre Nimbourg; nous étions quinze, et nous avons écrasé l'ennemi! les cadavres sont là, dans le ravin, pour vous dire la bravoure de chacun en votre absence.

—Je le sais, Madame, et je veux qu'à l'aurore, tous ces enragés, moissonnés sous nos murs, soient pendus aux créneaux, comme un trophée de guerre; je veux qu'ils servent de spectacle à ceux qui seront assez hardis pour tenter une nouvelle attaque; je veux que le dernier des Huguenots apprenne comment on traite les vaincus à Nimbourg, et ce qu'il y aura désormais au bout de leur audace!

Il y eut un moment de silence pendant lequel le sire de Blaimont semblait réfléchir. Cette explosion du cœur blessé, ce débordement de la haine, cette soif de la vengeance violemment exprimée, paraissaient l'avoir soulagé et lui avoir rendu un peu de calme. Charlotte le comprit et,

lui adressant de nouveau la parole, dans le but
d'apaiser sa surexcitation, en amenant la conversation sur un autre terrain:

—A propos, comte, dit-elle, que pensez-vous
de l'idée que j'avais d'éloigner Gabrielle de
Nimbourg? Si une nouvelle attaque est à craindre, ne croyez-vous pas qu'il serait bon de mettre cette idée à exécution?

—L'attaque est imminente, certaine, Madame;
mais Gabrielle ne saurait partir; je me félicite
même que la rencontre de Daniel l'ait arrêtée
en route.

—La raison, comte?

—Je m'explique, Madame: J'ai certaines vues
que je serais heureux de voir se réaliser, et
qui se réaliseront, je l'espère. Durant mon absence, j'ai vu de près le sire de Montluc qui
sera ici demain; il est jeune, vaillant, d'origine
illustre, et son nom allié au nôtre......

—Marier Gabrielle! interrompit Charlotte avec
un léger ton de vivacité qui trahissait sa surprise; y pensez-vous, comte! mais c'est une enfant qui entre à peine dans la vie!

—A dix-huit ans, Madame, on n'est plus enfant. L'ennemi devient redoutable, et il faut
lui opposer une digue par des alliances puissantes; il n'est jamais trop tôt, quand il s'agit de
disposer le terrain pour préparer la victoire!

Charlotte poussa un long soupir, expression
fidèle de son mécontentement.

—Ah! mon fils, dit-elle, quand je songe aux vicissitudes de l'existence; quand je passe en revue les difficultés, les déceptions, l'amertume, qu'à chaque pas, on rencontre dans le monde, je ne puis m'empêcher d'envier le bonheur de ceux qui, comme Ebrard, tournent leurs vues du côté du cloître.

—Le cloître n'est point fait, Madame, pour des jeunes filles de la condition de Gabrielle. Enfouir un blason dans la solitude!...... un blason comme celui de Nimbourg!...... vivre ignoré, quand la gloire vous sourit!........ repousser les honneurs! repousser la fortune!......... Pour Monsieur Ebrard, c'est bien; pour Mademoiselle de Blaimont ce serait un crime!

—Alors, comte, votre idée est de marier Gabrielle?

—Mon idée est arrêtée, Madame; et si mes vœux se réalisent comme tout porte à le croire, Mademoiselle de Blaimont sera un jour comtesse de Montluc.

—Mais, êtes-vous certain, comte, que le sire de Montluc entrera dans vos vues? Il me semble hasardeux de former déjà de semblables projets et de bâtir sur l'avenir, sans avoir d'autres bases que le désir de voir se réaliser une idée?

—Madame, Gabrielle a tout ce qu'il faut pour plaire au sire de Montluc, et le sire de Montluc n'a rien à acquérir pour plaire à Gabrielle.

—Faudra-t-il en parler à Mademoiselle de Blaimont?

—Sans doute, et de façon à ce qu'elle soit convaincue de l'importance de cette union.

—Et si sa manière de voir n'était pas celle que vous espérez? Vous connaissez le caractère de Gabrielle!

Le sire de Blaimont fronça terriblement les sourcils et n'ajouta pas un mot.

L'heure était avancée et le besoin de repos commençait à se faire impérieusement sentir. La porte de la salle s'ouvrit; les châtelains sortirent et disparurent dans l'escalier qui conduisait à leurs appartements.

A l'aurore, le ciel avait recouvré sa sérénité, et le soleil radieux, se levant sur Nimbourg, vint éclairer un spectacle affreux: Des corps horriblement mutilés, des têtes séparées de leurs troncs, des mains, crispées dans une convulsion suprême, pendaient aux créneaux du manoir, faisant ressembler les tours à un charnier humain.

Des corbeaux, tournoyant dans l'azur du ciel, se disputaient ces hideuses épaves d'une lutte meurtrière, pendant que les papillons diaprés se jouaient à travers les fleurs, pendant que les oiseaux chantaient dans le feuillage des arbres! Quelle insulte, quel blasphème jeté à la nature remplie d'échos joyeux montant vers l'Eternel comme un hymne d'amour!

Quel contraste avec le spectacle que présentait en ce moment la grande salle du château, confidente naguère de projets importants! Sur une table de chêne sculpté, des serviteurs, en tenue des grands jours, dressaient des couverts étincelants sous les feux du soleil; les coupes d'argent ciselé s'alignaient sur la table seigneuriale comme des vases d'église sur l'autel; les candélabres de bronze, abandonnant les cheminées dont chaque pierre représentait un poème, prenaient place dans la salle du festin, prêts à faire jaillir des flots de lumière vers la voûte flamboyante; les plateaux d'argent repoussé étaient là, attendant les convives; des vins généreux sortaient des caves sombres, prêts à lancer l'écume.

Tout luisait, ce jour-là, tout brillait, tout étincelait à Nimbourg.

Décidément, il devait y avoir grande fête au manoir. Célébrait-on quelque glorieux anniversaire? faisait-on les apprêts d'un mariage pompeux? fêtait-on la victoire? solennisait-on la paix?

Ah! rien de tout cela!—C'est que le maître était de retour, et il était content! et il pouvait l'être!

Les verrous d'un affreux cachot étaient tombés sous la lime du mendiant, au moment où le désespoir le saisissait à la gorge pour l'étouffer! Comme un phare pour le navire en détresse, la liberté avait lui, au moment où la mort étendait ses ailes lugubres pour l'étreindre, et avec la liberté, l'espoir de la vengeance!

Le châtelain de Nimbourg pouvait être content! Son manoir, plus heureux que celui de Montluc, était encore debout, superbe, fendant les nues, vierge encore de toute souillure! Une poignée de preux avaient soutenu le choc et broyé l'ennemi! on l'écraserait encore, et le sire de Brissac tremblerait, et l'outrage reçu serait lavé, noyé, enseveli!....

Il fallait fêter l'évasion, faire honneur à l'hôte illustre qui allait venir, et oublier avec lui, et la déroute sanglante, et la nuit du tombeau, sans songer aux braves qui étaient tombés, là-bas, sous la pluie de fer, la main crispée sur leurs épées impuissantes! on les avait oubliés déjà, et les serviteurs fidèles, et les écuyers vaillants, et les pages dévoués, et les soldats héroïques! Qu'importait leur mort!.... Qu'importe à l'arbre la chute d'une feuille! Qu'importe un grain de sable à la mer!...... Les arquebuses avaient chanté leur *De profundis*; il ne fallait plus y songer!

Des soldats?.... Il y en aurait encore; il n'y avait qu'à frapper la terre du pied; il en sortirait des légions! Des pages?...... des écuyers?... des serviteurs?...... il y en aurait aussi! un mot, un signe les ferait apparaître, se disputant l'honneur de servir un châtelain!

On pouvait se réjouir au manoir, le sire de Montluc allait être là avec cent hommes de

guerre pour faire face à l'ennemi; il fallait l'é-
blouir par le faste, comme Gabrielle l'éblouirait
par sa beauté; il fallait que le futur gendre du
comte de Blaimont eût une haute opinion de
Nimbourg et de la vie princière qu'on y menait!
Et voilà pourquoi tout se mouvait et tout étincelait, ce jour-là, dans ce coin doré de la terre
bretonne, tiède encore du souffle de la mort!

Sarcasme cruel! ironie sanglante! table servie
pour des rois, festin signalé au loin par le flambeau du crime, par de hideux trophées!......
Heureusement, pour détourner la colère de Dieu,
l'ange était là, sous les traits d'une adorable
enfant, priant au pied de l'autel.

Séjour étrange, qui renfermait à la fois et le
vice et la vertu, et le crime et l'innocence, et
l'ange et le démon!

Elle priait, la candide jeune fille, seule dans
la chapelle, sans s'occuper, sans s'apercevoir
presque des pompeux apprêts qui se faisaient
dans le manoir! Elle ne savait pas, elle, qu'avec
une nombreuse escorte de gens de guerre, allait
venir celui à qui on voulait enchaîner sa destinée, à elle, dont le cœur appartenait à Ebrard,
avec toute l'ardeur de ses dix-huit ans, avec la
foi sincère de la promesse déjà jurée! Non, elle
ne savait pas; mais, à son réveil, elle avait
aperçu les corbeaux voraces tournoyant autour
de lambeaux humains, et, la tête inclinée sur le
prie-Dieu, recueillie, frissonnante, comme si elle

eût craint de voir levé sur Nimbourg le glaive
de la vengeance, elle priait pour les coupables
qui insultaient la majesté de la mort! Elle priait
pour son cher fiancé, afin que le ciel protégeât
leur fuite, et sa prière montait vers Dieu, suave
comme un parfum, légère comme l'encens!

On pouvait venir avec les plus brillants seigneurs de la terre, faire luire à ses yeux un avenir doré; son cœur était pris, et il n'y avait pas
place pour deux, fût-il né, le second, sur les
marches d'un trône! Ebrard valait pour elle plus
qu'une tête couronnée; il était droit, il était
vaillant, il était bon! c'était plus qu'il n'en fallait
pour la rendre heureuse! Et puis...... ils s'aimaient! Oh! ils s'aimaient de l'amour que rien
n'arrête, de l'amour qu'attise la difficulté, de
l'amour que sanctifie l'infortune, de l'amour qui
fait les miracles!......, On pouvait venir; elle était
là, résolue, inébranlable, pour braver la colère,
affronter la menace, et dire *non*, dût-elle armer
le courroux d'un *roi!*

Avec ces dispositions, ignorant les projets du
comte, le cœur plein d'Ebrard, Gabrielle abandonna la chapelle et alla s'enfermer dans son
appartement, tandis que les châtelains conti-
nuaient à distribuer des ordres, afin que rien ne
fût négligé, et que l'hôte attendu fût ébloui.

A trois heures du soir tout était prêt, tout
était beau, tout était resplendissant; la table
somptueuse attendait les convives.

Le sire de Montluc

Qu'on se représente un homme de trente-cinq
ans, environ, grand, bien fait, la barbe taillée
en éventail, les cheveux courts derrière la tête,
longs et relevés sur le front, portant le riche
costume des chevaliers sous le règne de Hen-
ri II, ayant au côté une longue épée à poignée
d'argent, aux talons de ses bottes des éperons
dorés; qu'on ajoute à cela une physionomie expressive, des traits distingués, un regard perçant, un ton de voix sec et impérieux, une démarche hautaine; qu'on aperçoive, de temps à
autre, dans un léger sourire, une double rangée
de dents admirablement blanches; qu'à tout cet
ensemble physique, on joigne une intelligence
d'élite, un esprit vif et pétillant, une volonté de
fer, une constance à toute épreuve après la re-
solution, un courage poussé jusqu'à la témérité,
un enthousiasme passionné dans la victoire, une
âme stoïque dans la défaite, un emportement
féroce dans la vengeance; on aura alors une idée
de l'homme qui, à la tombée de la nuit, franchit
le pont-levis du château de Nimbourg, escorté

par une centaine de guerriers armés jusqu'aux
dents, dont les pas, résonnant bruyamment sur
les dalles, rappelaient le jour où le comte de
Blaimont partait avec sa troupe.

Cet homme était le très noble, très illustre et
très puissant sire de Montluc, type accompli du
correct chevalier.

Il entra, et aussitôt, comme sous le coup de
la baguette magique, des flots de lumière jai-
llirent des candélabres de bronze, jetant la vie
sur des toiles artistiques, représentant des personnages de grandeur naturelle, mettant en relief d'admirables tapisseries, et faisant étinceler
dans une vaste salle, une table éblouissante d'or
et d'argent.

Spectacle merveilleux, féerique!

L'hôte illustre oubliait Montluc; mais il n'avait
pas tout vu encore. Soudain, la draperie d'une
porte se souleva et, dans l'embrasure, apparut
une ravissante jeune fille vêtue d'une élégante
robe de velours garnie de fines dentelles, pâle,
peut-être, mais le visage animé par deux grands
yeux noirs troublants.

Gabrielle de Blaimont,—car c'était elle,— s'a-
vança, grave comme une vestale et, sur un signe de la comtesse, alla se placer, sans mot dire,
à la droite du sire de Montluc, en face d'un
jeune homme qu'on venait de présenter au brillant chevalier sous le nom de *Monsieur Ebrard*.

Quand tout le monde eut pris place autour de

cette table enchantée, les mets exquis commencèrent à circuler dans les plats d'argent, et les vins à mousser dans les coupes ciselées.

Debout, muets comme des statues, impassibles, les serviteurs allaient de l'un à l'autre, épiant les désirs, prompts à les satisfaire, écoutant sans entendre, regardant sans voir, attentifs à tout.

Ebrard pâle, défait, comme s'il eût deviné un rival dans l'élégant seigneur assis en face de lui, mangeait peu, buvait du bout des lèvres, et, de temps à autre, à la dérobée, lançait à Gabrielle un regard plein d'inquiétude et d'angoisse. Celle-ci, calme en apparence, dominant l'émotion qui gonflait son cœur, souriante parfois, lui répondait et, dans un éloquent silence, semblait lui dire: «Sois sans crainte, ami; je suis à toi; à toi seul, toujours!»

Charlotte observait et fronçait les sourcils, en voyant le peu d'empressement que montrait la jeune fille pour son voisin. Le sire de Montluc, au contraire, croyant découvrir là la preuve manifeste d'une certaine timidité, trouvait Gabrielle plus ravissante encore.

Le comte de Blaimont était content. Il avait voulu éblouir et il éblouissait; il était content, et, dans l'enthousiasme qu'augmentait considérablement le vin capiteux qu'on versait fréquemment dans sa coupe, il appelait Ebrard *Monsieur 'abbé*. Oubliant la prison de Montluc, oubliant l'ennemi, oubliant le danger, il buvait et laissait aller son esprit à des saillies, spirituelles parfois, que le convive souriant, accueillait par des reparties pleines de sel, sans perdre de vue toutefois l'astre charmant qui, peu à peu, gagnait son cœur en troublant son regard.

Ebrard ne répondait, lorsqu'on s'adressait à lui, que par des monosyllabes embarrassés; son esprit était ailleurs!

Assis à une table que des princes auraient enviée, il frissonnait. Ah! combien il aurait donné, en ce moment, pour échanger ce somptueux festin pour sa modeste cellule de religieux! Comme il aurait voulu savoir Gabrielle à Saint-Clair!........ loin des hommes, à l'abri des regards! La veille son cœur se brisait en songeant à la séparation; maintenant il saignait sous le glaive de feu qui le perçait!

Gabrielle à un autre!........ Gabrielle, dont il avait reçu le serment scellé par un virginal baiser!....... Gabrielle, pour qui il s'était dévié de sa route, oubliant les leçons d'un saint vieillard, troublant peut-être le repos de sa mère dans l'Eternité!...... Gabrielle à un autre!...... Pourrait-il survivre à un tel coup?........ La vie peut-elle circuler, lorsque le cœur cesse de battre?........ La plante privée d'air est une plante morte!

Le festin continuait, animé, bruyant, à mesure que les têtes s'échauffaient, avec un intérêt croissant, donnant le vertige comme le tourbillon d'une danse entraînante. On buvait, on causait, on débordait d'expansion. Le sire de Montluc était ravi, le comte de Blaimont heureux, Charlotte tranquille. Tout allait à souhait, mais le temps fuyait.

A dix heures, Gabrielle se leva, prétextant une indisposition et sortit. Sa démarche avait quelque chose de si gracieux, de si noble, de si séduisant, que le comte de Montluc sentit un frisson le parcourir de la tête aux pieds, en la voyant s'éloigner. Il lui sembla que tout pâlissait, et l'or étincelant, et les mets succulents, et les vins généreux, quand l'astre s'éclipsait, comme un tableau charmant qui, soudain, tomberait dans l'ombre, plongeant dans la nuit l'œil ému, captivé, rêveur!

Bientôt le tour d'Ebrard arriva. Le moment d'aller relever la sentinelle était venu.

Bouleversé, chancelant presque, le jeune homme abandonna sa place, salua gauchement et se retira, escorté par ces paroles du comte de Blaimont qui, s'adressant au sire de Montluc, quand il eût franchi la porte, s'écria: «Comte, les curés savent se battre, à l'occasion, mais ils ne savent pas boire!»

Le festin se prolongea encore longtemps dans la nuit, plus bruyant que jamais.

Que se passa-t-il ensuite, lorsque les châtelains, cédant à l'invitation de Charlotte, furent passés dans la salle d'honneur? De quoi causa-t-on?— Enigme! la porte était close!

Ah! insensés! ils avaient bu, et ils s'étaient réjouis, et ils forgeaient des projets d'avenir, et peut-être l'ennemi était aux portes!....... Ils s'étaient amusés, comme s'amusait Balthazar, plongés dans les plaisirs d'une table fastueuse, et peut-être, une main invisible traçait, à la même heure, dans un coin de la salle du festin, la sentence terrible: «*Mané, Thécel, Pharès!*»

Volonté

Quand les premiers rayons du soleil vinrent éclairer Nimbourg, le comte de Blaimont et le sire de Montluc dormaient profondément, vaincus tous deux par la fatigue, et plus encore, par une nuit d'excès; l'un rêvant à la vengeance, l'autre poursuivant dans un songe heureux, l'astre charmant qui lui avait apparu, la veille, avait ému son regard, troublé son cœur, et soudain s'était éclipsé. Le vin mousseux produisait son effet; un lourd sommeil pesait sur leurs paupières, tandis que Charlotte, debout sur l'esplanade, respirait à pleins poumons, l'air frais du matin, repassant en esprit les projets du comte, songeant à l'entrevue qu'elle allait avoir avec Gabrielle, calculant les chances de la victoire, en cas d'une nouvelle attaque, sondant les conséquences d'une défaite.

Elle avait la tête solide, elle, pour ceux qui, oubliant la situation, s'abandonnaient inconsidérément aux plaisirs d'un festin.

Dans la vaste cour, les gens de guerre astiquaient leurs armes, jouissant du coup d'œil qui se déroulait à leurs pieds, ravis du site de Nimbourg, embrassant du regard, et la pittoresque campagne et les flots bleus de l'océan.

Au donjon, deux hommes causaient à voix basse, épiant autour d'eux, comme s'ils eussent craint d'être surpris; comme s'ils eussent voulu envelopper un secret dans le mystère. C'était Ebrard et Ambroise.

Ils causaient, tandis que Mademoiselle de Blaimont pâle, agitée, nerveuse, mettait de l'ordre dans sa chambre, faisant disparaître avec soin de nombreux papiers, s'arrêtant parfois pour lire, ouvrant et refermant souvent un élégant coffret d'ébène placé à portée de sa main.

Elle avait à peine fini l'inspection minutieuse de son appartement; elle avait à peine fait disparaître le coffret, confident de ses plus secrètes pensées, que Charlotte apparut. Son visage avait perdu l'air sombre des jours précédents; elle était calme, rayonnante presque.

—Ma fille, dit-elle, en prenant place dans un fauteuil, comme quelqu'un qui a à causer longtemps, bénissons Dieu qui nous protège d'une façon si manifeste! Au moment où nous croyions tout perdu, sans hommes pour renforcer la garnison, sans nouvelles du comte, exposés à une nouvelle attaque, voilà que monseigneur est de retour; voilà qu'une petite armée nous arrive de Maulevrier, cent hommes d'élite, frais, disposés à combattre, décidés à mourir avant de se rendre! Quelle faveur du ciel!......

Et puis, quel hôte la providence nous envoie!
un chevalier parmi les chevaliers, l'ennemi juré
de nos ennemis, le champion ardent de notre
cause, un homme illustre par la naissance, puissant par la fortune, un allié digne enfin du sire
de Blaimont!...... Avez-vous, ma fille, remarqué,
hier au soir, le comte de Montluc? Quel port!...
quel maintien!...... quelle distinction!......

—Madame, répondit la jeune fille, sans hésiter, comme tout le monde, j'ai vu le sire de
Montluc, mais j'avoue que je ne l'ai nullement
remarqué, n'ayant point intérêt à l'observer d'u-
ne façon particulière.

—Gabrielle, vous l'avez, peut-être, cet intérêt,
sans vous en douter; car enfin, le sire de Montluc n'est point de ceux qui passent inaperçus;
l'accueil qu'il a trouvé à Nimbourg vous en est
une preuve, et suffirait, à mon avis, pour vous
faire comprendre qu'on ne reçoit point de la
sorte un hôte vulgaire?

Mademoiselle de Blaimont, ignorant ou affec-
tant d'ignorer où voulait en venir la comtesse,
ne répondait pas; son œil fixement ouvert semblait interroger.

La vieille châtelaine reprit, en élevant légèrement le ton de sa voix:

—Mon Dieu, Mademoiselle, quand on a, comme vous, dix-huit ans; qu'on est fille d'un comte de Blaimont; qu'on ne se sent nullement la
vocation du cloître, on pourrait peut-être, sans

provoquer la surprise, abaisser son regard sur un gentilhomme de la plus haute lignée! Un comte de Montluc ne se trouve pas à chaque pas!

—J'en conviens, Madame; mais pour avoir l'intérêt que vous dites, il faudrait, je crois, songer au mariage?

—Précisément, Gabrielle; vous y êtes enfin!

—Je n'y ai nullement songé, Madame, et je me demande ce qui a pu jamais me faire prêter des sentiments que je n'ai pas. La faible notion que j'ai du mariage, me le représente comme une chose grave, décisive, entraînant le bonheur de l'existence toute entière, et qui demande, avec l'inspiration puisée dans la prière, de longues heures de réflexion. J'ai le temps encore de penser à un acte si important!

—Votre idée est juste, Gabrielle; mais, si on avait songé pour vous à cet acte dont vous ne pouvez encore calculer vous-même toute l'importance?

—On aurait eu tort, Madame. L'importance même du mariage ne laisse aucun doute sur celui qui doit prendre l'initiative.

—La raison, s'il vous plaît? interrompit la comtesse vivement contrariée.

—Je la prends dans les saints Livres, Madame:

«*Erunt duo in carne unâ*», qui veut dire, sans commentaire: «Le mariage est l'union intime»;

c'est-à-dire que pour se marier, il faut aimer, sans quoi cette union intime ne saurait exister.

Charlotte bondit hors de son siège et, se redressant devant la jeune fille:

—Mademoiselle, dit-elle d'un ton violent, une personne de votre condition ne doit écouter qu'une voix: la voix de la raison, et quand cette voix parle, toutes les autres doivent se taire! Le sirc de Montluc a un grand nom, des pages dans l'histoire, comme les chevaliers de Nimbourg, et, son blason uni au nôtre, la force unie à la forcc, formeraient une puissance, une puissance, entendez-vous? Et par le temps qui court.......

Elle s'arrêta un instant, comme suffoquée, étudiant l'effet produit sur Gabrielle; puis elle reprit:

—Mademoiselle, l'heure a sonné d'élever une digue contre l'hérésie qui nous envahit; la lutte à soutenir demande la force; la force exige l'union, car c'est de l'union que naît la force; et quand l'occasion se présente d'allier deux noms qui sont la gloire de la chevalerie, l'espoir des catholiques; quand l'occasion se présente de faire un mariage comme celui qu'on vous propose, il faut, pour le refuser, de deux choses l'une: ou ne pas comprendre, ou être insensé!... Comment! faire fi d'un sire de Montluc!...... prétendre trouver mieux! ..... c'est de la folie, Mademoiselle; de la folie!......

Gabrielle resta impassible.

—Madame, répondit-elle d'une voix ferme, je n'ai jamais eu les prétentions que vous me supposez; le sire de Montluc sera un chevalier plein de mérite, je n'ai pas le droit d'en douter, digne peut-être d'épouser une princesse; je répète simplement que le mariage est l'union indissoluble et, qu'à mon avis, la base de cette union est l'amour réciproque!

—Mademoiselle, le mariage d'abord; l'amour vient après!

—Chacun a ses idées, Madame; j'ai toujours compris qu'il doit venir avant; qu'on me blâme de voir le commencement là où d'autres voient la fin, j'en reconnais à tous le droit.

—Votre façon de voir est fausse, Gabrielle!

—Je ne l'impose à personne, Madame.

—Comment! Mademoiselle; prétendre voir plus clair à dix-huit ans que ceux qui ont blanchi dans l'expérience!...... repousser de sang-froid, l'avantage palpable d'une semblable union!....... étouffer la raison pour invoquer l'amour!........ C'est de la folie, je le répète!

La comtesse se mit à marcher dans la chambre, tandis que Gabrielle caressait machinalement les branches dentelées d'un éventail d'ivoire retenu à la ceinture par une longue chaîne d'argent.

—Mademoiselle, reprit Charlotte, en s'arrêtant de nouveau en face de la jeune fille, et en se redressant autant que pouvait le lui permettre son âge, notre entretien est sérieux, important, pensez-y!

Sa physionomie avait pris une expression sévère, et de ses yeux semblait jaillir la menace.

Mademoiselle de Blaimont soutint bravement son regard.

—Madame, répondit-elle avec assurance, le mariage est une question d'inclination, et qu'il n'est donné à personne de commander; je le compare à la vocation religieuse que Dieu donne, quand il Lui plaît!

—Vous croyez, Mademoiselle?

—J'en suis convaincue, Madame.

—Et vous diriez *non*, si d'autres disaient *oui?*

—Je soutiendrais ce que j'ai dit.

—Et si c'était la volonté de votre père?...... la volonté, entendez-vous?

—Que je me marie?

—Oui.

—Avec le sire de Montluc?

—Oui.

—Sans le connaître?

—On le connaît pour vous.

—Sans l'aimer?

—Question secondaire! vous dis-je.

—Eh bien! Madame, si telle était la volonté de mon père...... je prierais Dieu d'éclairer sa raison avant de commander l'infamie; Dieu ne saurait permettre qu'un père devînt monstre, en

ordonnant le crime!...... Si telle était la volonté
de mon père......

Gabrielle s'arrêta en faisant un geste de suprême résolution, et laissa retomber ses bras
comme brisée. Elle parut réfléchir un moment,
sondant sans doute la portée de ce qu'elle allait
dire, tandis que Charlotte froide, sévère, glacia-
le, écoutait en pesant chaque mot, comme un
juge qui reçoit une déposition avant de prononcer la sentence.

Enfin, se redressant fièrement, comme aigui-
llonnée par la menace:

—Madame, s'écria-t-elle avec fermeté, ce que
j'ai dit, je le pense; si on prétend à ma main,
qu'on gagne mon cœur, d'abord; si on y parvient,
j'accepte le mariage!

—Réfléchissez, Mademoiselle, s'empressa d'a-
jouter la comtesse, qui s'attendait à autre chose;
nous en reparlerons demain; j'aime à croire que
vos idées se seront modifiées; réfléchissez, et
songez qu'on ne blesse pas impunément l'amour-
propre d'un comte de Montluc, et qu'on ne
saurait braver le fils de Charlotte de Blaimont!

L'accent de ces dernières paroles avait quelque
chose d'effrayant. La vieille châtelaine sortit,
imprimant à la porte un battement violent, et
Gabrielle resta seule, en proie à une douloureuse
émotion.

Il était temps! A peine les pas de Charlotte
se furent-ils perdus dans le corridor, que l'im-

mense douleur contenue avec peine, éclata en sanglots. La jeune fille pleura, pleura longtemps, cherchant dans les larmes un adoucissement à sa souffrance morale, le calme à son indigna-tion.

La tête entre les mains, elle réfléchissait, non sur ce qu'elle répondrait, le lendemain, car sa résolution était inébranlable, mais sur le plan de la fuite qui avait été combiné, arrêté avec Ebrard et Ambroise, à l'heure même où les châ-telains machinaient leur ruine.

Ce plan était simple, mais son imagination exaltée le lui faisait apparaître rempli de dan-gers:

Sur le coup de minuit, Ambroise viendrait la prendre à sa porte, et elle devait le suivre pour aller rejoindre Ebrard qui les attendrait dans le souterrain; de là, ils gagneraient la campagne, et une barque de pêcheur les emporterait loin de Nimbourg. Par les soins d'Ambroise, tout aurait été préparé pendant la journée, et la barque, conduite par un homme sûr, les atten-drait à l'endroit convenu. L'important était de franchir le manoir; une fois dans la campagne, ils fuiraient à la garde de Dieu.

Comme on le voit, ce plan ne renfermait rien d'irréalisable. Le vieux serviteur connaissait le souterrain pouce par pouce, et son dévouement aux fiancés égalait sa bravoure; il les accom-pagnerait jusqu'à la barque, et, quand il les aurait

vus s'éloigner sur les flots, il regagnerait Nimbourg, sans que personne pût se douter de sa
complicité; plus tard, il irait les rejoindre.

Mademoiselle de Blaimont allait enfin respirer l'air pur de la liberté, abandonner ce noir
séjour qui lui avait fait verser tant de larmes, et
savourer en paix les douceurs d'une affection
comprise; la coupe enchantée du bonheur lui
apparaissait délicieuse, enivrante, et pourtant
elle frissonnait, comme si rien de tout cela ne
dût s'accomplir; le court trajet de son appartement au souterrain l'épouvantait, comme si son
esprit, violemment agité, fût en butte déjà à des
visions sinistres!

Quel désespoir, si un regard indiscret allait les
surprendre!...... Quelles conséquences terribles,
si le comte, si la comtesse qui devraient dormir à minuit, se réveillaient soudain et s'apercevaient de la fuite!...... Pas d'illusion possible,
le souterrain qui devait être la route du salut,
serait alors leur tombeau! Comme un verre fra-
gile, la chaîne du bonheur se briserait, et l'avenir rêvé s'effondrerait, creusant l'abîme, et l'a-
bîme sans fond!

Et pourtant, il fallait se hâter; le temps pressait! Le plan combiné était à exécuter hardiment, sans vaciller, sans une minute de retard,
ou tout était perdu! Encore un jour d'attente,
et il ne fallait plus y songer! Charlotte deviendrait pressante; la volonté du comte serait in-

flexible, il faudrait parler sans réticences, se
prononcer d'une façon catégorique!...... Dire *oui?*
—Jamais! C'était la trahison, c'était l'infamie;
c'était le crime!.... Dire *non?*—C'était la sentence froide, terrible, inexorable!......

Et voilà pourquoi, Mademoiselle de Blaimont,
mortellement combattue entre la crainte et l'espérance, en proie à une agitation fiévreuse, pleurait lorsque Charlotte fut sortie, appelant la fin
d'une interminable journée et attendant minuit.

Nuit terrible

A cette même heure où Gabrielle, débarrassée de Charlotte, donnait libre cours à ses larmes, où son esprit fortement remué luttait contre les sinitres visions du présent, s'abandonnant parfois aux douceurs d'un beau jour près d'éclore, le comte de Blaimont et le sire de Montluc qui venaient de se lever, causaient sur l'esplanade.

—Que pensez-vous de Daniel? disait le châtelain de Nimbourg à son hôte illustre; il me semble qu'il devrait être ici déjà?

—Je pensais à lui justement, répondit le sire de Montluc; pourvu qu'il n'ait pas été découvert pas ces satanés Huguenots, malgré son déguisement qui le protège à merveille!

—Et s'il n'avait pu reconnaître l'entrée du souterrain? repartit le comte de Blaimont; je lui ai pourtant bien fait remarquer l'endroit, au moment où nous nous sommes séparés.

—Oh! quant à cela, comte, n'en ayez nul souci; mon écuyer est un homme à qui on n'a pas besoin de montrer les choses deux fois; il connaît parfaitement le pays; d'ailleurs, dans ce cas, rien n'aurait pu l'empêcher d'arriver par le chemin de la montagne.

—C'est juste! mais alors?

—Alors, comte, mauvais signe! S'il est tombé entre les mains de l'ennemi, triste affaire pour nous! Il joue à merveille son rôle de mendiant, et avec cela, dévoué comme un chien, des muscles de taureau, un courage poussé jusqu'à la témérité, une fidélité à toute épreuve, un homme précieux vraiment pour un coup d'audace!

—Mais il faudrait, comte, qu'il eût été soupçonné et qu'on se méfiât de lui?

—C'est justement ce qui ne serait pas impossible, car il m'a parlé hier d'un tavernier et d'un certain Gildas........ vieilles questions, sans doute!

A ce moment le comte de Blaimont se mit à marcher à grands pas et, sans ajouter un mot à la conversation, se dirigea vers la grande salle du château, la tête baissée, comme un homme qui réfléchit, poursuivant une idée fixe, sans doute.

Il venait à peine d'entrer, que la draperie d'une porte se souleva violemment et Charlotte apparut, la figure bouleversée, la respiration haletante, le frémissement aux lèvres.

—Comte, dit-elle brusquement, mais c'est horrible! c'est épouvantable! c'est à ne pas y croire! Il me semble que je rêve!

—Comment! Madame, répondit le comte en

scandant ses paroles, croyant deviner la pensée de Charlotte, cela la contrarie?......il ne lui plaît pas?...... elle a dit non?....,.

—Mieux que ça, comte: je deviens folle!

Tenez!......voilà ce que je viens de trouver à l'instant, à deux pas de l'escalier du donjon! Lisez!......

Et elle tendit au sire de Blaimont, avec un étui d'ivoire renfermant un magnifique chapelet de corail, un petit papier soigneusement roulé.

«Point de doute, Monsieur, ajouta-t-elle; la signature y est!»

Le comte saisit le papier d'une main nerveuse et lut, d'un trait, le billet par lequel Gabrielle avait fait à Ebrard sa déclaration d'amour.

Il avait à peine fini la lecture, que ses dents grincèrent d'une façon sinistre, et la menace sortit de ses yeux en jets de flamme.

—Madame, dit-il d'une voix étranglée, c'est bien! Pas un mot à Gabrielle, pas un mot à qui que ce soit, entendez-vous? notre affaire avec le comte de Montluc serait manquée; mais sans plus tarder, il faut que cet homme disparaisse et que demain il n'en soit plus question! Il le faut; je le veux!

Ces dernières paroles, accompagnées d'un geste terrible, résonnèrent dans la vaste salle comme un glas funèbre, et s'étouffèrent dans les draperies comme l'écho sinistre d'une irrévocable sentence.

Encore une fois, le chant de mort venait de retentir. Les prisons du manoir, toujours avides, toujours béantes, allaient engloutir une victime de plus, innocente peut-être, car le billet ne portait point de date et ne faisait nulle allusion qui pût donner à croire que la déclaration eût été provoquée!

Le fatal étui avait-il glissé de la poche d'Ebrard qui l'avait déjà reçu?........ Etait-il tombé de celle de Gabrielle qui devait le remettre?....

Secret impénétrable pour le comte et pour la comtesse! Le billet avait été écrit; un homme gênait; qu'importait le reste!...... Une paille était en travers de la route; les châtelains de Nimbourg y découvraient un obstacle, tout était dit!

Charlotte sortit et le sire de Blaimont continua à arpenter la salle, trop bouleversé pour songer au comte de Montluc qui devait l'attendre sur l'esplanade.

Par quel prodige, le précieux souvenir, gage du plus pur amour, s'était-il trouvé au bas de l'escalier de la tour pour tomber entre les mains de la terrible châtelaine? Que s'était-il passé? Qu'était-il arrivé?......

—Ce qui arrive toujours quand la fatalité poursuit quelqu'un! Ce qui arrive quand la fortune ingrate s'acharne après une existence, comme une ombre sinistre qui suit le jour et qui hante la nuit!...... —Peu de chose, sans doute! Il faut si peu pour dévier l'homme de sa route, pour

déjouer ses plans et le préeipiter dans l'abîme,
au moment même où il croit le triomphe assuré!
Un grain de sable suffit pour creuser un tombeau; un grain de sable devait perdre le fiancé
de Gabrielle!

Bouleversé, le cœur saignant, le vertige à la
tête, en sortant de la salle du festin, Ebrard allait
relever la sentinelle au donjon, quand la tendre re-
lique, sortie des mains de la jeune fille, avait glissé à terre, à son insu, et voilà comment l'aveu
brûlant d'une enfant candide s'était transformé en
arme meurtrière pour frapper l'homme adoré!

Pour tous la journée fut triste comme celle
qui présage un orage. Avec le calme de la bête
féroce qui tient sa proie et va la dévorer, Charlotte prenait ses mesures pour que l'ordre du
comte fût exécuté pendant la nuit. Personnelle-
ment, elle aurait peut-être voulu sauver Ebrard,
parce qu'il était humble et l'approuvait toujours,
(du moins en apparence), dans ses idées les plus
excentriques, satisfaisant ainsi un orgueil insensé
qui ne pouvait souffrir la moindre contradiction;
mais comme son salut eût pu entretenir l'espoir
de Gabrielle, elle n'avait pas cherché un moment à le défendre. Sans éprouver un frisson,
sans qu'un sentiment de pitié s'élevât dans son
âme, elle faisait les apprêts d'une mort horrible,
destinée à frapper le héros qui, au jour de l'attaque, avait exposé sa vie, sans doute pour sauver la sienne!

C'est ainsi qu'on récompensait à Nimbourg les services rendus! C'est ainsi qu'on traitait les braves qui présentaient leur poitrine au fer de l'ennemi, pour sauver les trésors amassés par des mains criminelles! Sans arrière-pensée, sans scrupule, de sang-froid, on allait faire jeter Ebrard dans un cachot du soutèrrain, au moment où on le croirait endormi; on murerait le tombeau, et tout serait dit!...... Le gouffre ne parle point de ses victimes! Qu'importait un homme, innocent même? Qu'importe à l'océan un naufragé! Le tigre déchire sa proie et dort!

Horreur!...... sarcasme!...... folie!......

Le cerveau humain, source des passions les plus diverses, est un mystère insondable, machine sortie des mains de Dieu, incompréhensible rouage, et dont Lui seul a le secret!

A côté des idées sublimes, il fait éclore les plus effrayantes monstruosités; le vice s'y coudoie avec la vertu; l'abomination avec les élans généreux, l'héroïsme avec la lâcheté!...... Mélange, confusion, trouble, creuset de la pensée enfin!...... vase aux parois solides, qui contient à la fois et la haine qui tue et l'oubli qui pardonne, et la lave qui monte et celle qui descend!

On a de la peine à croire aujourd'hui comment tant d'horreurs pouvaient s'accomplir impunément.

Que ceux qui n'ont pour la grande secousse

qui fit crouler l'ancien Régime, que des paroles de blâme; qui ne voient dans les pages de l'Histoire qu'une liste sans fin d'innocentes victimes, s'arrêtent ici un instant, comme le voyageur qui mesure la route parcourue et celle à parcourir; que leur regard plonge loyalement vers cette époque ténébreuse qu'on appelle *moyen âge;* qu'ils soulèvent, la main sur le cœur, le voile qui couvrait ces sombres forteresses, disparues aujourd'hui; que par la pensée ils fassent revivre les personnages qui ont défilé dans ces noirs corridors; qu'ils descendent dans ces affreux chemins qui perçaient les montagnes; qu'à travers un passé écroulé, ils entendent le râle de milliers de victimes condamnées sans appel; que, la conscience ouverte comme un livre saint, ils embrassent tout d'un même coup d'œil; alors, sans doute, ils seront plus indulgents! à côté de la croix, ils verront le poignard, et le chant de mort retentira comme un sinistre écho du cri sublime qui lançait les masses sous les murs de Jérusalem! Alors, ils comprendront, sans les excuser pourtant, les excès d'un peuple en délire sur les décombres d'un Régime agonisant.

Nous revenons à notre récit, abandonnant le champ aux historiens et aux moralistes, libre à tout homme qui pense de faire son profit des réflexions que la bonne foi nous suggère.

A la tombée de la nuit, le sire de Blaimont arrêta Ambroise qui passait dans la cour:

—«Mon brave, lui dit-il, l'écuyer du sire de Montluc est attendu avec impatience; son retard inspire des craintes; il faut que tu partes à l'instant même, et qu'à la faveur des ténèbres, tu gagnes Maulevrier, faisant l'impossible pour savoir quel a été son sort. Le souterrain t'offre un chemin sûr; pars, et fais en sorte de ne pas te faire attendre toi-même; si tu rencontrais Daniel en route, tâchez de vous reconnaître à temps, et n'oubliez pas, l'un et l'autre, que nous aurons besoin de vous ici; va, mon brave!»

—J'ai compris, Monseigneur, répondit le vieux soldat, sans demander un mot d'explication.

Et, s'inclinant avec respect, il s'éloigna.

Voulait-on réellement avoir des nouvelles de Daniel, et son retard inexplicable commençait-il à faire naître la crainte? ou voulait-on, pour commettre le crime, éloigner Ambroise que les derniers événements avaient pu attacher à Ebrard?
—On ne saurait le dire.

Le vieux serviteur ignorait la fatale trouvaille de la comtesse et la sentence de mort portée contre le malheureux jeune homme; mais il savait qu'à minuit, il devait se trouver, lui, à la porte de Gabrielle, et Ebrard dans le souterrain pour les attendre. Il fit donc de courts préparatifs, tourna dans la cour, descendit l'escalier, et s'engagea dans le sombre dédale des prisons, au moment où huit heures sonnaient.

Au lieu de se mettre en marche pour accomplir la mission du comte, il s'assit sur une pierre, dans un enfoncement du souterrain, sorte de cul-de-sac qui lui était bien connu, et qui offrait une retraite sûre, quand on voulait se cacher, attendant que le manoir fût plongé dans le silence de la nuit, pour remonter et aller chercher Mademoiselle de Blaimont.

Quoique enveloppé dans son confortable manteau, il sentait l'humidité pénétrante qui suintait sur les parois, et les heures lui paraissaient des siècles. Il était loin, certes, de penser à Daniel; son esprit veillait auprès de ceux dont il fallait favoriser la fuite; il avait juré d'apporter son grain de sable à l'édifice du bonheur, et il attendait le moment venu pour tenir son serment.

Quand dix heures sonnèrent, un bruit de pas se fit entendre du côté de la grille, et trois têtes hideuses apparurent dans l'embrasure de la porte.

A la lueur de l'antorche, la silhouette d'un homme bâillonné se dessina nettement, traîné, plutôt que porté, par les trois hommes qui venaient d'entrer.

Surpris, intrigué, révolté, Ambroise eut, un moment, l'idée de s'élancer vers les bourreaux; mais la prudence fit taire en lui la voix du cœur, dans la crainte de compromettre la fuite des fiancés.

Ah! comme ils auraient tremblé, les sinistres exécuteurs de ces œuvres infâmes, si le vieux guerrier eût pu se douter que la victime était

Ebrard! Comme ses muscles d'acier se seraient
contractés! Comme sa main de fer se serait
abattue terrible, foudroyante!...... Mais rien ne
pouvait éveiller ses soupçons, et il se tint immobile dans sa cachette, retenant son souffle
pour ne pas se trahir, dévorant l'indignation,
la main crispée sur son bâton. Il pouvait tout
observer sans être vu, car, la faible lueur de
l'antorche, n'arrivant pas jusqu'à lui, le laissait
complètement dans l'ombre.

Les trois bourreaux s'arrêtèrent devant un
cachot, l'ouvrirent et y jetèrent l'homme bâillonné; puis ils murèrent la porte, peu soucieux que,
dans la lutte désespérée qu'avait soutenue la
victime, le bâillon vînt de tomber.

La lugubre besogne finie, ils s'éloignèrent
rapidement, abandonnant leurs outils à côté du
cachot, comme le fossoyeur à côté de la tombe, et disparurent par la porte où ils étaient
entrés.

Quand la grille eut grincé; quand leurs pas se
furent perdus dans la cour du château, Ambroise
s'élança hors de sa cachette et alla appliquer
l'oreille contre le mur du tombeau où gisait la
victime. Il n'entendit rien d'abord; mais, au bout
d'un moment, des gémissements étouffés arrivèrent jusqu'à lui; ces gémissements devenaient
de plus en plus distincts, à mesure qu'il écoutait.

Soudain, comme un appel du désespoir, comme une voix montant du gouffre, comme l'accent mourant d'un éternel adieu, il crut entendre:

«Gabrielle! Gabrielle!......»

Avait-il entendu vraiment, ou son oreille émue était-elle le jouet d'une horrible illusion?...... Une pensée affreuse lui traversa l'esprit: si c'était lui, lui, Ebrard!......

Fou, hors de lui, il bondit du mouvement inconscient qu'exécute le lion mortellement atteint et, saisissant furieusement un instrument de fer récemment abandonné par les bourreaux, il se mit à attaquer la muraille avec délire. Il fauchait dans la porte comme un enragé, faisant jaillir des milliers d'étincelles. La sueur ruisselait de son front, le sang lui affluait au cœur, à le faire éclater, et il ne s'en apercevait pas! En moins de vingt minutes, il eut défait ce que deux hommes avaient mis près d'une heure à construire.

Rapide comme l'éclair, il s'élança vers la victime étendue par terre et la redressa ..... Tableau navrant! c'était lui! .....

Ici la plume se refuse à décrire le déchirement qu'éprouva Ambroise en reconnaissant Ebrard, oui, Ebrard, qu'une main criminelle avait saisi, au moment où l'heure de la liberté allait sonner, au moment où le bonheur allait luire!

Etrange lune de miel, celle dont les premiers rayons venaient éclairer un sépulcre! Etrange avenir rêvé, celui qui dessinait le fantôme de la mort!

L'infortuné jeune homme, à moitié évanoui, ouvrit les yeux tout grands, ayant à peine conscience de ce qui se passait, et, reconnaissant l'ami dévoué, le serviteur vaillant, il se mit à sangloter.

—«Monseigneur, s'écria Ambroise, en l'emportant hors du cachot, Monseigneur, courage! de grâce, écoutez-moi! encore un moment, et vous serez loin de Nimbourg!»

—Quelle heure est-il? soupira Ebrard, sentant la vie revenir avec la respiration.

—Minuit bientôt, Monseigneur.

—Où est Gabrielle?.... Où est-elle?

—Encore quelques minutes, Monseigneur, et elle sera là! remettez-vous, au nom du ciel; je vais la chercher!

Ebrard se tut un instant; puis un soupir qui sembla le soulager, s'échappa de sa poitrine, et, se redressant avec cette énergie qu'allume au cœur un joyeux souvenir:

—Va, Ambroise; va! je suis bien maintenant! Fuyons! Oh! fuyons avec Gabrielle!......, pas un mot, de grâce, elle en mourrait de chagrin! Va vite, Ambroise; tu vois, je suis debout!

Et il porta la main à son front baigné d'une sueur glacée.

Le vieux soldat l'enveloppa de son manteau, comme une mère qui couvre son enfant. L'émotion l'étranglait, ses genoux s'entrechoquaient et ses mains tremblaient. Le temps pressait; il s'élança vers la grille.

Minuit sonnait quand il mit le pied dans la cour. Il écouta un moment et, rassuré par un silence profond, enhardi par l'obscurité qui était complète, il se glissa à travers les ténèbres jusqu'à la chambre de Gabrielle. Celle-ci l'attendait, car, au moment où, par un léger coup, il allait faire comprendre qu'il était là, la porte s'entr'ouvrit.

—C'est toi, mon brave Ambroise? dit la jeune fille tremblante.

— C'est moi, enfant! Suivez-moi! partons vite; Monsieur Ebrard nous attend.

—Au souterrain, Ambroise?

—Au souterrain, enfant! pas un mot, de grâce, et partons!

Mademoiselle de Blaimont confia sa main à son conducteur.

—Comme tu trembles, Ambroise! dit-elle; y aurait-il du danger?

—Pas le moindre, Mademoiselle! mais pas un mot, je vous en supplie!

Sans obstacle, sans la plus légère difficulté, l'intéressante fugitive et son noble protecteur descendirent l'escalier et, dix minutes plus tard, ils étaient dans le souterrain, à l'abri des regards, à l'abri de la crainte, sur le chemin de la liberté.

La fuite

Ebrard, faisant des efforts surhumains pour dominer sa frayeur et épargner à Gabrielle un mortel déchirement, attendait au souterrain, en proie à cette inexprimable anxiété que donnerait au cœur la vue d'un gouffre comblé par miracle et qui menacerait de s'ouvrir de nouveau, prêt à nous engloutir. Son tourment fut de courte durée, car, à minuit et demi, Ambroise et Gabrielle l'avaient rejoint.

Le plus difficile était fait, mais le danger était grand encore, si l'on se rend compte que l'écuyer du sire de Montluc était attendu, d'un moment à l'autre, ayant reçu l'ordre d'entrer par le souterrain. Qu'allait-il arriver s'il se trouvait sur leurs pas? Ils seraient découverts, l'espoir de la fuite serait brisé, et tout s'effondrait!

Il fallait donc se hâter, et franchir au plus vite ce chemin périlleux qui les séparait de la vie, ce chemin où la fatalité pouvait leur faire rencontrer Daniel.

Les trois fugitifs avaient conscience du dan-

ger, sans doute, car ils marchaient d'un pas rapide.

Oubliant les émotions, oubliant la fatigue, pâles, muets, frissonnants, la main dans la main,
Ebrard et Gabrielle suivaient aveuglément leur
conducteur qui les précédait portant l'antorche;
ils allaient sur les traces d'Ambroise, l'œil fixe
sur ce flambeau hideux éclairant un horrible séjour, et qui, néanmoins, à l'heure présente, semblait offrir à leurs regards la douce clarté d'une
riante étoile.

Brisé par l'émotion, le vieux serviteur voyait
avec joie la distance diminuer, et il se retour-
nait de temps à autre, pour murmurer: «Courage, enfants, courage! nous allons arriver!»

Le courage y était, certes, dans ces nobles
cœurs trempés par l'infortune, mais une chose
était à craindre: c'est que les forces vinssent à
faire défaut à Ebrard, après l'horrible secousse
qui avait suspendu sa vie à un fil.

Quelle mortelle angoisse, quel navrant désespoir, si Gabrielle avait pu se douter que l'homme dont elle sentait la main frémir dans la sienne, était un spectre arraché au tombeau, une
heure auparavant!....... Quel cri perçant eût résonné sous la voûte silencieuse! Quelle flamme
eût jailli de ses yeux! Quel ébranlement d'un
être abîmé dans la douleur!......

Heureusement, le ciel lui avait fait grâce de
ce qu'il y a de vil, de ce qu'il y a de mons-

trueux dans le cœur de l'homme dévié de sa route, que la passion agite et que l'instinct brutal conduit! La main qui avait rempli la coupe l'avait vidée avant qu'elle lui arrivât aux lèvres.

Enfin, le souterrain fut franchi et les trois fugitifs débouchèrent dans la campagne, Ambroise ému, Ebrard tremblant, et Gabrielle ivre de liberté, ouvrant à l'espérance son cœur aimant, avec tout le feu de la jeunesse, avec toute l'ardeur que donne le triomphe conquis. Après la crainte, venait le calme; après l'air méphitique, venait l'air embaumé, arrivant aux poumons comme un parfum de vie!

«Que Dieu est bon, Ebrard!» s'écria Gabrielle en respirant sous le firmament.

«Oh! Gabrielle!» soupira Ebrard, en appuyant sur le front de la jeune fille ses lèvres brûlées par la fièvre.

«Nuit propice!» murmura Ambroise, en essuyant une larme et en détournant la tête, comme s'il eût craint que les ténèbres trahissent son émotion. Il avait sous les yeux un spectacle attendrissant, s'il en fût: d'un côté la vie, l'espérance, le bonheur, la liberté enfin déployant ses ailes pour prendre son essor; de l'autre, la mort secouant encore la poussière du tombeau!

L'atmosphère était lourde malgré l'heure avancée de la nuit; partout le calme, le silence profond, la fuite sous de riants auspices.

Les trois voyageurs firent quelque pas, à tâtons, et s'assirent au pied d'un arbre pour prendre un moment de repos et respirer à l'aise, après la marche forcée qu'ils venaient de faire.

Plus de danger! Le manoir était loin et rien ne pouvait plus le rappeler, si ce n'est l'entrée du souterrain qui était là, tout près, perdue dans le bois, comme un horrible entonnoir qui irait aboutir dans un gouffre.

Arrière les moments de tristesse, les heures d'amertume et les noirs souvenirs! La barque devait les attendre, se balançant sur la côte, prête à fendre la mer tranquille comme un lac. A ne pas en douter, le batelier était au poste, épiant le moindre bruit, perçant les ténèbres du regard, appelant avec impatience le moment de déployer ses voiles et fuir, sans laisser d'autres traces que celle que laisse l'oiseau quand il fend l'air.

Tout à coup, dans le lointain, des lueurs apparurent, semblables à des flammes qui tour à tour, s'élèveraient et s'abaisseraient sous le souffle du vent.

Qu'était-ce?...... un incendie?... des éclairs?... un feu de bivouac?.... —La distance était trop considérable pour que l'œil pût les apprécier.

Ambroise garda pour lui la vision qui troublait son regard et, sans faire part de ses suppositions, de ses craintes, peut-être, aux deux jeunes gens qui n'avaient encore rien aperçu, il

se leva résolument et, les prenant par la main:
«Mes enfants, dit-il, à demi-voix, l'heure s'a-
vance, il faudrait partir!»

«Partons! s'écria Gabrielle, et à la garde de
Dieu!»

Ils reprirent donc leur marche silencieuse à
travers les broussailles, dans la direction du rivage et, dix minutes après, ils étaient sur les
bords de la mer majestueuse, effrayante dans son
immensité, rassurante pourtant par le calme de
ses eaux.

Ils ne s'étaient pas trompés; la barque était à
l'endroit convenu; ils étaient sauvés!

«Ambroise, Ambroise, murmura tout à coup
Mademoiselle de Blaimont; vois donc!.. ... on
dirait que la barque est déserte!...... Le batelier
serait-il endormi?»

Le vaillant serviteur, dont l'émotion allait gran-
dissant à mesure que le moment de la séparation approchait, ne répondit pas; mais, abandonnant la main de Gabrielle et celle d'Ebrard,
(car ils marchaient maintenant côte à côte, occu-
pant lui-même la place du milieu), il s'avança
avec précaution, de façon à se pencher sur la
barque, tandis que les deux jeunes gens restaient immobiles.

Gabrielle avait dit vrai: la barque était vide!

Ambroise sentit ses genoux fléchir, mais dissimulant son trouble, persuadé, d'ailleurs, que le
batelier ne pouvait être loin; que le sommeil

avait pu le surprendre, il fit entendre le chant
du coucou qu'il imitait admirablement, et dont
il s'était servi, maintes fois, pour communiquer
en secret avec l'homme qui, cette nuit, devait
emporter les fiancés.

A l'instant, des pas se firent entendre, et une
voix répondit:

—C'est toi, Ambroise?

—Nous voici! répondit, à son tour, le vieux
de Cérisoles qui, à la voix, venait de reconnaî.
tre le batelier, et il ajouta: Quelle émotion tu
viens de nous donner! tu dormais, sans doute?

—Loin de là, mon brave! Je ne sais si mes
yeux me trompent; mais, depuis un moment, il
m'a semblé apercevoir des feux dans le lointain,
et j'étais monté sur le tertre que voilà, pour me
rendre compte; on voit des choses si extraordi-
naires, par le temps qui court!

«Partons!» s'écrièrent à la fois Ebrard et Gabrielle.

Le batelier n'ajouta pas un mot et s'élança
dans la barque, tandis qu'Ambroise, saisissant
dans la nuit deux mains frémissantes, les porta
respectueusement à ses lèvres; puis, se décou-
vrant sous le ciel noir, pendant que les fiancés
prenaient place dans la frêle embarcation:

«A bientôt, mes enfants! murmura-t-il; que le
ciel vous conduise!»

Le cœur gros, la paupière gonflée, mais dé-
bordant de joie, il s'éloigna rapidement, tandis

que la barque fendait paisiblement les eaux.
Il pouvait être content, l'humble lutteur qui,
dans la même nuit, avait arraché un infortuné
à la mort, mis l'innocence à l'abri de la haine,
et ouvert à l'espérance, à la joie, à l'amour,
deux cœurs si cruellement éprouvés! Le faible
avait vaincu le fort; l'aigle, sans le savoir, avait
été terrassé; le duel à outrance était fini; l'a-
mour sortait vainqueur!

Une seule chose restait à faire: reconstruire
l'ouverture faite au cachot qui renfermait Ebrard,
afin que jamais on ne pût s'apercevoir de son
évasion.

Ambroise hâta donc le pas et, arrivé à la
hauteur de l'affreux tombeau, il se mit intrépi-
dement à l'œuvre, de façon à ce qu'il ne restât
point de trace capable de le trahir.

Quand il eut fini, il s'assit, s'abandonnant à
cette douce volupté de l'âme que donne une
conscience tranquille, à cette délicieuse satisfaction que donne le triomphe du bien sur le mal,
seul, dans le souterrain, théâtre naguère d'une
scène poignante.

Quelle heure ét ait-il?—Qui sait!

Combien de temps dura le repos de l'homme
qui, la tête entre les mains, semblait plongé
dans la rêverie, bien naturelle, sans doute, après
tant d'événements?—Un quart d'heure, à peine.

Soudain, un bruit lointain de pas se fit entendre, troublant le silence de ce séjour de mort.

Ambroise releva la tête et put voir distinctement un point brillant se balançant sous la voûte. Sans éprouver le plus léger sentiment de
crainte, il se cambra sur son bâton et attendit.

Le point lumineux se faisait plus gros à vue
d'œil. A ne pas en douter, c'était quelqu'un
marchant, et marchant vite dans le souterrain,
à la lueur d'une antorche.

Etait-ce Daniel qu'on attendait?...... —Cette
idée se présentait naturellement à l'esprit.

Ambroise se mit donc à marcher à la rencontre du mendiant, persuadé que lui seul pouvait
se trouver, à cette heure, dans le souterrain.
Au bout de dix minutes, sa supposition se con-
firmait, car il se trouvait face à face avec l'é-
cuyer du sire de Montluc, entamant avec lui
une conversation que nous allons reproduire, laissant au lecteur le soin de faire ses réflexions, en
songeant à ce qui serait arrivé, si la rencontre
avait eu lieu trois heures plus tôt.

—Du nouveau, Daniel? s'écria Ambroise en
reconnaissant le faux mendiant; sais-tu que tu
m'épargnes une rude corvée! J'allais justement
à ta rencontre en ce moment.

—Oui, mon brave, du nouveau! répondit Daniel, en essuyant de grosses gouttes de sueur
qui coulaient sur son visage; des nouvelles peu
rassurantes: au lever du soleil, huit cents hommes, au moins, seront sous les murs de Nimbourg; une véritable armée, comme tu le vois,

commandée, dit-on, par le comte de Brissac er personne.

—Diable! riposta Ambroise; ça va chauffer alors?

—Plus qu'on ne voudrait, peut-être, camarade; si tu voyais dans le lointain les feux de bivouac, comme je les ai vus moi-même, tu te rendrais compte aisément que mes renseignements sont précis!

—Bah! continua Ambroise qui avait la clef maintenant des lueurs aperçues, on en a vu d'autres, et on est encore debout! Ça chauffait aussi à Cérisoles, et pourtant, moi qui te parle, j'en sortis sain et sauf, avec une légère égratignure seulement. Et il porta la main à la joue, laissant voir à son interlocuteur une profonde cicatrice.

Il ne tremblait pas et il devait être encore redoutable le vieux qui, malgré ses cheveux gris, traitait d'égratignure un terrible coup de sabre qui lui avait fendu la joue, depuis l'oreille jusqu'au menton.

—Dis-moi, reprit le mendiant, y a-t il une bonne garnison au château? Le sire de Montluc a-t-il amené du renfort?

—Cent hommes bien comptés, frais, dispos, arrivant de Maulevrier.

—Hum! camarade; c'est peu pour recevoir huit cents enragés qui vont se présenter, armés jusqu'aux dents, avec quatre coulevrines et trois

fau conneaux! de vrais soldats, je le répète, sans
compter les gens de rencontre qui ne manquent
pas l'occasion de gagner une bonne journée pour
un coup de main! Il y en avait à Montluc; il y
en aura à Nimbourg!

—Vive Dieu! repartit Ambroise; on a du plaisir à se mesurer avec des hommes, et non à se
battre avec des pantins!

Daniel ne put s'empêcher de sourire en voyant le sang-froid, le calme, la gaieté de l'homme qui, malgré l'âge, trouvait le moyen de plai-
santer, à la veille d'une bataille décisive; puis,
lui frappant familièrement sur l'épaule:

—Tu es un vaillant, frère, lui dit-il, et si la
garnison de Nimbourg ne comptait que des hommes comme toi, l'ennemi aurait encore du fil à
retordre!

Là, Daniel fit une pause pendant qu'Ambroise savourait le compliment, bien mérité d'ailleurs; ensuite, il reprit:

—Ecoute! je n'ai pas de conseil à donner au
sire de Blaimont; mais, si j'étais consulté, mon
avis serait qu'il faut commencer par mettre à
l'abri ce qu'il y a au manoir de plus précieux;
je n'attendrais pas une minute, d'abord, pour
éloigner, s'il en était temps encore, la jeune
châtelaine qu'on ne se proposait rien moins que
d'enlever dans la dernière attaque; on ne saurait
être trop prudent avec des scélérats capables de
tout! Qu'en penses-tu, frère?

—Bien parlé, ami! répondit Ambroise; j'approuve ton idée; mais nous serions ingrats, si nous doutions que la Providence veille sur l'innocence; quand je me souviens, l'autre nuit!....

Tout en causant, Ambroise et Daniel se trouvèrent devant la grille du souterrain. Il était tard, sans doute, car le jour commençait à poindre.

—Comme le temps a changé! s'écria tout à coup l'écuyer du sire de Montluc.

Il avait changé en effet; un vent violent mugissait à travers les portes et de gros nuages couraient rapidement dans le ciel, comme l'épaisse fumée d'un incendie.

Le visage de l'intrépide guerrier s'était assombri, comme si la tempête qui commençait à se déchaîner, eût eu le pouvoir de transformer celui qui restait impassible dans le fracas des combats. Son œil troublé plongeait dans l'horison en feu, interrogeant l'océan, route des fugitifs, gardien de son secret.

La conversation s'arrêta. Il y avait du nouveau au manoir, car les serviteurs couraient affolés dans les escaliers; le cliquetis des armes se faisait entendre et la voix du sire de Blaimont résonnait bruyamment dans les corridors.

La bataille

Les feux dont nous avons parlé dans le chapitre précédent et qui avaient été aperçus par Ambroise, presque à la sortie du souterrain, avaient aussi attiré l'attention de la sentinelle qui veillait au donjon de Nimbourg. Celle-ci avait observé longtemps d'abord, hésitant à donner l'alarme, sans motif peut-être; mais, n'arrivant pas à expliquer ces visions lointaines, et songeant aux conséquences que pourrait avoir son silence sur un fait si anormal, elle s'était décidée à éveiller les châtelains, pour leur faire part de ses craintes, et voilà pourquoi, à la pointe du jour, tout le monde était sur pied.

Le doute qui existait d'abord, avait fait place à la certitude, car, peu avant qu'Ambroise et son compagnon débouchassent dans la cour, une troupe nombreuse d'hommes et de chevaux avait été signalée, arrivant dans la direction du manoir; maintenant l'ennemi était là, presque au pied de la côte.

«Aux armes! aux armes!» criait le comte de Blaimont, et la garnison, électrisée par le tim-

bre de cette voix, occupait comme par enchantement, le poste stratégique qu'on assignait à chacun.

Une partie se plaçaient aux meurtrières, les
autres aux mâchicoulis, plusieurs dans l'embrasure des fenêtres, la plupart se cachaient dans les
tours qui flanquaient la porte d'entrée.

La coulevrine, qui devait jouer le principal rôle
dans la défense, allongeait sa gueule sur l'esplanade pour opposer une barrière au gros de
l'ennemi qui, évidemment, allait se présenter de
ce côté. Six artilleurs étaient là, attentifs aux
ordres du sire de Montluc qui allait les commander.

A en juger par le nombre des assiégeants,
l'attaque serait terrible; mais un coup d'œil jeté
sur les cent hommes d'élite qui formaient la garnison de Nimbourg, laissait deviner aisément que
la résistance serait vigoureuse.

Calmes, imperturbables, debout à leur poste,
souriants presque, les vétérans attendaient, ca-
ressant avec sang-froid le canon de leurs arquebuses ou la poignée de leurs épées, prêts à
donner la mort ou à la recevoir, sans plus de
trouble que les gladiateurs antiques qui tombaient dans l'arène.

Les guerriers avaient la tranquillité d'âme
que donne la bravoure; les chevaliers l'énergie
que donne le danger; Charlotte, au contraire,
réveillée en sursaut, courait dans le manoir, perdant la tête et se rendant à peine compte du
spectacle qui se déroulait sous ses yeux.

Les cadavres pendus aux créneaux lui donnaient un mortel vertige, car l'ennemi rendrait œil pour œil, dent pour dent, si la victoire penchait de son côté.

La clémence du vainqueur rend l'adversaire indulgent, quand la fortune le favorise à son tour; s'il abuse de son triomphe, il n'a rien à attendre de la pitié, au jour des représailles.

Les Huguenots avançaient, insensibles aux mugissements du vent, au feu des éclairs et aux roulements du tonnerre. Sans perdre une minute, sans faire halte un instant, ils marchaient sous l'ouragan qui se déchaînait avec rage, comme une redoutable légion lancée au combat par un puissant génie.

Cinq heures sonnaient. Ambroise et Daniel apparurent.

«Mon brave, s'écria le comte de Blaimont en apercevant le serviteur qui, à son insu, avait déjoué ses plans en lui arrachant sa proie, les moments sont critiques, décisifs peut-être! à l'instant, tu vas repartir avec ce pli pour le comte de Maulevrier; inutile de te dire que pas une minute n'est à perdre; on se reposera après la victoire!»

Puis, s'adressant à Charlotte qui, ayant remarqué la présence des nouveaux venus, s'était rapprochée pour entendre les ordres de son fils:

«Madame, ajouta-t-il, avertissez Gabrielle que,

sous un déguisement de paysanne, elle va quitter
Nimbourg pour se rendre à Maulevrier; c'est là
que nous irons la rejoindre, si la fatalité voulait que l'ennemi pénétrât dans nos murs!»

Langage étrange dans la bouche du fier chevalier!...... Pensait-il à fuir avant d'avoir combattu, lui, le rejeton d'une pléiade de preux; lui,
le descendant des croisés; lui, qui la veille encore, appelait, menaçant, l'heure de la vengeance?...... Oubliait-il l'affront? Songeait-il à Montluc?...... Oubliait-il que, si c'est un crime de
déserter le poste avant que le malheur vous accable; que si c'est un crime de s'ôter volontaire-
ment la vie, c'est une infamie de chercher à la
conserver par une lâcheté honteuse?...... Songeait-
il que la mort reçue dans le combat, la face
tournée vers l'ennemi, rachète quelquefois en
partie la honte d'une vie coupable; que si elle
ne lave pas la faute, elle en atténue la gravité,
et que l'homme est indulgent pour celui qui
tombe en accomplissant son devoir?......

Songeait-il à cela, le châtelain de Nimbourg,
ou son esprit perspicace, ouvert sur le danger,
calculait-il déjà le plan de la fuite, refuge de
l'homme indigne de commander?......

—Justice pour tous!

Avec un passé plein de taches sanglantes, le
sire de Blaimont n'avait pas à son passif le défaut d'être lâche. Fils de preux, il avait à un
haut degré le sentiment de la bravoure, et était

capable parfois de sentiments généreux. Ame dé-
viée, sans doute, esprit victime d'une fausse direction, il affrontait le péril quand il le fallait,
et, à cette heure critique, était décidé à défendre
pouce par pouce l'héritage sacré légué par d'illustres aïeux. Néanmoins il avait un plan arrêté,
hardiment combiné, sans autre témoin que lui-
même, un plan qu'il mettrait à exécution au
moment où il palperait que toute résistance serait
devenue inutile, et où le gouffre commencerait
à s'ouvrir. Il fallait se battre d'abord, et on se
battrait! on verrait plus tard.

Seul avec Daniel, le sire de Blaimont parlait à
voix basse, tandis que la vieille comtesse se
dirigeait en courant, vers l'appartement de Gabrielle. Essouflée, hors d'haleine, elle ouvrit sans
frapper la porte de sa chambre.

Malédiction! Le lit de Gabrielle était intact,
la fenêtre était ouverte et la chambre était
vide!

La surprise de Charlotte se traduisit par une
sorte de rugissement et elle s'élança dans le corridor en criant: «*Comte! Comte!*»

A ce moment, le bruit de la fusillade se fit
entendre, dominé par la puissante voix des coulevrines qui commençaient à tonner et à battre
les murs.

«Comte! comte!» continuait à crier Charlotte
avec désespoir. Le comte ne répondait pas! Debout, maintenant, au milieu des hommes d'armes,

il sonnait du cor, animant les courages et ébranlant les échos d'alentour, tandis que le sire de Montluc, attentif aux manœuvres de l'ennemi, ripostait bravement à l'artillerie des assiégeants.

Alors, étourdie par le fracas des armes, enivrée par l'odeur de la poudre, suffoquée par l'émotion, étranglée par la colère, la vieille châtelaine s'abattit comme une masse dans le corridor, et sans pouvoir donner l'alarme sur la mystérieuse disparition de Gabrielle.

Personne ne l'entendait pour lui porter secours! Temps perdu, d'ailleurs, car quelques instants après, le souffle de la mort errait sur ses lèvres horriblement contractées! Charlotte de Blaimont était morte, et son dernier râle avait été un cri de malédiction! Le Dieu bon donnait encore à son égard une preuve de clémence, puisqu'il lui épargnait le spectacle d'une lutte sanglante, d'une effroyable déroute, peut-être!

Les coulevrines tonnaient toujours; mais les murs étaient solides et chaque défenseur était un héros.

L'ennemi avait le nombre; les assiégés l'avantage de la position.

Quand midi sonna, de nombreux cadavres jonchaient le sol, du côté des Huguenots, tandis que la garnison ne comptait que huit blessés. La troupe du comte de Brissac n'avait pas gagné un pouce de terrain. Nimbourg était une forteresse, et une forteresse de premier ordre, digne en tous points de sa réputation; ses murs de granit résistaient admirablement à un feu meurtrier, et pas une brèche n'avait été ouverte. Les assiégeants commençaient à palper les inconvénients qu'il y avait à attaquer l'ennemi dans une si forte position.

Le sire de Brissac, surpris d'une résistance qu'il croyait impossible, étant donné le nombre de ses soldats et la puissance de ses armes à feu, fit suspendre l'attaque.

Depuis longtemps la tempête s'était calmée et, avec elle, semblait s'être éteint le feu de la bataille.

Les Huguenots s'étaient retirés dans le bois, délibérant, prenant haleine pour recommencer avec plus d'acharnement que jamais. Pas un de leurs mouvements n'échappait aux défenseurs de Nimbourg qui, en trop petit nombre pour tenter une sortie et affronter une lutte en rase campagne, se tenaient sur la défensive.

Leur ligne de conduite était nettement tracée: observer l'ennemi, tirer avec précision, et se porter en masse sur la brèche, si par malheur la brèche venait à être faite; remplacer, au besoin, l'arquebuse par l'épée, et accepter bravement la fortune d'un duel à outrance.

Cette trêve solennelle dura plusieurs heures, plus qu'il n'en fallait pour permettre aux châtelains de constater que l'émotion avait foudroyé Charlotte et que Mademoiselle de Blaimont avait disparu, en route probablement pour Maulevrier, avec Ambroise son conducteur.

Vers quatre heures du soir, l'artillerie des Huguenots se fit de nouveau entendre, et une épaisse colonne d'hommes s'ébranla résolument dans la direction de l'esplanade. Le combat recommençait. Evidemment, l'ennemi, confiant dans le nombre, cherchait à ouvrir une brèche, pour se précipiter dans la forteresse, sûr du triomphe dans une lutte à l'arme blanche.

Ce qui était à craindre pour les assiégés arriva!

A la tombée de la nuit, la porte d'entrée eut un craquement sinistre et s'abattit tout d'une pièce, comme s'effondrerait le toit d'un édifice privé soudain de support. En même temps, un pan de mur croulait à quelques pas de là, et l'ennemi découvrait une poterne dans le fossé.

Alors, une avalanche humaine, semblable à une mer débordée, se précipita de toutes parts, inondant le château, comme l'eau envahirait un navire démonté par les vagues. Une lutte effroyable s'engagea corps à corps, tandis que les portes commençaient à voler en éclats sous les coups de hache.

Les Huguenots s'étaient trompés et sur le nombre et sur la valeur des assiégés, car la résistance était terrible. La garnison se battait héroïquement, animée par la voix et par l'exemple des chevaliers qui, l'épée à la main, fauchaient

autour d'eux avec un désespoir voisin du délire.

Le fer se croisait, flamboyant dans l'ombre qui
commençait à envahir la terre, et des cadavres
sanglants jonchaient le sol, foulés sans pitié par
ceux qui étaient encore debout.

Lutte héroïque de part et d'autre, mais qui
ne pouvait durer longtemps! La bravoure devait
finir par le céder au nombre; les Huguenots
étaient huit contre un.

Vers neuf heures du soir, le sire de Montluc,
mortellement atteint, tomba, la main crispée
sur le tronçon de son épée, et la soldatesque
et les pillards s'élançaient déjà dans l'escalier
du premier étage, quand soudain, une voix terrible, dominant le fracas de la lutte, se fit entendre:

«*Arrière, vandales! arrière! On ne touche pas
à Nimbourg!*»

En même temps, une détonation formidable
ébranla l'air, avec ce bruit sinistre que produi-
rait la convulsion d'un volcan. Le manoir parut
trembler jusque dans ses fondements, et la tour
de droite qui flanquait l'entrée, où était le gros
de l'ennemi, s'éclaira comme sous le feu d'un
incendie; incendie, en effet, car une épaisse colonne de fumée commençait à se répandre,
étouffant la respiration, et les flammes, jaillissant
avec une violence inouïe, formaient un effrayant
rideau de feu qui semblait vouloir couper la re-

traite aux hardis assiégeants et les ensevelir dans un ardent brasier.

L'acharnement des Huguenots dégénéra en panique.

Les pillards, cédant à la frayeur, abandonnèrent leur proie, trop heureux de trouver un refuge dans la fuite, et les soldats eux-mêmes, se débandèrent, croyant le manoir hanté par des démons.

Les flammes, alimentées par des matières explosibles entassées à dessein, continuèrent toute la nuit leur œuvre de destruction, éclairant le ciel d'une lueur sanglante et donnant au loin le spectacle d'une horrible fournaise. Le soleil levant n'offrit plus à l'œil qu'un champ de carnage, dominé par les ruines fumantes d'une tour.

Qu'était devenu le comte de Blaimont?......

Qu'était devenue la jeune châtelaine?......

Avaient-il fui? avaient-ils succombé dans l'incendie qu'une main audacieuse avait allumé dans une suprême résolution?...... Enigme pour le sire de Brissac qui, avec les débris de sa troupe, erra plusieurs jours dans les environs, songeant moins au tyran qui échappait à ses coups, qu'à la noble enfant à qui il devait la liberté après quinze ans de tortures!

La tempête

Nous abandonnerons maintenant le champ de bataille de Nimbourg pour suivre, dans leur fuite, Ebrard et Gabrielle et satisfaire la curiosité du lecteur qui doit avoir hâte déjà de connaître leur sort.

Quand les deux fiancés montèrent dans la barque, la nuit était calme et rien ne pouvait faire pressentir un orage. L'atmosphère était lourde, il est vrai, de rares étoiles brillaient au ciel, mais, loin de voir là un danger, les fugitifs y trouvaient un avantage, un temps propice à l'exécution de leur plan combiné avec Ambroise.

Assis en face l'un de l'autre, ils voguaient paisiblement, l'espoir au cœur et respirant avec délices l'air pur de la mer. Le sombre manoir fuyait derrière eux et avec lui, les horreurs d'un séjour de souffrances. Depuis longtemps les tours avaient disparu, et le spectacle des cadavres pendus à leurs créneaux, s'évanouissait comme un mauvais rêve. Sur les ruines d'un passé lugubre, l'avenir rêvé commençait à se dessiner sous de riants auspices. Enfin ils étaient loin des hommes au cœur pervers, loin du bruit des armes qui font couler le sang, à l'abri de tout regard hostile ou indiscret, seuls sur l'océan immense, sans autres témoins que la mer insondable, sous la voûte du firmament.

Le batelier ramait avec vigueur, et le bruit monotone de ses rames troublait seul le silence de la nuit.

Ami d'enfance d'Ambroise, droit, loyal, dévoué comme lui, dans un service à rendre, le conducteur des jeunes fiancés était un homme sûr, ayant conscience de l'importance de sa mission, et disposé à la remplir jusqu'au bout, au péril même de sa vie. Courageux, robuste, gardien fidèle d'un secret, il méritait en tous points la confiance qu'avait déposée en lui le serviteur de Nimbourg et, sous sa garde, les fugitifs n'avaient pas plus à craindre que sous la garde d'Ambroise lui-même.

Connaissait-il Ebrard?...... Connaissait-il le sire de Blaimont et la redoutable comtesse?......

—Qui sait! En remontant aux premières années de Gabrielle; en évoquant des souvenirs lointains déjà, peut-être cette bouche muette à l'heure présente, eût-elle pu faire de saisissantes révélations sur les châtelains de Nimbourg!

Peut-être, en fouillant dans le passé, eût-il pu soulever un coin de ce voile obscur jeté sur le secret dont le souvenir, aux heures de calme, aux heures lucides, aux heures où la conscience parle, faisait sentir au terrible seigneur l'aiguillon du remords!

Silence! accordons le repos à ceux qui ne sont plus! Laissons le crime dormir dans l'ombre et les coupables sous l'œil de Dieu!

Le sang versé échappe souvent au regard de l'homme, mais l'éternelle justice en pèse chaque goutte pour en demander compte un jour!

Les fugitifs suivaient les côtes, sans crainte, car la mer était calme et l'ennemi était loin; encore quelques heures, et le voyage toucherait à son terme.

Hélas! Combien d'espoirs déçus! que d'illusions éteintes! que de rêves écroulés!

Une goutte d'eau fait déborder le vase; une étincelle allume l'incendie, un peu de vent penche le matelot sur l'abîme!

La coupe touche aux lèvres, et se brise soudain!

Vers trois heures, l'obscurité du ciel s'accentua d'une façon frappante, et les rares étoiles qu'on apercevait, disparurent au firmament. Le vent se mit à souffler et les eaux de la mer, calmes naguère, commencèrent à se gonfler, agitant la frêle embarcation et donnant aux fugitifs le spectacle de vagues menaçantes.

Le batelier ramait toujours avec vigueur. Il avait vu des tempêtes, lui, et ce mouvement des eaux, loin de lui inspirer la crainte, lui fai-

sait entrevoir la possibilité d'arriver plus vite au
but, car le vent, gonflant ses voiles, semblait
vouloir favoriser ses efforts.

Il n'y avait encore, en effet, aucun danger
Par son calme, par sa sérénité, il rassurait les
timides voyageurs, dont le regard trahissait l'in
quiétude. Le péril était loin et pourtant leurs
cœurs se serraient cruellement à l'idée d'une
tempête, comme s'ils eussent eu l'intuition d'un
malheur inévitable. Cette route qui leur avait
paru si sûre, leur semblait maintenant semée de
dangers. De loin, ils avaient entendu le mugissement des vagues; mais ce qui les avait bercés
souvent avec tout le charme de la poésie, leur
donnait maintenant le frisson.

A la lueur des éclairs qui commençaient déjà
à sillonner l'espace, ils s'apercevaient l'un l'autre pâles, tremblants, le regard humide, agités
entre la crainte et l'espérance. Que deviendrait
ce bonheur si péniblement acheté, si par malheur
ils allaient faire naufrage!

Point d'illusion possible! C'était le gouffre
ouvert; ensevelissant leurs rêves, sans espoir de
salut!

Spectacle vraiment attendrissant que celui de
deux êtres que l'amour voulait unir malgré les
hommes, frémissants, silencieux, n'articulant pas
un son, se disant leur trouble dans un magnétique regard échangé sous le feu des éclairs!

Le vent continuait à souffler et les eaux à mugir,

formant autour de la barque des collines d'é-
cume qui se dressaient, s'aplatissaient et se re-
dressaient encore. Sous les zigzags de feu, les
vagues prenaient des reflets sinistres et les roulements du tonnerre s'étouffaient sur l'océan, comme l'écho lointain du canon.

La violence du vent augmentait d'une façon
sensible et l'embarcation ne pouvait plus suivre
sa route. Le batelier commençait à craindre, car
il sentait ses forces s'épuiser et sa fatigue se
traduisait par une sorte de sifflement dans la respiration.

«Courage! courage! nous arrivons au but!»
criait-il, en ramant toujours, ayant eu soin à présent de replier ses voiles qui, loin de favoriser
la marche, devenaient un danger.

Mademoiselle de Blaimont ne l'entendait plus.
Les mains levées au ciel, elle priait avec la ferveur du désespoir, et Dieu sait, si elle était ardente, si elle était expressive cette prière du
cœur, montant de l'océan vers l'Eternel!

Mais l'épreuve n'était pas encore finie! L'innocente enfant devait être l'ange envoyé sur la
terre pour expier les crimes des siens et laver,
par ses souffrances morales, ce qu'il y avait
de honteux dans l'existence de plusieurs générations!

Le fils expie souvent les fautes de l'aïeul!

Où est la clef de ce qui semble une injus-
tice?......

—Notre œil est faible pour apprécier les distances et mesurer l'espace qui sépare l'atome de l'Infini!

Ebrard, saisissant résolument les rames, se mit à lutter à son tour contre les vagues, pour permettre au batelier de respirer un instant.

La mort dans l'âme et la sueur au front, il avait à peine conscience des mouvements qu'il exécutait, espérant pourtant, car il lui avait semblé apercevoir la flèche de l'église de Saint-Clair.

La côte était là, en effet; il fallait la gagner et débarquer;—chose presque impossible, car les eaux se dressaient maintenant comme des montagnes, soulevant violemment la barque qui retombait aussitôt. L'ouragan se déchaînait avec rage et le hasard pouvait, seul, les sauver, en jetant sur le rivage l'embarcation qui allait au gré des flots, s'approchant tantôt du but à atteindre, et tantôt s'en éloignant.

Heures d'angoisse suprême, heures de désespoir affreux, où les minutes paraissent des siècles, où chaque rayon de lumière présente l'abîme ouvert pour vous engloutir; où, dans une de ces visions qui frappent l'œil confusément, on croit assister à l'effondrement et du présent, et du passé, et de l'avenir!

Ceux qui ont eu dans leur vie à supporter le spectacle d'une tempête; qui ont senti suspendue à un fil leur existence et celle d'êtres aimés;

qui ont vu leur salut dépendre d'un miracle; qui, à travers le gouffre ont aperçu l'éternité; ceux-là comprendront ici la situation de Mademoiselle de Blaimont et celle de son fiancé.

Tout à coup, un cri affreux retentit dans la nuit. Une vague venait d'emporter Ebrard, et Gabrielle folle, éperdue, s'élançait dans les flots, quand le batelier, la saisissant au moment où elle allait disparaître, l'attira vivement à lui en poussant un rugissement de terreur. L'infortunée s'abattit dans la barque comme un pavillon frappé par la foudre, laissant son sauveur en butte au désespoir.

La mer furieuse venait d'avoir sa proie; elle était satisfaite sans doute, car peu après elle commença à se calmer. Les ténèbres de la nuit se dissipaient et déjà l'église du monastère de Saint-Clair apparaissait dans le lointain, dressant hardiment sa flèche dans la brume matinale.

Le batelier gagna la côte, le cœur brisé, hurlant au secours, pour ramener à la vie la jeune châtelaine qui gisait, évanouie, dans sa barque, et voler à la recherche du naufragé.

Quand neuf heures sonnèrent à l'abbaye, Mademoiselle de Blaimont, les yeux fermés comme pour le suprême repos, était étendue sur un lit, et des figures d'ange se penchaient sur sa couche comme sur le bord d'un cercueil.

L'abbaye de Saint-Clair

A cinq lieues environ de Nimbourg, sur la
pente d'un terrain montagneux, s'élevait l'abbaye de Saint-Clair, dressant, au milieu d'arbres
séculaires, ses murs noircis par les âges. D'un
côté, l'océan sans fin; de l'autre, le spectacle
d'une nature sauvage, mélange confus de rochers
et de verdure où la main de l'homme n'apparaît,
de loin en loin, que pour jeter une note riante
sur le sévère tableau qui frappe le regard.

Dans ce coin de la terre bretonne, le silence
n'est troublé que par le murmure des vagues, le
gazouillement des oiseaux ou le chant de quelque pêcheur;—retraite sûre pour les âmes aimantes de la rêverie, de la contemplation, de la
prière; lieu propice où les voix intérieures peuvent à l'aise oublier le monde et s'élever vers
l'Infini!

Construite au IXème siècle, l'abbaye de Saint-
Clair renfermait en 1560, des trésors inappréciables: des vases d'or et d'argent enrichis par
le ciseau des artistes du moyen âge, des tableaux où l'inspiration religieuse avait immorta-

lisé le pinceau, des vitraux représentant des scènes bibliques avec des personnages de grandeur naturelle, des manuscrits rares qui, à eux seuls, avaient un prix infini, reliques variées, enfin, destinées à dire aux générations futures le travail, la patience, la foi des siècles écoulés, richesses immenses, de nature à tenter la cupidité, dans ces époques de trouble où le triomphe d'une idée avait souvent moins de part que le pillage.

L'édifice, construit en pierres de granit, représentait un carré ayant quatre corps de bâtiments reliés entre eux par des couloirs sans fin, où un demi-jour, pénétrant par des vitraux, donnait au regard le spectacle d'un séjour sombre et sévère. La voix, écrasée par les voûtes, y résonnait comme la prière du prêtre dans une cathédrale. Tout y inspirait le respect, le recueillement et la méditation.

De nombreuses cellules étalaient à profusion, au-dessus des portes, des inscriptions tirées de l'Ancien et du Nouveau Testament; à l'intérieur même, les murs disparaissaient sous les inscriptions, ayant pour but de rappeler la vanité des choses humaines à celles qui, ayant fui le monde, étaient venues chercher dans le silence et la retraite, la joie de la contemplation ou l'oubli d'un passé plein de désenchantement.

On serait peut-être voisin de la vérité, en disant que, dans le cloître, il y a, dans la plupart des cas, deux sortes de vocations: celle qui vient d'en Haut, et celle qui vient d'en bas; celle qui vient de Dieu, et celle qui vient de la créature; deux éléments distincts, l'un pur, sans tache, divin, cédant par conviction à l'entraînement d'un souffle surnaturel, oubliant sans effort le monde où tout est misère, n'apercevant l'homme que comme un être à plaindre, courbé sur la douleur; l'autre n'ayant son point d'appui que dans les événements de l'existence, dans le milieu où l'on a vécu, dans l'éducation première, victime parfois d'une influence étrangère, et luttant vainement contre la matière qui fait contrepoids à l'esprit.

Question profonde que la vie religieuse, exaltée par les uns, combattue par les autres! problème ardu que nous nous garderons d'aborder, nous contentant de dire: Tout homme est dans le vrai qui obéit à la conscience; tout homme est dans l'erreur qui la fausse! La vocation est un appel de Dieu; se rendre à cet appel, c'est bien! céder à la pression, c'est être victime d'un crime! Abandonner le monde, franchir la porte du cloître sans être appelé, c'est fuir la douleur pour trouver le tourment; c'est renoncer à la vie pour entrer dans la mort!

Cela dit, nous continuons:

Au centre de l'édifice était une cour immense, plantée d'arbres touffus, ornée de statues de saints, témoins muets de jeux innocents, aux heures où la Règle permettait aux religieuses le repos. Si, dans un de ces moments d'ébats où l'esprit se détend pour puiser une force nouvelle, le regard eût pu franchir l'enceinte élevée protectrice du saint lieu contre une curiosité profane, des femmes de tout âge auraient apparu, confondues dans une admirable fraternité, les unes arpentant les grandes allées qui sillonnaient la cour, les autres cultivant avec soin les fleurs d'un parterre, quelques-unes arrosant le gazon qui croissait au pied des arbres, d'autres marchant gravement, parlant peu, pensant beaucoup, souriant du bout des lèvres, semblables à des philosophes agitant les grands problèmes de la vie, source de méditations profondes, trouble de l'intelligence, écueil du cerveau!

Puis, sur un coup de cloche, à l'appel du devoir, il eût vu chaque religieuse, muette soudain, abandonnant ses jeux comme un enfant docile, et se dirigeant, recueillie, vers le fond de la cour où se trouvait la chapelle.

C'est là qu'étaient les vases d'or et d'argent, étincelant à côté des statues de la Vierge et des saints; c'est là qu'étaient les grandes orgues qu'on entendait seulement aux jours de solennité, et dont la voix puissante, éclatant tout à coup au milieu des vapeurs de l'encens, remplissait le saint lieu d'échos mélancoliques et pleins de majesté.

Telle était, en résumé, l'abbaye de Saint-Clair.

On y pénétrait par une porte basse, en ogive, où le ciseau de l'artiste avait sculpté dans le bois, la dernière cène de Notre-Seigneur avec ses disciples.

Maison de Dieu signalée au loin par la flèche hardie qui surmontait son clocher, elle donnait abri à une soixantaine de religieuses qui puisaient là le recueillement, tandis qu'au dehors, le bruit des armes retentissait, et que le sang coulait aux quatre coins de la France.

Que faisaient ces femmes groupées dans la solitude, dans ce coin désert de l'océan?

Elles priaient.

Pour qui?

Pour les frères qui s'égorgaient sans pitié pour combattre ou pour exalter l'hérésie!

Saintes femmes, sans doute, s'il est vrai que la prière est l'élévation de l'âme vers Dieu, source du vrai, source du beau, point de départ du bien, modèle sublime des plus héroïques vertus;— cœurs généreux, si on en juge par la digne abbesse qui les représentait et dont le portrait, aussi fidèle que possible, va nous occuper un instant.

Femme intelligente et instruite, plus qu'on ne l'était de son temps, la supérieure actuelle était entrée dans le cloître à l'âge de trente ans, alors que tout sourit dans le monde, et, quoiqu'on sût qu'elle descendait d'une noble famille de la Bretagne, il eût été difficile de donner des détails

sur ses jeunes années, car, depuis son apparition
à l'abbaye, il y avait eu autour d'elle, une atmosphère mystérieuse que nul n'avait pu pe-
nétrer.

Sœur Héloïse faisait-elle partie du premier
élément qu'on rencontre dans le cloître, et dont
nous avons parlé au début de ce chapitre, ou
appartenait-elle au second?.... Avait-elle, en entrant à Saint-Clair, la vocation qui vient d'en
Haut?.... Avait-elle celle qui vient d'en bas?....
Avait-elle senti en elle le souffle de Dieu, lui
faisant fuir le monde, ou avait-elle cédé à un
désenchantement cruel?.... Comme le mystère qui
entoure ses jeunes années, le secret est dans
l'ombre!

Contentons-nous de savoir que son intelligence,
son instruction, son maintien exemplaire, avaient
rapidement attiré sur elle tous les regards, et qu'à
la mort de sœur Gertrude, l'ancienne abbesse,
elle avait été désignée, à l'unanimité, pour occuper le premier poste dans la hiérarchie.

D' un abord très agréable, elle captivait par sa
bienveillance, par sa modestie, par la distinction
de ses manières, tous ceux qui l'approchaient.

Sévère pour elle-même, indulgente pour les
autres, loin de faire sentir son autorité, elle traitait
avec une bonté ineffable toutes les religieuses
confiées à sa garde, sans compromettre toutefois
sa dignité et le prestige qu'elle devait avoir.

S'il était permis de mêler le profane au sacré,

si ia majesté du cloître n'était là pour nous
commander une rigoureuse discrétion, nous nous
hasarderions à plonger l'œil à travers les grilles
du parloir, à soulever un coin du voile qui couvre
cette mystérieuse figure, pour contempler un des
plus beaux visages, la plus frappante expression de
physionomie, qu'il soit donné à l'œil de rencontrer.

Sous le costume ingrat de la religieuse, un peu
pâle, peut-être, marque de l'étiolement, avec
quelques rides au front, empreinte de la souffrance plutôt que des années, nous verrions
une femme parfaitement conservée, assez humble
pour obéir, bien jeune pour commander; son regard nous frapperait, nous troublerait sans doute,
et nous porterait à la rêverie.

Silence! Refoulons dans le cœur une curiosité
bien naturelle; respectons l'habit si dignement
porté et arrêtons-nous sur la porte du cloître,
ouverte seulement à l'aumônier et à quelques rares personnes, bien connues d'ailleurs. Laissons
les religieuses prier, méditer, le jour, dans leurs
cellules, et se réunir dans la chapelle, à la tombée de la nuit, pour réciter l'office en commun et
demander au ciel le triomphe de la bonne cause·

A l'intérieur, tout est silence, tout est recueillement, et le son de la cloche avertit, seul, les
passants que dans ces quatre murs il y a la vie.
Le bruit du monde vient mourir à la porte de
Saint-Clair, comme les vagues de l'océan meurent sur les rochers.

Nous venons d'évoquer le souvenir de l'aumônier. Comme il doit jouer un rôle dans notre
histoire, nous allons lui consacrer quelques lignes, étant bien digne, d'ailleurs, de figurer à
côté de sœur Héloïse.

C'était un respectable vieillard, connu dans
tout le pays par sa charité, sa mansuétude et
sa vertu. Les paysans se découvraient devant lui
comme devant l'autel et l'appelaient *le saint*. Le
Père Edmond méritait ce titre, car, aussi loin
qu'on pût lire dans le passé, on se souvenait l'a-
voir vu toujours consacrant son temps au soin des
malades, se prodiguant à tous et partageant ses
maigres ressources avec les pauvres.

Ses idées étaient aussi larges que son cœur était
généreux. Quand la Providence mettait sur son
chemin un membre de la religion réformée, il
le captivait par la douceur de son langage, et
tâchait de le ramener au giron de l'Eglise par
la mansuétude, usant de mille moyens pour lui
faire palper l'erreur et ouvrir ses yeux à la vérité; et, quand il ne pouvait y parvenir, soit qu'il
eût affaire à un orgueilleux, soit qu'il eût affaire
à un ignorant, soit qu'il se heurtât à un endurci,
il le renvoyait toujours avec des paroles de douceur, mettant l'obole dans sa main, si c'était un
pauvre, et ne perdant jamais de vue que Dieu con-
damne la violence pour ramener au bercail les
brebis égarées.

Modèle accompli du prêtre, réunissant à un

haut degré, les qualités et les vertus que l'homme du monde croit être en droit d'attendre de
l'homme de Dieu, l'aumônier de Saint-Clair était
aimé et vénéré de tous, et les ennemis même de
la religion, s'inclinaient devant ses cheveux blancs,
à tel point il est vrai que la vertu a le don de
commander le respect.

Que de murmures, que de critiques amères,
que de diatribes violentes resteraient dans l'ombre, si tous les ministres de Dieu comprenaient
leur devoir; s'ils avaient la notion exacte de leur
noble mission, et prenaient pour exemple le saint
prêtre dont nous parlons ici!

La plupart, je le veux, ont le feu sacré allumé
au flambeau de l'Evangile; la bonne intention les
guide, mais la route suivie est fausse pour arriver au but; leur zèle parfois est intempestif, et
le résultat obtenu est contraire souvent au succès
poursuivi. S'ils ont soif du salut des âmes qui
leur sont confiées, qu'ils ne perdent point de
vue qu'à côté des intelligences d'élite capables
de saisir les principes, il est, en plus grand nombre, les intelligences incultes, rebelles aux pré-
ceptes et qui veulent l'exemple; qu'ils observent
loyalement, fidèlement, scrupuleusement, la doctrine du Christ, sanctifiée au Calvaire, et l'hymne de bénédiction éclatera partout, et pas une
voix ne s'élèvera pour combattre l'apôtre et blas-
phémer le nom de Dieu.

Je reviens au Père Edmond.

Levé à la pointe du jour, quoiqu'il marchât dans sa soixante-dixième année, il abandonnait, tous les matins, son modeste presbytère perdu dans les bois, pour aller faire sa promenade sur les bords de la mer, contemplant avec admiration la majesté de l'océan, respirant avec délices la brise matinale, suivant du regard, comme un enfant, les papillons dans leur vol, s'extasiant devant les merveilles de la nature, écoutant la voix de Dieu dans le chant des oiseaux, dans le bourdonnement des abeilles, dans le murmure des vagues; puis, quand son âme s'était élevée vers le Créateur, dans la contemplation des beautés de l'Univers, il s'acheminait vers l'abbaye, pour célébrer le saint sacrifice.

Dans sa jeunesse il avait fréquenté le château de Nimbourg, et le sire de Blaimont avait conservé, au milieu de ses égarements, une estime profonde pour son ancien maître; mais, depuis longtemps, leurs relations avaient été rompues, on ne sait trop pourquoi.

Le Père Edmond vivait retiré, faisant le bien dans la retraite, gémissant en silence sur l'aveuglement des hommes, consacrant, comme nous l'avons dit, la plus grande partie de son temps aux pauvres et aux malades, et déchiffrant, dans ses moments de loisir, des manuscrits anciens.

Le délire

Le 20 Juin 1560, une animation extraordinaire régnait à l'abbaye de Saint-Clair. Levées de grand matin, les religieuses donnaient à la chapelle sa parure de fête et déployaient les ornements des grands jours. Sœur Héloïse allait de l'une à l'autre, distribuant des ordres avec sa douceur habituelle, examinant chaque chose en détail, et se multipliant, pour que rien ne laissât à désirer.

On devait célébrer la prise d'habit d'une jeune novice de famille illustre, et tout était mis en œuvre pour donner à la cérémonie l'éclat des plus grandes solennités.

C'est un événement parmi les hommes, quand un prince vient à la vie; c'est un grand jour dans le cloître quand une jeune fille meurt au monde!

Tout est relatif ici-bas: les uns puisent la jouissance dans la fortune, dans la gloire, dans les honneurs; les autres renoncent à la vie pleine de charmes, fuient les richesses, abandonnent les parents, les amis, s'arrachent au tourbillon des plaisirs, s'enferment dans la solitude et trouvent le bonheur! Contraste frappant, spectacle étrange présentant le même but atteint par des chemins tout opposés! Question de perspective, matière à réflexion pour le cerveau du penseur!

Le 20 Juin, disons-nous, était, cette année-là, un grand jour pour les religieuses de Saint-Clair. A neuf heures précises, le Père Edmond devait pompeusement célébrer le saint sacrifice et recevoir, à la face de l'autel, la promesse de celle qui allait mourir au monde pour vivre en Dieu. Vers huit heures et demie, tout était prêt. Des centaines de cierges incendiaient la voûte de la chapelle, faisant étinceler et les vases d'or, et les saints éblouissants, et les vitraux aux vives couleurs et le tabernacle.

La tempête qui s'était déchaînée, la nuit, sur les côtes de la Bretagne, venait de se calmer, et le soleil commençait à se montrer, faisant briller, comme des perles, les gouttes de pluie suspendues aux feuilles des arbres. Les cloches tintaient gaiement dans le monastère, jetant au vent leurs notes joyeuses, tandis qu'à Nimbourg, les coulevrines tonnaient, donnant le signal d'une bataille sanglante.

Mais pourquoi évoquer le souvenir d'une lutte meurtrière; pourquoi présenter au regard un spectacle de mort, quand à Saint-Clair, tout est vie, tout est joie, tout est de nature à reposer l'œil,

à élever l'âme, et à donner au cœur d'atten-
drissantes émotions?...... Quel rapport, quel trait
d'union peut-il y avoir entre un lieu souillé par
le crime, et un lieu sanctifié par la vertu; entre
Nimbourg et Saint-Clair?......

—Le rapport qui naît des contrastes; le rapport qui existe dans l'esprit, quand l'esprit ac-
couple deux idées, disparates, tout d'abord,
mais intimement liées, à mesure qu'il les rap-
proche!

Vers huit heures et demie, donc, tout était
prêt à l'abbaye. Vêtue de blanc, symbole de
l'innocence, l'œil plongé dans une ravissante
extase, la jeune novice attendait, à genoux au
pied de l'autel; les religieuses attendaient aussi
le moment solennel, destiné à leur rappeler des
heures d'émotion. Le Père Edmond, seul, n'é-
tait pas encore là. Chose surprenante vraiment,
car il était toujours d'une scrupuleuse ponctua-
lité! Son retard provenait-il d'un oubli?...... d'une
indisposition?......, d'un empêchement de force
majeure survenu au moment de partir?......

Soudain, la cloche tinta violemment à la porte
d'entrée, et un homme, ruisselant de sueur,
essoufflé, hurlant plutôt qu'il ne parlait, se présenta, portant dans ses bras une jeune fille ri-
chement vêtue, et dont les traits semblaient
déjà marqués d'une mortelle empreinte.

Au nom de Dieu, il demandait du secours, et,
comme personne n'invoquait en vain le nom

de Dieu, à la porte de Saint-Clair. la porte
s'ouvrit.

Sœur Héloïse avait l'âme trop tendre, le cœur
trop noble, les sentiments trop généreux, pour
rester insensible au malheur. L'homme qui avait
agité la cloche et qui n'était autre que l'ami
d'Ambroise, l'intrépide batelier, portant dans ses
bras Mademoiselle de Blaimont, fut introduit
sans difficulté, trop heureux de déposer son précieux fardeau entre des mains pieuses et dé-
vouées.

Dans un court tête à tête, il mit la supérieure
au courant de tout, et s'élança de nouveau dans
la campagne, fou de douleur, volant, à l'aven-
ture, à la recherche du naufragé, sans autre espoir au cœur qu'aurait celui qui sonderait un abîme
sans fond.

L'infortune de la jeune châtelaine de Nimbourg
avait-elle remué fortement l'âme sensible de l'abbesse de Saint-Clair?...... Le batelier avait-il fait
quelque révélation inattendue?...... ou l'histoire
de Gabrielle de Blaimont présentait-elle quelque
analogie avec celle de sœur Héloïse, avant son
entrée dans le cloître?...... Question à résoudre!

Voyons simplement sœur Héloïse, les yeux
noyés de larmes, oublier la cérémonie qui allait
avoir lieu, faire transporter la malheureuse enfant dans l'appartement réservé aux étrangers
illustres, et lui prodiguer toutes sortes de soins;
—soins inutiles, sans doute, car la jeune fille

semblait, malgré tout, dormir de l'éternel repos

Neuf heures sonnaient et le Père Edmond se faisait encore attendre.

Tout à coup, le carillon des cloches éclata, gai comme un carillon de Noël, solennel comme un alleluia de Pâques.

Alors, comme sous l'écho de la trompette du Jugement, secouant son sommeil léthargique, semblable à un cadavre qui reprendrait la vie sous le souffle de Dieu, Gabrielle ouvrit les yeux tout grands, et, les promenant autour d'elle, d'un air effaré, elle poussa un profond soupir à travers lequel perçait une douleur immense.

«Ebrard! s'écria-t-elle, d'une voix étranglée, Ebrard! je ne veux pas que tu sois prêtre!...... Te m'as juré d'être à moi, toujours!...... Tiens!.... ton serment est là qui me brûle!»

Et elle appuya sur son cœur sa main pâle, décolorée, comme la main d'une morte.

Puis, elle se tut et referma les yeux.

Sœur Héloïse, assise à son chevet, se leva sans bruit, interrogeant sa respiration, et elle allait lui parler, quand la jeune fille rompit de nouveau le silence:

«Puisque les cloches chantent, dit-elle, moi je les ferai taire!»

Elle étendit son bras dans un geste de menace, en même temps qu'elle laissa échapper un bruyant éclat de rire, navrant comme l'adieu glacé de l'esprit qui s'égare.

Le cœur se serre en songeant à cette généreuse enfant, à cet ange d'expiation, victime des
plus amères souffrances qui, quelques jours auparavant, se fiançait à Ebrard par un baiser de
feu et qui, au moment d'unir sa vie à la sienne,
au moment de tremper ses lèvres à la coupe nuptiale, avait été impitoyablement saisie à la gorge,
terrassée par l'ironie du destin, et étendue là,
dans un cloître, en proie au délire, privée de
raison peut-être!

Les cloches sonnaient toujours à toute volée,
éveillant les échos de la montagne et remplissant
l'abbaye de voix confuses.

D'un signe, sœur Héloïse congédia toutes les
religieuses et resta seule avec la malade. Alors,
se penchant à son oreille:

«Mon enfant, murmura-t-elle, d'une voix si
suave qu'elle semblait venir du ciel, vous souffrez beaucoup, n'est-ce pas, mais je vais vous
guérir!»

«Madame, s'écria Gabrielle, c'est horrible de
voir tant de sang! Dieu est».......

Elle fit une pause, puis elle ajouta:

«Que de corbeaux! que de corbeaux dans le
ciel!»

Elle fit une seconde pause; ensuite elle continua en élevant la voix:

«Monsieur Ebrard, fuyons!...... Oh! fuyons bien
loin!»

Et elle retomba sur sa couche comme brisée.

Cinq minutes s'écoulèrent, au bout desquelles
Gabrielle ouvrit de nouveau les yeux d'une façon
inexprimable:

«Monsieur Ebrard! Monsieur Ebrard! s'écria-t-
elle, répondez-moi!...... Oh! répondez-moi, ou je
meurs!...... Ambroise!.... Ambroise! j'ai peur!....
il y a quelqu'un, là...... là!»

Elle se tut.

Mon Dieu! pensait sœur Héloïse, si elle pouvait
pleurer! les larmes la soulageraient, sans doute,
la guériraient peut-être!

«Dieu puissant, murmura-t-elle, en tombant à
genoux, ayez pitié de cette enfant!»

Et elle fondit elle-même en larmes, baisant
avec amour le crucifix d'argent pendu à sa ceinture.

Tout à coup, une inspiration lui vint:

«Qu'on cesse de sonner, dit-elle à une religieuse qui passait, à ce moment, devant la porte; qu'on cesse de sonner, et qu'on prévienne
à l'instant le médecin; il faut du repos à la malade!»

Les cloches se turent et Gabrielle, semblant
trouver la calme dans le silence imposé à l'airain, tomba dans une sorte de repos voisin du
sommeil.

Sœur Héloïse était toujours auprès de l'infortunée châtelaine, priant avec ferveur et le regard
cloué sur la malade.

Soudain, la jeune fille se mit à sourire d'une

façon qui semblait naturelle, et, saisissant la main de la religieuse:

«Oh! Ebrard, murmura-t-elle, comme nous nous aimons!......, nous n'allons plus nous séparer, n'est-ce pas?»

Et elle ferma doucement les yeux, pressant avec effusion la main qui s'abandonnait à elle, et s'endormit.

A dix heures, un cri perçant retentit dans l'appartement des étrangers:

«Que d'eau! que d'eau! criait Gabrielle, d'une voix rauque, en étendant les bras et en essayant de s'élancer hors du lit.... Je te sauverai, moi!.... Je n'ai point peur des vagues!.... Je n'ai point peur!»

Le spectacle était navrant, et sœur Héloïse, en proie à une mortelle émotion, n'étouffait qu'à demi les sanglots qui lui montaient du cœur.

La cérémonie de la prise d'habit n'eut pas lieu, car le Père Edmond ne parut pas, et les religieuses passèrent la journée, partagées entre l'idée qu'un malheur pouvait être arrivé à leur aumônier, et le spectacle émouvant qu'offrait l'infortunée Gabrielle, en proie au délire.

La nuit apporta à la malade un sommeil tranquille et fit renaître l'espoir dans le cœur de sœur Héloïse qui ne la quitta pas une minute. Elle avait foi en Dieu, plus puissant que les hommes, et elle priait à deux genoux, comme prierait une mère auprès du berceau de son enfant, craignant de voir la mort saisir l'ange endormi.

Le naufragé

Au moment où l'ami d'Ambroise frappait à la porte de Saint-Clair, implorant du secours pour l'infortunée Gabrielle; au moment où le gai carillon des cloches éclatait dans l'abbaye, comme une hymne de fête, comme un joyeux réveil après une nuit d'orage, un homme, tête nue, immobile comme un cadavre, était étendu sur la plage, épave sans doute de quelque naufrage.

La mort, aveugle dans le choix de ses victimes; la mort, qui ne respecte pas plus l'enfant au berceau, l'homme dans son printemps que le vieillard au terme de sa course, l'avait frappé à la fleur de l'âge, l'arrachant sans pitié aux séductions de la fortune, car, à en juger par l'élégance et la richesse de son costume, la victime probable de la tempête appartenait à cette classe de la société que le pauvre, à tort peut-être, regarde avec envie.

C'était l'heure où le Père Edmond allait faire sa promenade sur les bords de la mer. Ce jour-là, il s'était levé plus tôt que de coutume, pour

arriver à temps à l'abbaye et diriger lui-même
les préparatifs de la fête. L'orage qui avait gron-
dé jusqu'à sept heures avait retardé son départ,
et huit heures sonnaient quand il avait franchi
la porte du presbytère.

Elevant son âme à Dieu, le regard perdu sur
l'océan encore agité par la houle, la joie au cœur,
la prière aux lèvres, le Père Edmond descendait lentement la pente de lo montagne, un livre
sous le bras et un bâton à la main, pour soutenir sa démarche incertaine.

Quelle journée se levait sur la Bretagne, après
l'ouragan qui s'était déchaîné! Sous les rayons
du soleil, les derniers nuages avaient fui; l'air
était calme, l'atmosphère remplie de parfums
exquis qu'exhalaient les plantes de la montagne,
et, dans le ciel bleu, ou à travers les arbres, les
oiseaux, secouant leurs ailes, entonnaient l'hym-
me du réveil.

«Jour du bon Dieu!» murmurait le prêtre, en
s'arrètant de temps à autre; puis, il continuait
à marcher, animé par le chant des cloches qui
arrivait distinctement à son oreille, comme une
note touchante de la fête de Saint-Clair, comme
le premier mot d'une prière à dire.

Soudain, il s'arrêta. Un homme, sans mouvement, était là, devant lui, à quelques pas, étendu sur le sable! Douloureusement ému, il se précipita vers l'homme inerte, et, de ses mains
tremblantes, soulevant la lourde tête:

«Au secours! au secours! s'écria-t-il; mon Dieu! il vit peut-être!»

Hélas! la plage était déserte et tout secours était loin! Alors, réunissant toutes ses forces, il essaya de charger sur ses épaules, l'infortuné que la mer avait rejeté. Vains efforts! Le fardeau était trop lourd pour ses soixante-dix ans! Pas une minute n'était à perdre, pourtant, si l'homme vivait encore.

Que faire?...... Abandonner la victime, pour aller en quête de secours? C'était la livrer à une mort certaine, si la mort ne l'avait pas encore saisie.

«Au secours! Au secours!» cria de nouveau le saint vieillard, en gémissant de son impuissance. L'écho seul de la montagne lui répondit! Oubliant alors que l'heure avait sonné d'être à Saint-Clair, perdant de vue la cérémonie qui devait avoir lieu, il inclina légèrement la tête de l'asphyxié, pour lui faire rejeter l'eau absorbée, le dégagea des vêtements qui l'opprimaient, et se mit à le frictionner, pour ramener la circulation, dans le cas où la circulation n'aurait été qu'interrompue.

Qu'importait la prise d'habit d'une jeune novice? Qu'importait le retard de quelques heures, d'un jour même, quand il s'agissait de retenir un homme penché sur le bord du tombeau?....

Ici, les superstitieux verront le miracle, les croyants la Providence, les sceptiques le hasard, les indifférents un fait comme tant d'autres; le plus sage fuira les extrêmes: Tout à coup, un cavalier, lancé à fond de train, apparut sur le rivage, galopant dans la direction du prêtre.

—Au nom du bon Dieu, s'écria le Père Edmond, quand l'inconnu fut assez près de lui pour l'entendre; au nom du bon Dieu, qui que vous soyez, aidez-moi à sauver un homme, s'il en est temps encore!

—Un naufragé? interrogea le cavalier, en s'élançant rapidement à terre.

—Sans doute, frère, une victime de la tempête de cette nuit!

L'inconnu n'ajouta pas un mot, mais un cri, semblable à un rugissement, jaillit de sa poitrine; une pâleur mortelle se répandit sur son visage labouré par une large cicatrice; ses jambes parurent fléchir, et ses mains se crispèrent comme sous l'action d'une cuisante douleur.

«Lui! lui!.... monseigneur mort!| s'écria-t-il soudain; oh! non! c'est impossible!»

Et, d'un mouvement vigoureux, il enleva l'asphyxié dans ses bras.

—Mon presbytère est là! murmura le prêtre. Et son doigt tremblant signalait une cabane, à mi-côte de la montagne.

Le cavalier frémissait; poussé comme par une force surnaturelle, il gravissait, au pas de course, le sentier rapide qui le séparait de la demeure de l'aumônier de Saint-Clair, et de grosses larmes coulaient sur ses joues ridées, sans que le prêtre pût expliquer cette douleur violente, ni comprendre quels liens mystérieux pouvaient unir cet inconnu au naufragé.

A dix heures, au moment où l'infortunée Gabrielle était en proie au délire, à l'abbaye, Ebrard,—car c'était lui, la victime de la tempête,—était étendu sur le lit du prêtre de la montagne! Une vague furieuse l'avait arraché de la barque et jeté sur la côte, comme l'épave d'un navire démonté par les flots. Il était là maintenant, entouré de deux hommes qui rivalisaient d'efforts et de soins pour le rappeler à la vie, ou recueillir sa dépouille mortelle!

Adieu, beaux jours rêvés d'une union sainte! adieu, l'heureux hymen caressé par l'amour chaste! adieu, lune de miel un instant entrevue! adieu, flamme pure, allumée dans l'ombre d'un château, éteinte sur l'abîme de l'océan! Avenir semé de fleurs, fruit des obstacles vaincus, triomphe des soupirs et des larmes, adieu!...... Tout disparaissait, tout croulait dans un horrible effondrement!

Gabrielle gisait à Saint-Clair dans un navrant délire; Ebrard mourait sur la plage déserte! «*Sunt lacrymæ rerum*».

L'innocent est écrasé, et le coupable triomphe! Plainte amère montant du cœur; cri de révolte arraché à la raison, si la foi n'était là pour nous dire: atome, lève les yeux et regarde le ciel; la justice est là-Haut!

Comment Ambroise qui, à cinq heures du matin, rentrait à Nimbourg avec Daniel, avait-il pu
se trouver à neuf heures sur la plage de l'océan,
à peu de distance de Saint-Clair?—La raison en
est simple: Ayant, comme on sait, quitté le manoir à cinq heures et demie, alors que les Huguenots marchaient sous l'ouragan pour attaquer
la demeure seigneuriale, il allait rejoindre ses
cher fiancés, en un lieu convenu la veille, galopant sur les bords de la mer, route qu'il devait suivre, quand celui qu'il avait déjà arraché
des horreurs d'un cachot, s'était trouvé sur son
chemin, étendu sur la plage.

Nous n'essayerons pas de peindre la douleur
du vieux guerrier, en reconnaissant Ebrard et
en songeant à Gabrielle que la mer devait avoir
engloutie; il suffit d'avoir suivi pas à pas la
trame de cette histoire, pour comprendre le
mortel désespoir dont son cœur devait être le
théâtre.

Vouloir par le pinceau, prétendre par la plume
rendre certaines situations dans la vie, le pinceau s'y refuse, car, à côté des faits les couleurs
pâlissent, et la plume se brise, impuissante à tra-
duire la pensée!

Vers onze heures, Ebrard donna signe de vie,
et à midi, il ouvrit les yeux, les promena un
instant autour de lui, d'un air effaré, et les referma sans articuler un son.

Où était-il?—Dans une humble demeure, bien

propre à rappeler celle qui l'avait vu grandir..
Là, point de luxe, point de confortable même,.
rien qui éveillât dans l'esprit les douceurs de
l'existence; la fortune, un instant entrevue, s'était.
éclipsée! Quelques sièges en paille grossière,
quelques rayons couverts de manuscrits, un prie-
Dieu, plusieurs tables, deux armoires, de nombreux objets de piété, c'était tout!

L'ameublement de l'aumônier de Saint-Clair,
distribué dans trois pièces et une cuisine, était
le portrait fidèle de l'homme, l'image accomplie
de cette simplicité, trop rare, hélas, que prêche
l'Evangile.

«Monseigneur! monseigneur! s'écria Ambroise,.
en tressaillant d'espérance, c'est moi!...... moi,
votre ami, votre serviteur dévoué!..... Je suis
là pour vous sauver!........ Oh! reconnaissez-
moi!»

Au bout d'un moment, Ebrard rouvrit les
yeux avec une expression de souffrance indicible:

«Gabrielle! Gabrielle! soupira-t-il; sauvez-la!»
Et il retomba dans une espèce de torpeur.

Ambroise se tut, abîmé dans la douleur; pour
toute réponse, il prit dans sa main calleuse la
main délicate de l'infortuné et la pressa avec effusion.

«Prions! dit le prêtre; prions! le bon Dieu est
tout-puissant; il guérit les malades, console les
affligés et accorde la résignation!»

Et en disant cela, son œil se fixait avec amour sur cet homme qu'il ne connaissait pas, mais qu'il voulait sauver, parce que c'était uu frère.

Il ignorait, lui, s'il était catholique ou Huguenot, son ami ou son ennemi; c'était un homme, rien de plus, et il fallait le secourir, trop heureux que Dieu mît sur son chemin un peu de bien à faire, un être à soulager.

Les soins intelligents du Père Edmond, ses connaissances en médecine, surtout, devaient porter leur fruit: A quatre heures du soir, le fiancé de Gabrielle avait éprouvé une amélioration sensible; son état n'inspirait plus de craintes; dans un sommeil relativement tranquille, sa respiration s'échappait régulière; il était sauvé!

Il dormait, tandis qu'à voix basse, dans une pièce voisine, le prêtre et Ambroise causaient, s'arrêtant souvent, pour donner libre cours à l'émotion qui agitait l'un, et à la douleur qui bouleversait l'autre.

Quand la nuit tomba, le naufragé dormait toujours; à côté de lui, Ambroise pleurait, et près d'eux, le prêtre priait.

Au courant maintenant d'une tragédie horrible, dont le serviteur de Nimbourg lui avait fait le récit, le saint vieillard était tombé à genoux devant le crucifix, revoyant en esprit les beaux jours écoulés, évoquant des souvenirs lointains, et faisant revivre dans sa mémoire l'époque heureuse où il donnait des leçons au sire de Blaimont.

Etrange terre, celle où il avait jadis jeté la se-
mence de la science!...... étrange cœur, celui
qu'il avait entrepris de former!......

Etait-il possible vraiment, que ce même comte
de Blaimont qui, autrefois, lui donnait de si belles
espérances, eût oublié ses sages leçons, au point
de souiller sa vie par le crime! Etait-il possible
que l'enfant qui priait jadis avec ferveur dans la
chapelle du manoir, qui écoutait, attendri, les
pieux récits de la Bible, fût maintenant un homme
dont il fallût rougir; qu'il eût foulé aux pieds les
pages les plus saintes de cet enseignement divin,
goutte à goutte versé dans son cœur, et perdu, sans
remords peut-être, la notion du vrai, la notion du
juste!...... L'ange devenu démon! quelle chute
effroyable! quelle horrible transformation!...... Mon
Dieu, était-ce possible!......

Que de pensées traversaient l'esprit du vieux
prêtre! que de souvenirs mêlés de joie et d'amertume! Que de choses il disait au bon Dieu, là,
à genoux, souriant en songeant au passé, navré
en songeant au présent!

Soudain, on frappa à la porte du presbytère.

Sans prendre la moindre précaution, quoique
l'heure fût avancée, sans éprouver un senti.
ment de crainte ni de méfiance, le père Edmond
alla ouvrir.

Ambroise était si bouleversé qu'il n'entendit
même pas; la tête entre les mains, à côté
d'Ebrard, anéanti dans le souvenir de la jeune

châtelaine, il plongeait dans le gouffre, tombeau du bonheur conquis, tandis qu'une conversation pleine d'intérêt s'engageait entre la vieux prêtre et le visiteur nocturne.

Qui avait frappé, au moment où la nuit enveloppait la terre, à l'heure où les étoiles commençaient à briller au firmament? Etait-ce un mendiant implorant du secours? Etait-ce un voyageur égaré, demandant l'hospitalité? Etait-ce quelqu'un réclamant le ministère du Père Edmond pour un malade à l'agonie? Etait-ce un envoyé de sœur Héloïse inquiète sur le sort de l'aumônier qu'on avait vainement attendu?

Tout à coup, sur un signe de vénérable vieillard, l'inconnu baissa la voix, comme s'il eût craint d'être entendu dans le silence de la nuit, parla encore longtemps et se retira.

De quoi s'agit-il dans cet entretien à deux qui semblait craindre l'oreille et vouloir fuir le regard; dans ce mystérieux dialogue qui commençait à haute voix et s'éteignait dans un murmure? Ambroise toujours absorbé, n'aurait pu le dire, mais ce qu'il remarqua, c'est que soudain, la porte se fermait, et il vit le Père Edmond tomber à genoux sur son prie-Dieu, lever les mains comme les lève le prêtre à l'autel; puis il l'entendit faire une prière à haute voix:

«Mon Dieu, disait le saint homme, que Vous êtes grand! que vos desseins sont admirables! Soudain, Vous précipitez l'homme dans l'abîme, et

soudain, Vous l'élevez plus haut qu'il n'était!......
au moment où il croit tout perdu; au moment
où la vie ne lui apparaît plus que comme un lourd
fardeau, Vous agitez devant lui le flambeau de
l'espérance, car Vous voulez qu'au grand jour,
votre Providence divine éclate, afin que ceux qui
doutent soient confondus!...... Heureux, ô mon
Dieu, ceux qui ont confiance en Vous; il n'es-
pèreront jamais en vain! *«Gloria in excelsis Deo!»*

Il se tut; puis, approchant le crucifix de ses
lèvres, il le baisa avec amour.

Le mouvement du prêtre abandonnant son prie-
Dieu, arracha Ambroise de sa douloureuse rêverie:

—Monsieur le curé, murmura-t-il, en allant à
la rencontre du Père Edmond, le bon Dieu fait-il
des miracles, quand on l'implore avec ferveur?

—Quelquefois, mon ami, répondit le vieillard;
son bras est tout-puissant, et il n'est pas permis
à l'homme d'en douter. Lazare était mort, et
le Seigneur lui dit: *«Lazare, lève-toi!»* Et Lazare
se leva et il marcha.

Celui qui déchaîne les tempêtes, et les calme à
son gré; Celui qui a allumé dans le ciel ces feux
sans nombre qui scintillent à l'heure où nous
parlons; Celui qui, jadis, rendait la vue aux aveu-
gles, le mouvement aux paralytiques, la parole
aux muets, Celui-là peut tout, je le répète!
Prions! frère, et ayons confiance.

A ce moment, neuf heures sonnèrent, et la
cloche de Saint-Clair se fit entendre. Alors, com-

me si un troublant écho eût frappé l'oreille du
malade; comme à l'appel d'une voix amie, Ebrard
se souleva:

«Ambroise, s'écria-t-il, où est Gabrielle?......
Si tu savais comme je souffre!»

«Ayons confiance, mon ami», murmura le prêtre, en s'approchant du lit, tandis qu'Ambroise
étouffait un sanglot.

«Comme je souffre!» s'écria de nouveau Ebrard,
et, sans ajouter un mot de plus, il se laissa retomber et ferma les yeux.

Demi-heure après, il dormait et le vieux soldat
veillait á son chevet, avec la sollicitude d'un
père, oubliant la fatigue pour ne penser qu'à Gabrielle, dont le souvenir l'abreuvait d'amertume.

Un rayon de soleil

Gabrielle avait-elle été ensevelie dans les flots avec le batelier? Avait-elle échappé au naufrage et, comme son fiancé, avait-elle été recueillie sur la plage par une main inconnue?—Mystère pour Ambroise qui, bouleversé, anéanti, était là, près d'Ebrard, veillant comme un ami fidèle, espérant sans espoir, comptant les heures de cette affreuse nuit à l'horloge qui, de temps à autre, sonnait dans le lointain!

Les soupirs prolongés qui, à de courts intervalles, interrompaient le sommeil du malade, arrivaient à son cœur comme la pointe acérée d'un glaive. En vain la prière du prêtre vibrait à son oreille comme un écho divin propre à relever son courage, la crainte l'écrasait, car la réalité se dressait devant lui. Dieu avait fait un miracle pour sauver Ebrard; en aurait-il fait un pour sauver Gabrielle?

Que de pensées, que de souvenirs, que de visions lugubres, dans ces moments d'angoisse où, en tremblant, il attendait le réveil du naufragé!

Enfin le jour filtra à travers la porte du presbytère, et le Père Edmond sortit.

Où allait-il?—Sans doute au rendez-vous donné la veille par le mystérieux visiteur.

Confident d'un secret qui eût fait tressaillir Ambroise; trop prudent pour que ce secret montât encore à ses lèvres, il avait hâte d'arriver à l'abbaye, pour connaître l'état de Mademoiselle de Blaimont, car il savait, lui, qu'elle avait échappé à la fureur des vagues.

Point de surprise pour le lecteur qui a déjà reconnu dans le visiteur de la veille, un messager de sœur Héloïse.

L'aumônier était attendu à Saint-Clair, car, au premier coup de cloche, la porte s'ouvrit et il fut introduit dans l'appartement des étrangers où l'infortunée châtelaine avait été transportée, à l'heure presque où Ebrard était recueilli sur la plage. Sœur Héloïse était auprès de la malade, et avec elle, le médecin qui déployait toutes les ressources de la science pour sauver la jeune fille.

Ami passionné de l'étude, dévoué au besoin jusqu'au sacrifice; ne voyant dans son art qu'un sacerdoce à remplir, le savant homme était là, debout, insensible à une nuit de veille, étudiant avec intérêt toutes les phases de cette crise nerveuse, essayant de dompter le mal par des potions calmantes, espérant parfois, et parfois secouant la tête en signe de doute. Le mal était

pour lui un sujet d'observations, le nom de la
châtelaine de Nimbourg un sujet d'intérêt, et
l'infortune de la belle enfant un sujet de pitié;
car, disons-le en passant, le médecin de Saint-
Clair, ami d'enfance du Père Edmond, avait une
âme sensible et un cœur généreux, comme si,
au contact du saint vieillard, il eût eu pris quelque chose de ce parfum de la vertu qui donne
à l'homme la noblesse des sentiments et tourne
ses inclinations vers le bien.

L'aumônier entra.

Profondément ému, il s'approcha avec précaution de l'infortunée dont Ambroise lui avait fait
un portrait si touchant. A l'insu de tous, il apportait, lui, le remède qui pouvait la guérir ou
la tuer. A l'heure présente, toute révélation eût
pu être funeste, et la ligne de conduite était
toute tracée: observer la prudence et attendre les
événements.

«Mon enfant, dit le prêtre avec une angélique
douceur, vous souffrez beaucoup, sans doute;
mais, avec le secours du ciel, nous allons vous
guérir.»

Gabrielle se souleva légèrement sur son lit,
ouvrit démesurément les yeux. les promena autour
d'elle, et ne répondit pas.

Au bout d'un moment, elle porta la main à son
front, et, arrêtant son regard sur le Père Edmond,
avec une saisissante fixité:

«Si je souffre!» s'écria-t-elle.

«Courage, mon enfant! reprit le prêtre; nous allons vous guérir.»

«Ebrard mort! s'écria de nouveau Gabrielle avec force; Oh! Ebrard!........ Dieu! quel crime ai-je donc commis pour être châtiée de la sorte!»

Elle s'arrêta, se couvrit le visage de ses mains et éclata en sanglots.

«Elle est sauvée! «murmura le médecin à l'oreille du prêtre, tandis que sœur Héloïse priait à deux genoux; elle est sauvée!»

«Ayez confiance en Dieu, mon enfant», ajouta le Père Edmond, dont le visage prit tout à coup une expression de joie.

«Confiance! répondit Gabrielle, avec une présence d'esprit parfaite; confiance! quand on n'a plus rien à espérer! Oh! que je voudrais mourir!»

«Courage, mon enfant! répéta le prêtre; Dieu est bon, Dieu est tout-puissant, et je vais le prier pour vous!»

Et il sortit pour se rendre à la chapelle, suivi du médecin dont la surprise, causée par un changement si prompt dans l'état de la malade, se traduisit par ces mots: «C'est un miracle!»

«Le ciel en fait, quand il lui plaît,» murmura l'aumônier.

A neuf heures, la messe était dite, et le Père Edmond, après avoir longuement causé avec sœur Héloïse, abandonna Saint-Clair pour regagner

son presbytère, louant Dieu qui avait entendu sa
prière, et jouissant par anticipation du bonheur
d'Ambroise qui, de sa bouche, allait maintenant
tout apprendre.

Ebrard s'éveillait, au moment où le prêtre
entra.

«Gabrielle vit-elle? s'écriait-il; Oh! Ciel! quel
tourment!»

Et, appuyant la main sur son cœur, ses doigts
se crispaient avec ce tremblement que donne le
délire.

«Courage, mon ami, dit le Père Edmond en
s'approchant; le bon Dieu n'est-il pas tout-puissant? Celui qui vous a arraché à la mort, d'une
façon si miraculeuse, ne peut-il pas avoir sauvé
aussi celle que vous pleurez? Est-il permis à
l'homme de se désespérer, quand la Providence
divine éclate à ses yeux et se rend palpable pour
faire croire en la miséricorde céleste?»

Ebrard, assis sur son lit, l'œil fixement arrêté
sur Ambroise, pâle comme un cadavre, écoutait
la parole du saint vieillard, comme s'il eût entendu la voix de Dieu même, et de grosses larmes coulaient sur son visage, larmes de douleur,
larmes d'espoir peut-être, qui tombaient goutte
à goutte, tandis qu'Ambroise, muet, regardant
vaguement devant lui, inclinait la tête, comme
l'incline celui qu'un lourd fardeau accable.

«Je me sens mieux!» dit tout à coup le malade, en pressant dans sa main la main du vieux

serviteur, et en jetant sur le prêtre un regard plein de reconnaissance; «je me sens mieux!»

Et, à la grande surprise du Père Edmond, il se mit à causer avec Ambroise dont le visage, sombre naguère, s'éclaira soudain, comme si l'angélique regard du prêtre eût eu le pouvoir de lui transmettre le doux secret qui devait ranimer en lui le courage abattu.

Cinq jours s'étaient écoulés. Les soins éclairés du médecin de Saint-Clair, le dévouement sans bornes de sœur Héloïse, avaient opéré des prodiges auprès de Mademoiselle de Blaimont. Le mal avait dû céder à la science secondée par une vigoureuse nature et une mâle énergie.

L'intéressante jeune fille, hors de danger, avait éprouvé une amélioration surprenante, et sa raison, un instant ébranlée, avait repris sa place dans son cerveau bouleversé par le malheur. Elle se levait maintenant et passait des heures entières avec sœur Héloïse qui avait su la captiver par sa douceur, par sa bonté et par le charme de sa conversation.

Avec l'accent navré que donnent les blessures du cœur, elle racontait en détail l'histoire de sa vie, sanglotant, chaque fois qu'elle prononçait le nom d'Ebrard ou que le nom de sa mère lui arrivait aux lèvres, comme une évocation pieuse, et la sainte femme, attendrie jusqu'aux larmes, détournant souvent le regard pour cacher son trouble, écoutait le récit de tant d'infortunes,

gémissant de la perversité des hommes, priant
pour les coupables et épiant le moment propice
pour révéler à la jeune fille le mystère destiné à
rallumer en elle le feu sacré de l'amour.

Ah! si elle avait pu soupçonner, la malheureuse enfant, que tout près d'elle, là, dans, les
bois, vivait encore celui qu'elle croyait perdu sans
retour; qu'il versait tous les jours dans le cœur
d'Ambroise sa douleur immense, comme elle versait la sienne dans le cœur de sœur Héloïse;
que le vénérable veillard qui venait tous les matins prier dans la chapelle, l'abritait sous son
toit, comme ses grands yeux noirs auraient brillé
avec le vif éclat des beaux jours disparus! Comme son visage, empreint d'une mortelle tristesse,
aurait retrouvé l'expression de la joie récemment
éteinte! Comme son cœur, cruellement frappé,
aurait battu, soudain, dans un élan de vie! .....
L'heure de la résurrection était proche; la léthargie de l'âme touchait à son terme; mais le moment n'était pas encore venu, et la jeune châtelaine passait ses journées dans les larmes, d'autant plus abondantes maintenant, que le coup terrible dont elle avait été frappée, semblait en avoir
tout d'abord, intercepté la source.

Décidée à finir le reste de ses jours à Saint-
Clair, près de la femme bénie qui savait la comprendre, elle cherchait vainement la résignation
que demandait cette lutte affreuse avec la vie,
dont le poids était devenu trop lourd.

Ebrard, de son côté, confiait son désespoir au brave Ambroise qui, seul, pouvait apprécier la profondeur de l'abîme ouvert sous ses pas. Mille pensées traversaient son esprit, tandis que l'ami loyal attendait en silence l'aurore du grand jour. Aux heures lucides, le malheureux jeune homme voyait revivre les jours de son enfance, et l'ombre de sa mère se dressait devant lui, souriante et sévère tour à tour.

Que de vicissitudes, que de déboires, que d'épreuves, que de fiel, dans une existence si courte pourtant!...... Fallait-il hésiter à rentrer dans la retraite d'où, jamais, il n'aurait dû sortir? Etait-il un lieu sur la terre où, mieux que là, il pût chercher l'oubli du monde, dont les séductions éphémères l'avaient fasciné un instant, comme fascinent ces brillants rayons que l'œil, parfois, croit saisir dans un rêve, et qui soudain s'éclipsent?

Ainsi pensait Ebrard, tandis qu'a son insu, le grand jour approchait où le désespoir ferait place aux transports enivrants; où, sur le bord de l'abîme, radieuse, héroïque, aimante, belle toujours, se dresserait Gabrielle, semblable à un glorieux drapeau qui disparaît un instant dans la mêlée sanglante, et soudain reparaît, déployant ses couleurs sublimes et relevant les courages abattus.

Deux ombres dans la nuit

Le bruit de la bataille de Nimbourg commençait à se répandre dans le pays, et ce bruit
était arrivé aux oreilles d'Ambroise. On disait
même qu'un incendie horrible avait réduit en
cendres la demeure des châtelains, que la vieille
comtesse avait péri dans les flammes, que le sire
de Blaimont avait été blessé à mort et que sa
fille Gabrielle était tombée entre les mains des
Huguenots.

L'imagination brodait déjà sur ce sujet mille
histoires plus fantastiques les unes que les autres. Les mieux renseignés prétendaient que le
feu avait été mis au manoir par un infernal
génie, affirmant avoir vu des démons danser dans
l'épouvantable brasier; d'autres avaient aperçu
l'âme de Charlotte au milieu des flammes, deux
jours après la bataille; quelques-uns allaient jusqu'à dire que l'incendie n'était pas encore éteint
et que des mains invisibles l'alimentaient jour
et nuit.

Ces idées feraient aujourd'hui hausser les épaules au plus ignorant de nos paysans; mais, si l'on

se rend compte que l'histoire se déroule à une époque où l'on croyait aux sorciers, aux revenants, à la possession des esprits infernaux, aux mauvais sorts; où, dans chaque feu follet aperçu la nuit, dans un cimetière, on voyait une âme sortie du purgatoire pour demander des prières; où, dans chaque bruit difficile à expliquer, on constatait la présence d'un fantôme; dans un temps où, souvent certaines demeures étaient abandonnées, parce qu'on les croyait hantées par des démons; si l'on se rend compte que, dans ces âges reculés, ensevelis dans les ténèbres de l'ignorance, les personnes qui passaient pour les plus éclairées, se faisaient tirer l'horoscope, avaient à leur service des astrologues qu'ils payaient fort cher, et se couvraient la poitrine de talismans, pour écarter les maléfices ou se préserver des dangers, on ne sera point surpris que l'imagination des paysans, trouvant un aliment dans la bataille de Nimbourg, inventât, sans s'en douter, les choses les plus en contradiction avec le bon sens, et cela avec une parfaite bonne foi.

Qu'y avait-il de vrai dans ces rumeurs grossies, altérées, dénaturées, à mesure que la voix du peuple s'en faisait l'écho?—Problème pour Ambroise!

Que le sire de Blaimont eût été battu, c'était dans le domaine des choses possibles, probables même, le châtelain de Nimbourg n'ayant que cent hommes pour faire face à une armée de

huit cents, qui avaient dû attaquer la forteresse.
Le guerrier de Cérisoles n'en était point surpris,
n'en était même pas affecté, car, depuis l'atten-
tat contre Ebrard, il regardait le comte comme
un monstre, et la déroute qu'il aurait pu essuyer,
ne lui semblait que justice.

Que Charlotte eût succombé; qu'un incendie
eût dévoré Nimbourg, c'était encore possible;
mais, que Gabrielle fût tombée au pouvoir des
Huguenots, c'était faux. La noble enfant avait
pu fuir avant que la redoutable horde pénétrât
dans le manoir. Tant de beauté, tant de candeur
ne devaient par être ternies au contact d'une
légion de soldats, n'ayant la plupart pour but
que le pillage et la débauche. Tous les bruits
qui couraient sur son compte étaient sans fon-
dement; l'intéressante jeune fille était à Saint-
Clair, entourée de soins qui réparaient ses forces,
à côté de sœur Héloïse qui calmait son désespoir, et l'heure approchait où son cœur si cruellement éprouvé, arriverait enfin à la dernière
étape d'un douloureux calvaire.

Ambroise était donc rassuré sur ce point; mais
une pensée l'obsédait: Si la forteresse de Nimbourg avait été enlevée par l'ennemi, si la digue
opposée à l'hérésie avait été rompue, qu'allaient
devenir dans le pays les églises et les monastères?...... Ce flot humain allait se répandre comme une mer débordée, et la vague furieuse, en-
vahissant les monuments séculaires, sanctuaires

de la foi, allait semer partout l'abomination et l'horreur!

Que deviendraient alors et la jeune châtelaine et son cher Ebrard, et le vieux prêtre de la montagne?...... Ces trois êtres étaient-ils en sûreté, et ne fallait-il pas craindre une attaque à Saint-Clair, connue dans tout le pays par ses inappréciables richesses?

Sans faire part de ses craintes à personne, le vieux guerrier se promenait le jour, dans la montagne, interrogeant les rares personnes qu'il rencontrait, et veillait bien souvent, tandis qu'Ebrard et le vieux prêtre reposaient, avide de nouvelles, fouillant dans son cerveau pour trouver le moyen d'éviter le danger et de mettre à l'abri ceux qui lui étaient chers.

Une nuit, vers dix heures, il était assis dans le creux d'un rocher, à une faible distance du presbytère, songeant à Gabrielle et à Ebrard, rêvant au bonheur ineffable qu'ils allaient éprouver en se retrouvant et laissant aller son esprit au courant des riantes visions. La nuit était calme et obscure, car de gros nuages, flottant çà et là, voilaient le feu des étoiles, et la lune n'envoyait qu'à de rares intervalles à la terre ses pâles rayons. Heure propice à l'âme agitée par tant d'événements, qui cherchait la solitude pour analyser la situation et reconnaître sa route.

Soudain, un coup de sifflet se fit entendre;

puis un second, et un bruit de pas à travers les broussailles arriva distinctement à l'oreille d'Ambroise.

Deux hommes allaient à la rencontre l'un de l'autre. Tout à coup ils s'arrêtèrent à quelques pas du rocher, refuge du penseur, et se mirent à causer, sans méfiance, avec abandon, car ils croyaient être seuls, sans autres témoins que les arbres qui formaient une voûte sombre au-dessus de leurs têtes.

Ambroise pouvait tout entendre, sans crainte d'être aperçu. Extraordinairement intrigué, il écoutait, retenant pour ainsi dire son souffle, de crainte de perdre quelque chose de cette intéressante conversation, ou de donner l'éveil par un mouvement imprudent.

—Eh bien! dit l'un, en as-tu eu des nouvelles, ou s'est-elle évaporée comme une fumée?

—Pas la moindre trace, mon cher! répondit l'autre; j'ai battu la campagne toute la journée, interrogeant l'un, interrogeant l'autre; personne ne l'a vue; c'est à n'y rien comprendre!

—Par l'enfer! reprit le premier, notre affaire sera donc manquée?..... Perdre deux cents écus sur la parole d'un comte de Brissac, c'est vraiment jouer de malheur!

—Vois-tu, Gildas, reprit l'un des interlocuteurs, après un moment de silence, je crois avoir du flair, comme j'en ai eu souvent dans ma vie: ma manière de voir est qu'elle est cachée à l'abbaye, et si on fouille bien là dedans, on ne peut manquer de la découvrir; une femme n'est pas un fil; quand ça se perd, ça se retrouve!

—Si cela est, on en aura bientôt le cœur net, ajouta l'autre; sans compter qu'on ne perdra pas son temps, là, comme à Nimbourg! Si la belle châtelaine n'y est pas, on y trouvera autre cho- se, à moins que Lucifer lui-même s'en soit mêlé, pour emporter les vases d'or et d'argent et tout le bagage des curés et des nonnes!—bagage dont il n'a que faire, d'ailleurs, car il est plus riche que nous!

Les deux hommes firent entendre, à la fois, un bruyant éclat de rire, en même temps qu'un rayon de lune tombant sur eux, permit à Ambroise de les voir distinctement, sans être aperçu lui-même.

L'un était grand, maigre, effilé, portant environ trente-cinq ans; l'autre court, gros, trapu, filant sur la quarantaine.

Le vieux soldat n'avait pas à s'y tromper: il avait devant lui l'espion Gildas et Ulric, le cabaretier de la taverne des quatre braconniers!

Un frisson lui parcourut le corps, de la tête aux pieds, non de crainte, car il se sentait de force à les secouer comme un jouet d'enfant, mais parce qu'ils faisaient revivre dans son esprit des souvenirs pénibles; parce qu'il avait sous les yeux l'hypocrisie, la ruse, l'audace, deux âmes cupides, deux âmes vénales qui cherchaient à découvrir le refuge d'une jeune fille dont il était, lui, l'ange gardien; deux pilleurs de profession, flairant les naufrages, pour s'abattre sur les épaves comme des corbeaux sur un champ de mort.

Le vaillant guerrier sentait bouillir dans ses veines cette sève ardente qui, à Cérisoles, avait fait de lui un héros, et un instant, il eut l'idée de s'élancer hors de sa cachette pour terrasser l'ennemi qui était là, à portée de sa main, machinant le crime et attendant peut-être l'heure du réveil pour aller rejoindre la troupe et fondre sur l'abbaye de Saint-Clair.

La prudence maîtrisa ce mouvement d'ardeur et contint l'impétuosité première qui eût mis terme à un dialogue destiné à lui faire de si importantes révélations. Il attendit.

Après une bonne pause qui permettait à Ambroise de faire ses réflexions, la conversation entre les deux hommes continua:

—C'est égal, reprit Gildas, une rude journée que celle de Nimbourg! ..... un vaillant chevalier que le sire de Blaimont!....., une fameuse épée que celle de Montluc!..... Quel enragé!....., On eût dit l'ange exterminateur en personne, et, quand il est tombé au pied de l'escalier, (pour ne plus se relever heureusement), son visage avait une telle expression de menace, qu'il était terrible à voir!

—Il est mort? interrompit Ulric.

—Sans doute! s'empressa de répondre Gildas;
et avec lui bon nombre d'autres qui......

Il se tut un moment et écouta sonner onze
heures dans le lointain, à l'horloge de l'abbaye,
puis il continua:

—Oui, une rude journée!...... et pourtant, ce
n'était plus comme la première fois; il y avait
alors dans la garnison, pas un homme, mais un
démon qui était partout à la fois: à la coulevrine, au donjon, dans la cour, partout, je le répète;
je n'ai encore jamais vu son pareil; c'est lui qui,
d'un coup terrible, abattit Honfleur, au moment
où il allait saisir celle dont nous cherchons à
présent la trace, et qui semble se jouer de nos
efforts! C'est lui qui, en un clin d'œil, fit réparer
la brèche, alors que nous allions entrer!......, et
dire qu'il n'a pas paru cette fois!.... que tous y
étaient, sauf cet enragé!......

—C'est étrange, en effet! repartit la cabaretier;
mais, vois-tu, Gildas, il y a des choses surpre-
nantes: Comment se fait-il, par exemple, que le
comte de Blaimont, lui-même, se soit soudain
évanoui comme une ombre, et avec lui, ce maudit
espion, cet astucieux mendiant qui combattait à
ses côtés?...... Je ne parle pas de l'incendie; j'en
frissonne encore et, pour moi, le diable a dû s'en
mêler!

—Patience, camarade! on les retrouvera, répondit Gildas; la danse n'est pas encore finie; le

mendiant peut se déguiser en moine, si cela lui
convient; maintenant je me fais fort de le reconnaître entre mille; et malheur à lui, s'il me
tombe sous la main! je ne donnerais pas un liard
de sa peau!....

—A propos! interrompit Ulric: sais-tu ce que
j'ai appris, ce matin? C'est que le curé qui est
là, à deux pas, loge chez lui, depuis plusieurs
jours, deux hommes que personne ne connaît,
l'un jeune et l'autre qui doit avoir franchi la cinquantaine.

—Chose bien secondaire pour nous, camarade!

—Peut-être!...... l'idée m'est venue que le vieux
curé pourrait bien avoir eu vent des projets du
comte de Brissac, et que ces deux inconnus
pourraient bien être des espions destinés à
donner l'alarme à Saint-Clair, au premier danger?

—Et quand même cela serait, riposta Gildas,
crois-tu qu'une cinquantaine de femmes pourraient avoir l'idée de tenter une résistance contre
une troupe comme la nôtre? Y penses-tu?......

—Je m'explique: Sans doute, une résistance
n'est nullement à craindre; mais ces nonnes, toute
femmes qu'elles sont, pourraient bien, au premier
son d'alarme, avoir le temps de faire disparaître
leurs trésors, et nous laisser les murs tondus
comme une tête de moine?...... j'ai de l'expérience, te dis-je, et le flair m'a guidé souvent.

Gildas parut réfléchir. L'idée du cabaretier lui

semblait avoir une certaine portée et, se frappant soudain au front:

—Ulric, dit-il, ton coup d'œil est juste, et si tu étais de mon avis, nous commencerions par faire disparaître ce petit obstacle. Le presbytère est là; un coup d'épaule fera sauter la porte, et deux hommes endormis sont deux hommes morts, quand on est armé comme nous le sommes.

Je ne parle pas du vieux curé qui ne fera point de résistance; d'ailleurs, je ne lui veux point de mal; on dit qu'il donne tout aux pauvres; je ne déteste pas ces gens-là.

Les sinistres personnages se turent, écoutèrent un moment; puis, abandonnant l'endroit où ils étaient assis, ils se mirent à marcher dans la direction du presbytère, à tâtons, car les rayons de la lune, interceptés par l'épais feuillage des arbres, n'arrivaient pas jusqu'à eux.

Ambroise frémissait d'indignation; il se leva avec eux et se mit à suivre leurs traces, épiant leurs moindres mouvements, et louant Dieu qui, une fois encore, se servait de son bras pour déjouer le crime.

Le chant du pêcheur

L'heure était avancée, et sans nul doute, les habitants du presbytère étaient plongés dans le sommeil. Moment favorable pour commettre le crime qui resterait enseveli dans l'ombre! A l'horizon, des nuages; dans le ciel, la lune à demi voilée; le silence dans la campagne; la solitude partout! Pas le moindre danger à craindre; pas la moindre lutte à soutenir; le poignard, levé dans les ténèbres, n'avait qu'à s'abattre sur les victimes endormies!

Ainsi pensaient, du moins, les deux bandits qui, sans la plus légère méfiance, se glissaient dans les broussailles, le fer à la main, quand tout à coup, une voix se fit entendre dans la montagne, réveillant les échos endormis.

Gildas et son compagnon s'arrêtèrent pour écouter, tandis qu'Ambroise, debout derrière un tronc d'arbre, clouait sur eux son regard perçant.

La voix disait:

J'aime l'air pur de ma montagne,
J'aime la mer et ses flots bleus,
J'aime l'épi dans la campagne,
J'aime le chant des amoureux'

—Tiens! murmura Gildas, il paraît que tout le monde ne dort pas ici?

—Notre coup est raté! gémit le cabaretier.

La voix continua:

> Gais amoureux, dans la nuit sombre,
> Ne craignez pas l'homme en courroux;
> Lorsque le fer brille dans l'ombre,
> L'ange de Dieu veille sur vous!

«Dieu! que c'est beau!» soupira Ambroise, de façon à être entendu, et sans perdre de vue un instant les deux bandits.

—Es-tu fou? dit Gildas à Ulric; c'est bien de cela qu'il s'agit!

—Mais c'est toi qui dérailles, mon brave! répondit l'homme de la taverne.

—Comment! reprit Gildas stupéfait; ce n'est pas toi qui viens de parler?

—Que le diable m'envoie au fond de la mer, si j'ai ouvert la bouche! s'empressa de répondre le cabaretier interdit.

—Mais alors......

Gildas n'acheva pas, car, à ce même moment, des pas se firent entendre dans les broussailles, et la silhouette d'un homme couvert de haillons, apparut près d'un arbre, aux pâles rayons de la lune.

—Par l'enfer! grogna Ulric, en se penchant vers son compagnon, vois donc, Gildas!...... ne dirait-on pas que c'est lui, lui.... l'espion des châtelains, le mendiant de Nimbourg?....

—Nuit de fortune! répondit Gildas; mais c'est

lui!... lui-même!.... on ne peut s'y tromper!...
Par les cornes de Belzébuth! nous allons faire
deux coups au lieu d'un!

Et en prononçant ces mots, ses yeux brillaient
dans l'ombre comme deux escarboucles.

Ambroise, de son côté, débordait de surprise,
car, lui aussi, venait de reconnaître dans le nouveau personnage, le fidèle et vaillant écuyer du
sire de Montluc!

L'homme en haillons, confiant dans le silence de
la nuit, déposa tranquillement sa besace par terre
et sembla s'apprêter à dormir, bercé par le chant
du pêcheur qui continuait à se faire entendre.

—N'allons pas le manquer, cette fois! murmura
Gildas à son compagnon; allons!...... une!......
deux!......

«Trois!» rugit une grosse voix, en même
temps qu'une main de fer clouait par terre un
des bandits.

Rapide comme la pensée, Gildas avait eu le
temps de voir Ambroise s'élancer, et, puisant la
vigueur dans l'instinct de conservation que déve-
loppe soudain un danger imminent, il fuyait dans
les broussailles, avec ce vif élan que donne la
frayeur.

«Qui vive?» rugit à son tour le mendiant, en
saisissant son bâton et en se mettant en garde.

«Ambroise de Nimbourg!» s'empressa de répondre le guerrier de Cérisoles, tandis qu'Ulric
commençait à râler sons l'étreinte furieuse.

«Ambroise! Ambroise!» s'écria Daniel en reconnaissant le vieux soldat. Et un sourire expressif plissa ses lèvres, en voyant étendu à ses pieds, l'homme sordide qui, par une nuit d'orage, l'avait renvoyé de sa taverne en lui criant: «*Que le diable t'accompagne!*»

Ils se retrouvaient enfin, et leurs comptes allaient pouvoir se régler!

Ambroise et Daniel s'éloignèrent de quelques pas, pour causer à voix basse, tandis que le cabaretier, garrotté en un clin d'œil, attendait, effaré, la sentence terrible.

De source certaine, le protecteur d'Ebrard et de la jeune châtelaine apprit les moindres détails de la bataille de Nimbourg. Il sut qu'on s'était battu à outrance, défendant le terrain pouce par pouce; que le sire de Monluc, accablé par le nombre, était tombé comme un héros; que la vieille comtesse n'était plus, et que le sire de Blaimont, lui-même, se voyant perdu, après des prodiges de valeur, avait usé d'un stratagème pour jeter la panique dans les files ennemies.

L'intéressant dialogue dura peu de temps, car les événements se précipitaient d'une façon effrayante, et il fallait agir sans retard; demain peut-être, les Huguenots seraient aux portes de Saint-Clair!

Ambroise disparut dans la nuit sombre, et le mendiant resta seul avec Ulric qui, aussi lâche que cupide, implorait grâce en tremblant.

—Cabaretier, s'écria Daniel, en se cambrant devant le bandit et en faisant sauter les liens qui le retenaient captif, la fortune des armes est incertaine, comme tu le vois! chacun son tour! Vous avez vaincu, là-bas, huit contre un, mais ici nous combattons à armes égales; un homme est un homme, rien de plus!...... Mes instants sont précieux, et j'ai peu de temps à perdre avec toi qui n'es même pas digne d'un regard d'honnête homme. Sans perdre une syllabe, écoute donc ce que j'ai à te dire et surtout, ne fais pas un mouvement pour essayer de fuir, car alors, je le jure, tu es un homme mort! Tu n'es pas assez rusé pour arriver à me tromper, ni assez fort pour te défendre; trois hommes comme toi auraient à trembler sous ces muscles capables de te broyer. Et en prononçant ces mots, sa main d'acier, s'abattant sur l'épaule du bandit, lui arracha un cri de douleur.

Le cabaretier, ouvrant des yeux effarés, regardait d'un air stupide, sans desserrer les dents.

Daniel continua:

—Comme je ne suis pas un bandit, moi, sinon un soldat fidèle à la cause de mon drapeau; que la lâcheté m'est inconnue et que je suis incapable de vouloir, sans raison, tirer avantage de la supériorité que me donne sur toi la nature; que néammoins, quand on m'attaque, ou qu'on attaque les miens, je fais valoir mes droits, il ne dépend que de toi d'avoir la vie sauve.

Ulric releva vivement la tête.

« —Tu peux avoir la vie sauve, répéta le mendiant; réponds simplement à mes questions, et réponds vite:

Connais-tu Raoul de Brissac?»

—Je le connais.

—Etais-tu à Nimbourg, au jour de la bataille?

—J'y étais.

—Sais-tu si le sire de Blaimont a péri dans le combat, ou s'il est tombé entre les mains des Huguenots?

—Je l'ignore.

—Connais-tu le plan des Huguenots?

—Peut-être!

—Je n'admets point de *peut-être*.

Et, fronçant terriblement les sourcils, Daniel ajouta:

—Réponds catégoriquement à mes questions, ou il t'en cuira! L'ennemi a-t-il pris possession du manoir?

—Les Huguenots se battent avec des hommes, répondit Ulric; mais, quand les esprits infernaux se mettent de la partie, ils abandonnent la proie et vont en chercher une plus facile à saisir!...... entrer à Nimbourg!...... quand des légions de sorciers y ont établi leur sabbat, après en avoir réduit une partie en cendres!...... entrer à Nimbourg!

Le cabaretier s'arrêta et se mit à trembler, comme sous l'impression d'un horrible souvenir.

—C'est bien! reprit Daniel; où allais-tu, dis-moi, à cette heure avancée de la nuit?

—Au presbytère qui est là.

—Qui était avec toi?

—Gildas, un camarade d'enfance.

—Oui, je comprends! Que prétendiez-vous faire?—demander l'aumône, sans doute, en enfonçant la porte et en fouillant dans les moindres réduits! Que prétendiez-vous faire, dis-moi?

Le cabaretier, roulant des yeux où se peignait l'angoisse, parut embarrassé; mais, cédant à un geste de menace de son interlocuteur, il répondit:

—Nous voulions nous débarrasser de deux hommes qui, depuis quelques jours, sont là, avec le vieux curé, et que nous croyions être des espions.

—Des espions de qui?

—Des espions du curé pour surveiller les Huguenots.

—La raison, s'il te plaît?

—Pour les empêcher de donner l'alarme à l'abbaye, quand la troupe de Brissac va venir pour l'attaquer.

—Tu vois bien, scélérat, que tu connais les projets de la troupe?

—Oui, mais ...

—Quelle est ta religion? interrompit Daniel.

—L'argent sonnant! je n'en connais point d'autre.

—Brute! c'est donc l'argent qui arme ton bras!

c'est donc ce vil métal qui, le jour, fait de toi un voleur; la nuit un assassin?

Et en prononçant ces mots, Daniel sortit une bourse remplie d'écus qu'il secoua avec dédain.

Le cabaretier, mordant avec délire ses ongles crochus, ne put retenir une exclamation qui rendait à merveille la soif de l'or qui le dévorait.

—C'est bon! reprit Daniel; jusqu'ici, tu as assez bien parlé, et je t'en tiendrai compte. Les écus te font soupirer, n'est-ce pas?

Eh bien! moyennant de l'argent, serais-tu capable d'une course forcée et d'un coup d'audace?

Les yeux à fleur de tête du cupide cabaretier prirent soudain des reflets étranges et lancèrent dans la nuit des éclairs d'espoir.

Il répondit avec assurance:

—Quand on me paye, je suis précieux!

Et il ébaucha un sourire qui se termina par un ricanement.

—Cabaretier, écoute: Quel jour le sire de Brissac sera-t-il à Saint-Clair, avec sa troupe?

—Demain au soir, au plus tôt; après demain, au plus tard.

—En est-tu sûr?

—Je le jure!

—Serment de bandit, je n'en ai que faire! Au reste, si tu mens, ou si tu me trahis, je saurai te retrouver!...... Voici cinquante écus; ils sont à toi; pars! trouve le moyen de voir le sire de Brissac avant demain, à midi; persuade-lui que

l'abbaye de Saint-Clair a été abandonnée en prévision d'une attaque, et que le sire de Blaimont
est à Maulevrier, en train d'organiser une armée
pour prendre sa revanche; si tu y parviens, il y
aura cent écus à palper à ton retour; je serai ici
demain, à pareille heure pour t'attendre et te
compter l'argent promis; je paye royalement,
comme tu le vois!

— J'en réponds! s'écria Ulric qui,. oubliant les
épithètes peu flatteuses qu'on lui avait distribuées
à profusion, trépignait de joie, en murmurant des
paroles inintelligibles.

— Tu es libre! s'écria le mendiant; tu as ma
parole, tiens la tienne, et n'oublie pas qu'à côté
de la vie est la mort, à côté de la trahison, le
poignard, et le poignard qui va droit au cœur!

En prononçant ces dernières paroles, Daniel
souleva un coin de son manteau, et une lame
d'acier jeta dans la nuit ses reflets de feu; puis,
il fit un tel geste de suprême menace, que le bandit
ne put se défendre d'un frisson.

Minuit sonnait. Ulric s'élança dans les ténèbres, emportant l'or qu'on lui payait sur la foi
de sa parole, et tout rentra dans le silence.

Hosanna

Cette même nuit, à l'heure précise où Ambroise surprenait, à deux pas du presbytère, le plan des Huguenots, et détournait l'arme criminelle qui, du même coup, allait frapper Ebrard et le Père Edmond, dans l'abbaye de Saint-Clair, assises au fond d'une allée touffue, seules dans le silence du cloître, perdues dans la verdure, deux femmes causaient.

Bien différentes par leur aspect, il y avait néanmoins dans leurs traits, je ne sais quel point de ressemblance qui, volontiers, eût fait songer à une mère, cherchant, en compagnie de sa fille, l'isolement, pour épancher son cœur.

Pas une oreille, pas un regard autour d'elles pour surprendre leur secret.

Elles pouvaient parler, car depuis longtemps, le murmure de la prière en commun s'était éteint dans la chapelle et les religieuses reposaient dans leurs cellules. La lune filtrait seule ses rayons d'argent à travers les arbres, pour prêter la vie, de temps à autre, aux saints de pierre qui,

debout sur leurs socles de granit, semblaient
écouter.

L'une de ces femmes était sœur Héloïse, et
l'autre Gabrielle de Blaimont.

Tout invitait au recueillement, à la méditation,
j'allais dire aux confidences intimes.—Confidences, en effet, car le moment était venu où l'infortunée châtelaine de Nimbourg devait connaître
le secret qui allait rallumer dans son cœur la
flamme qu'elle croyait éteinte.

Sœur Héloïse, fixant son angélique regard sur
la malheureuse enfant assise auprès d'elle, rompit
la première le silence, et il y avait dans sa voix
quelque chose de si onctueux, quelque chose de
si pénétrant, qu'à chacune de ses paroles Gabrielle se sentait émue.

—Mon enfant, dit la sainte femme, en se penchant vers la jeune fille, l'heure choisie pour un
entretien est peu conforme à nos sages Règle-
ments; mais la prudence veut parfois qu'on évite
les regards et qu'on cherche la retraite. L'importante confidence que j'ai à vous faire doit
être connue de vous seule ici, et me fait une
obligation d'avoir recours à la solitude, gardienne
des secrets! Vous sentez-vous forte, mon enfant, et capable de m'écouter jusqu'au bout?

—Parlez, ma mère! répondit Gabrielle avec
fermeté, persuadée que la conversation allait
rouler sur le bonheur de la vie monastique;
parlez, quoi que vous ayez à me dire. Après

le coup terrible, dont il a plu au Ciel de me frapper, les émotions sont peu à craindre! Le cœur meurtri ne redoute point les secousses; l'œil desséché est à l'abri des larmes!...... Ah! ma mère, qu'il est terrible parfois, ce Dieu qu'on implore pourtant à genoux!...... Que de jours sombres, que d'heures amères, quand je plonge vers cet affreux passé!....

—La vie est un combat, ma fille, dont la palme est au Ciel!

—Un combat à faire frémir, ma mère, pour qui commence la lutte au berceau!.... J'avais trois ans, à peine, quand ma mère me fut ravie, ma mère, dont le seul souvenir qui me reste est le doux nom d'*Yvonne*, éternellement gravé dans mon cœur!

Sœur Héloïse fit un mouvement involontaire, détourna la tête, essuya une larme dans l'ombre, et peut-être étouffa un sanglot. Puis, dominant son émotion:

—Vous l'avez dit, mon enfant, Dieu est terrible, mais sa bonté est immense! Les peines qu'Il nous envoie sont souvent une épreuve et non un châtiment. L'or est plus pur quand on le retire du creuset; le cœur est plus fort quand il sort de l'épreuve!

—Ah! ma mère, ils sont heureux, ceux qui trouvent des forces pour porter sans faiblir le fardeau de la vie! Quand je songe au seul lien qui me retenait à la terre et qui vient de se briser, ma foi s'ébranle, l'existence m'écrase et j'appelle la mort!

—Ne vous égarez pas, mon enfant; à côté du mal, l'âme affligée trouve le remède.

— Hélas! ma mère, il est des maux que rien ne peut guérir, des plaies rebelles à la cicatrice, des blessures profondes qui s'enveniment, quand la main les effleure pour y verser le baume, comme il est des douceurs qui ouvrent à l'âme un coin du Ciel!..... Beaux jours rêvés, adieu! tout est fini!..... l'orpheline a le nom de sa mère, la fiancée le culte du souvenir!

—Est-ce à votre âge, mon enfant, qu'on doit désespérer? Celui qui, d'un souffle, a donné la vie à l'homme, peuplé l'Univers de merveilles sans nombre; qui secouait jadis la pierre des tombeaux, serait-il donc impuissant à calmer les agitations d'un cœur formé à son image, d'une âme comme la vôtre, si bien faite pour Le comprendre?

—L'Océan a-t-il pitié de ses victimes? s'écria vivement Gabrielle; oh! Ebrard!..... Ebrard!..... J'entends sans cesse le mugissement des vagues!..... Ah! ma mère, pardonnez-moi! Si vous pouviez comprendre combien je souffre; si vous pouviez sentir ce qu'il y a au fond d'un cœur horriblement mutilé, ma douleur trouverait grâce et....

—Calmez-vous, mon enfant; la foi fait des miracles.

—Le désespoir creuse des abîmes, ajouta la

jeune fille, d'une voix vibrante; des abîmes, ma mère, que rien ne saurait combler!

Sœur Héloïse resta pensive, un moment; elle sentait grandir son émotion à mesure qu'elle approchait du but qu'elle voulait atteindre.

Tout à coup, prenant la main de la jeune châtelaine:

—Voyons, mon enfant, dit-elle, avez-vous confiance en sœur Héloïse qui vous estime, j'allais dire qui vous aime tant, depuis qu'elle vous connaît? Avez-vous confiance au saint vieillard qui vient ici tous les matins, qui connaît vos souffrances et veut m'aider à les guérir? Souvenez-vous, mon enfant, que Dieu accorde au prêtre ce qu'un homme n'oserait espérer; quand il prie à l'autel, sa voix se mêle au chœur des anges et retentit dans les cieux.

—Merci, ma mère de vos bontés; je ne demande qu'à finir mes jours auprès de vous! Merci au bon Père Edmond du souvenir qu'il m'accorde dans ses prières; qu'il demande au ciel pour moi la résignation; il l'obtiendra peut-être; il n'obtiendra jamais l'oubli!..... Ebrard! t'oublier!...... Tant qu'il y aura en moi une étincelle de vie, cette étincelle sera pour toi! Je l'ai juré; Dieu me frappe, si j'oublie mon serment!... Tu es là, à côté d'Yvonne, unis, tous deux, pour l'éternité!

Et elle appuya la main sur son cœur avec une expression de souffrance indicible.

Sœur Héloïse fit un second mouvement, en entendant le nom d'Yvonne; sa douce physionomie parut s'animer; sa main eut une convulsion nerveuse, et Gabrielle la sentit frémir dans la sienne, comme si l'évocation d'une morte eût eu le pouvoir de réveiller des émotions endormies.

Etait-ce la sympathie inspirée par l'infortune? Etait-ce quelque souvenir lointain se rattachant à l'histoire de sœur Héloïse?......

Toute à sa douleur, Mademoiselle de Blaimont constata l'effet sans en chercher la cause.

—Mon enfant, hasarda sœur Héloïse, après un moment de silence, croyez-vous que Dieu demande l'oubli, quand il agite devant nous le flambeau de l'espérance?

—L'espérance, ma mère!—quand le cri de mort retentit encore sur le gouffre!......

L'espérance! quand tout est fini pour moi!.....

—Qui a dit cela, mon enfant?

—L'Océan, ma mère, que j'entends encore rugir!

Et elle laissa échapper un sanglot.

Alors, sœur Héloïse se leva, parut envelopper Gabrielle d'un regard d'amour, prit en tremblant ses deux mains frissonnantes, et, d'une voix douce comme la voix des anges, ferme comme l'accent du prophète:

—Ma fille, articula-t-elle, l'Océan obéit à Dieu, et si, dans sa bonté immense, il avait plu au Seigneur d'arracher aux flots......

Gabrielle bondit.

—Ciel! Qu'entends-je? s'écria-t-elle; Ebrard,
Ebrard vivant!......

Et son regard, s'éclairant dans la nuit, brillait sous les grands arbres, tandis que sœur
Héloïse, essuyant une larme et baisant le crucifix, murmurait: *Alleluia!*

—Ebrard vivant! répétait Gabrielle avec force;
parlez, ma mère! de grâce, parlez! où est-il?
Que je le voie, que je l'entende, que je sente
battre son cœur, que sa main presse la mienne,
que son regard s'anime devant le mien! Oh!
parlez! il me semble que je rêve! Ebrard, quel
réveil après un songe horrible! Ma mère, on
ne saurait être plus heureux au ciel!

A ce moment, le timbre de l'horloge retentit,
et les deux femmes, tombant à genoux dans l'allée silencieuse, confondirent leurs voix dans une
ardente prière, agréable au Seigneur, sans doute, car, à cette même heure, Ambroise brisait le
glaive meurtrier qui, en frappant Ebrard, eût
fait de la vérité sainte sortie d'une bouche angélique, une mortelle imposture.

Nuages à l'horizon

A minuit, tout était silence à l'abbaye de Saint-Clair. La lune, disparaissant peu à peu du firmament, projetait sur les grands arbres ses derniers rayons, et, dans le ciel nuageux, disparaissait la flèche du clocher.

Au souffle du vent qui gémissait à travers le feuillage, des ombres gigantesques, semblables à des fantômes grimaçants, se balançaient dans les allées, témoins naguère d'un saisissant dialogue.

Dans leurs cellules, les religieuses dormaient; dans sa chambre, Gabrielle veillait; à genoux sur son prie-Dieu, sœur Héloïse priait. Le regard noyé de larmes et la lèvre tremblante, elle priait, la sainte femme, pour que Dieu protégeât l'innocence, touchât les cœurs endurcis et pardonnât les coupables; elle priait pour que son troupeau fût à l'abri de la tempête, et certes, elle avait ses raisons pour demander au Ciel protection et appui! Sans connaître le danger immédiat qui menaçait Saint-Clair, son cœur était loin d'être exempt de soucis, car la nouvel-

le de l'incendie de Nimbourg était arrivée jusqu'à elle, et la pensée d'un malheur menaçant
le cloître l'obsédait jour et nuit.

. Quelles conséquences effroyables, si la séculaire
abbaye devenait le point de mire des Huguenots! Que deviendrait son timide troupeau!
Que deviendrait Mademoiselle de Blaimont, si
la fuite arrivait trop tard!......... Que pouvaient
quelques femmes sans défense, contre une horde
d'hommes armés!........ Que peut la frêle nacelle
contre une mer démontée!......

Oh! elle priait, la digne abbesse, l'ange du
cloître, et, à travers le pieux murmure interrompu
souvent par de profonds soupirs, que de noms connus arrivaient à ses lèvres! Que d'évocations au
passé, de nature à troubler les fiers châtelains de
Nimbourg! Que de larmes, tombant goutte à goutte, dont nous chercherions vainement la cause!....

Tout est surprise, tout est confusion, tout est
mystère ici-bas!

Sœur Héloïse, tristement inclinée sur son prie-
Dieu, abîmée dans le passé, plongeait avec angoisse dans le sombre horizon de l'avenir; Gabrielle, au contraire, oubliant l'amertume des
heures écoulées, attendait, rayonnante, l'aurore
du grand jour!

Bouleversée par la révélation qu'on venait de
lui faire, elle caressait avec délices son bonheur
immense, seule, dans son appartement, sans autre lumière que celle que lui envoyaient les

rayons mourants de la lune, entrant par deux fenêtres qui donnaient sur la montagne.

Enfin, l'horrible passé croulait, et son souvenir même se dissiperait au réveil, comme se dissipent les nuages sous les feux du soleil levant.

Dire qu'Ebrard vivait, là, près d'elle; qu'elle allait le retrouver, et avec lui, Ambroise, son loyal ami! N'était-elle pas en partie dédommagée de ses longues tribulations?

Tout à coup, il lui sembla apercevoir deux ombres, se mouvant dans le bois. Machinalement elle abandonna le siège où elle était assise et alla se placer dans l'embrasure d'une des fenêtres dont nous venons de parler, et d'où elle pouvait observer au dehors, sans crainte d'être surprise.

Tout était calme dans la nature, et pas le moindre bruit dans la campagne n'accusait la vie, sauf le frisson des feuilles dans les grands arbres. Evidemment, l'imagination exaltée par l'attente, avait donné une fausse alarme au cerveau bouleversé par une révélation inattendue.

Gabrielle gagna son lit et, cédant aux émotions violentes, elle s'endormit d'un sommeil profond. Repos bienfaisant, heureuse méprise, car elle ne vit pas les ombres prendre tout à coup des formes humaines et ramper en silence, le long des murs sombres, pour tenter de les escalader! elle n'entendit pas des pas précipités se perdre dans la montagne, à l'approche de nouveaux venus! Vaincue par la fatigue des secousses

violentes, elle dormait tranquille, rêvant aux
anges, sans doute, car, de temps à autre, sa bouche semblait s'entr'ouvrir pour sourire.

Que se passa-t-il, le reste de cette nuit marquée par tant d'événements? Quels étaient les
nouveaux venus qui avaient fait fuir les fantômes?
Problème résolu pour le lecteur, en apprenant
qu'à l'aurore, l'abbaye de Saint-Clair offrait à l'œil
un spectacle étrange: le spectacle d'un déména-
gement en règle.

Une soixantaine de religieuses, la figure bouleversée, laissant percer la consternation sous
leur voile blanc, se croisaient, sans mot dire,
dans les vastes couloirs, dans la cour, dans les
allées en fleurs, chargées de manuscrits précieux,
d'objets d'art, de statues de saints, de vases d'or
et d'argent, et disparaissaient soudain dans les
entrailles de la terre.

Pourquoi cette agitation fiévreuse dans le séjour
du silence? Pourquoi cette pâleur mortelle sur
ces figures d'ange? Pourquoi l'effroi dans le temple du calme? Ah! c'est qu'Ambroise avait sonné l'alarme, en surprenant le plan des Huguenots!
D'un jour à l'autre, d'un moment à l'autre peut-
être, l'ennemi serait là, et il fallait mettre à l'a-
bri des vandales les reliques des siècles de foi,
les objets d'art sans nombre, destinés à disparaître devant la fureur sacrilège, comme une paille
dans un brasier!

Le danger commandait la prudence; si le vais-

seau allait sombrer, il fallait sauver la cargaison;
l'équipage se sauverait ensuite!

Les caveaux, avec leur entrée secrète, offri-
raient un refuge; les trésors reposeraient à côté
des cercueils, et les morts, dans leurs tombes,
veilleraient sur le dépôt sacré, comme veille l'ange
invisible sur les reliques du Saint Lieu.

A sept heures, la lugubre besogne touchait à
sa fin, et Gabrielle dormait toujours. L'isolement
de l'appartement des étrangers, qui occupait un
carré à part dans l'abbaye; l'extrême fatigue de
la jeune fille, surtout, expliquent comment le dé-
ménagement avait pu se faire sans que son repos
fût troublé. D'ailleurs, sœur Héloïse, toujours
prévoyante pour Mademoiselle de Blaimont, n'a-
vait rien négligé pour éviter à l'enfant le spectacle que nous venons de décrire, dans la crainte
d'ébranler encore cette constitution, robuste sans
doute, mais si cruellement éprouvée.

Les événements s'étaient précipités à tel point,
cette nuit-là, qu'elle redoutait son réveil.

Heureuse dans son sommeil, Gabrielle dormait,
et pourtant, dans une pièce voisine de la sienne,
deux hommes causaient à voix basse. L'un était
Ambroise, l'autre était Ebrard.

Quelle explosion d'ivresse eût éclaté dans cette
chambre close; quel élan passionné de ce cœur
en repos, si la fiancée eût pu se douter qu'E-
brard était près d'elle, attendant son réveil pour
la recevoir dans ses bras!

A sept heures, avons-nous dit, les objets d'art, les manuscrits, les vases ciselés, avaient disparu. Je me trompe, car la chapelle était à peu près intacte.

Fallait-il dépouiller la maison du bon Dieu, avant que le vieillard à cheveux blancs eût célébré le saint sacrifice, le dernier peut-être dont l'abbaye serait témoin! Fallait-il donner au saint prêtre le spectacle d'un autel nu!...... Demain, sans doute, l'autel aurait croulé; demain, sans doute, les vitraux joncheraient le sol, et la chapelle ne serait plus qu'un monceau de décombres!

Ne fallait-il pas qu'encore une fois, elle retentît de la parole de Dieu; qu'une fois encore, les vitraux s'incendiassent sous le feu des cierges bénits, et que l'encens montât vers la voûte pour porter au ciel la prière des anges?

Dépouiller la maison du bon Dieu, avant d'avoir passé sur le corps à Ambroise qui était là avec Daniel et une dizaine de paysans que ce dernier venait d'amener! Rendre les armes, avant d'avoir combattu!...... Mensonge!

Le clocher était garni d'arquebuses, et on recevrait l'ennemi comme on l'avait reçu à Nimbourg! Les femmes fuiraient, ou prieraient dans l'ombre; les hommes se battraient!

Deux chevaux sellés attendaient à la porte de l'abbaye, l'un destiné à Gabrielle, l'autre à Ebrard. Sœur Héloïse voulait, à tout prix, mettre en sûreté la jeune fille, et c'est par son ordre que les nobles bêtes étaient là, piaffant sur la terre fraîche, trépignant d'impatience, comme si elles eussent flairé le danger et deviné la noble mission qu'elles devaient remplir.

Le temps pressait et sœur Héloïse épiait en tremblant le réveil de la châtelaine, dans la pièce dont nous venons de parler, récemment abandonnée par Ebrard qui était descendu au parloir, soutenu par Ambroise, car il se [sentait fléchir sous l'émotion.

Enfin, vers huit heures, la porte de la chambre occupée par Gabrielle s'ouvrit, et la jeune fille apparut.

—Ma mère, s'écria-t-elle, en apercevant sœur Héloïse, oh! dites-moi que je n'ai pas rêvé et qu'Ebrard est vivant!

—Soyez heureuse, ma fille, celui que vous pleuriez est près de vous! encore un instant, et vous allez bénir le ciel qui a voulu l'épreuve.

—Ebrard ici! s'écria Gabrielle, en attachant son regard sur sœur Héloïse.

—Ici même, mon enfant! il vous attend au parloir; allez, ma fille, ayez du courage, car......

Mademoiselle de Blaimont n'attendit point les dernières paroles. Rapide sous le frisson qui parcourut son corps, elle s'élança dans l'escalier, tandis que sœur Héloïse, voilant son regard, murmurait une prière entendue de Dieu seul.

Un cri perçant retentit, quand Gabrielle se précipita dans le parloir:

«Ebrard! Ebrard!» Et sa voix s'étrangla dans
sa gorge, comme meurent les sons sur les cordes d'un luth.

«Gabrielle!» s'écria à son tour le jeune homme,
retrouvant la force sous le regard de feu qui rencontrait le sien.

Et ils tombèrent dans les bras l'un de l'autre,
muets dans leurs sanglots, expression de l'ivresse.

Le vieux de Cérisoles pleurait, tête nue, l'œil
ravi, et n'articulant pas un mot. Lui aussi, sentait au cœur l'émotion et le trouble, plus doux
en cette circonstance, que la joie du vainqueur
au soir de la bataille.

Voir deux êtres unis dans une ardente étreinte;
voir tressaillir l'amour effleuré par la mort, et dire:
«C'est mon œuvre!» est pour l'âme une source
de douces voluptés, de nature à faire pâlir bien
des joies ici-bas!

Ambroise était heureux, et son attendrissement
éclata, lorsque la jeune châtelaine, lui saisissant
la main, avec ce vif transport qui jaillit du cœur
sincère, la mit dans celle d'Ebrard en s'écriant;
«Ambroise, mon sauveur, Ambroise, sois béni!»

La dernière messe

Ebrard, Gabrielle et Ambroise étaient encore au parloir, s'abandonnant aux transports de la plus pure ivresse, oubliant en commun ce qu'il y avait eu d'amer, ce qu'il y avait eu de poignant dans les jours écoulés, quand, tout à coup, les cloches de l'abbaye ébranlèrent l'air de leurs carillons sonores, et la puissante voix des orgues éclata, comme un chant de bénédiction s'élevant dans le cloître.

Le Père Edmond était à l'autel, et le saint sacrifice allait commencer.

Les religieuses, tremblantes comme un troupeau effaré, groupées autour du prêtre, priaient avec ferveur, à genoux sur les dalles.

Heure solennelle, sacrifice sublime, qui commençait par une hymne de fête et pouvait terminer par des râles de mort!

A l'offertoire, le saint vieillard se tourna vers les assistants, et, d'une voix que l'âge et l'émotion faisaient trembler:

«Mes enfants,

dit-il,

Le bon Dieu dit un jour à Abraham: «Prends ton fils et immole-le moi sur la montagne.»

Et Abraham, prenant son fils, alla l'immoler.

Bientôt peut-être, mes chers enfants, sonnera l'heure où ce même Dieu d'Israël va nous demander à tous un sacrifice, le sacrifice de notre vie! Soyons prêts à le lui offrir, en expiation des fautes de ceux que l'erreur aveugle!

Prions, pour que le bon Dieu éclaire les coupables et ramène au bercail les brebis égarées! Prions, pour qu'Il écarte l'orage de cette maison bénie, sanctuaire de le foi, temple de la vertu, asile de l'innocence!...... Pour le triomphe de la cause sainte, prions; et si le bon Dieu veut que nous buvions le calice de l'amertume, soyons prêts à le boire, généreusement, sans regrets, comme le but Notre-Seigneur sur le calvaire, comme le burent les martyrs nos frères, qui, en ce moment prient pours nous dans le Ciel!»

Le timbre de cette angélique voix résonnait encore dans la chapelle, que les éclats du cor ébranlèrent les échos de la montagne, et des cris confus, pareils à des hurlements, se firent entendre, se mêlant au murmure du prêtre qui continuait à dire la messe.

Autour du pieux vieillard, personne ne bougea.

Groupe de héros, légion de martyrs qui, enflammés par la parole sainte, allaient boire jusqu'à la lie le calice de fiel présenté à Abraham!

Les bruits se rapprochaient, et soudain, on put voir déboucher, au pied de la montagne, une centaine d'hommes qui couraient en désordre dans la direction de l'abbaye.

La messe était terminée.

Alors, une porte s'ouvrit dans les entrailles de la terre et, avec un calme parfait, un flot humain s'écoula, comme s'écoule l'eau sur une pente rapide.

Dans la chapelle étaient le Père Edmond et sœur Héloïse, ayant, l'un et l'autre, refusé d'abandonner le saint lieu. Modèles de vertu, types accomplis du dévouement sans bornes, ils allaient donner l'exemple et, comme deux victimes vouées au sacrifice, ils priaient à genoux, l'œil cloué sur le martyr du Golgotha.

Au clocher, une dizaine d'hommes attendaient l'avalanche, prêts à la recevoir; à côté d'eux, fièrement redressée, le regard flamboyant, héroïque, se tenait Gabrielle de Blaimont.

Puisqu'il fallait mourir; puisque l'amour était un rêve et le bonheur une chimère, la noble fiancée tomberait à côté d'Ebrard, à côté d'Ambroise, à côté de Daniel, et le même ange emporterait leurs âmes dans les cieux!

Etre unis dans la mort, quand la vie vous repousse; s'envoler en commun, quand le destin vous frappe, est le rêve des cœurs que menace l'isolement! Ainsi pensent les âmes aimantes que l'amour a touchées; ainsi pensait Gabrielle; ainsi pensait Ebrard!

La porte de la chapelle se ferma, les cloches se turent, les orgues restèrent muettes, et un silence de mort commença à planer sur l'abbaye.

Comme une nuée de vautours, fondant sur leur proie, les Huguenots arrivèrent et s'abattirent sur Saint-Clair. A leur tête était Arthur de Brissac, muet dans sa pâleur frappante.

Pas une pièce d'artillerie; Saint-Clair n'était pas une forteresse; rien ne devait là rappeler Nimbourg.

La porte d'entrée commença à craquer, les murs à être escaladés, et les forcenés envahirent le cloître.

«Par l'enfer! gronda un homme trapu, le cloître est vide!»

«Elles y sont! elles y sont!» rugit un second, facile à reconnaître à sa haute taille. C'était Gildas faisant écho au cabaretier.

«A la chapelle! à la chapelle! les trésors sont là!» hurlaient plusieurs voix, dans une affreuse confusion.

Et la masse de l'ennemi se lançait déjà contre la porte, quand soudain, un éclair brilla aux fenêtres du clocher; une décharge simultanée éclata, et sept hommes roulèrent dans la poussière.

«Malédiction! mort aux papistes!» crièrent les plus braves, en s'élançant vers la porte et foulant aux pieds les cadavres de leurs compagnons.

«Elles y sont! elles y sont!» hurlait toujours Gildas, tandis que d'autres, inondant les couloirs, éventraient les meubles, jonchaient le sol de débris et fouillaient dans les moindres recoins.

Sœur Héloïse et le Père Edmond étaient encore en prière, calmes dans la tempête et attendant la mort.

Raoul de Brissac, toujours pâle, l'œil hagard, assistait, sans mot dire, au spectacle de destruction, comme si son âme, en proie à des peines secrètes, eût paralysée tous les mouvements de son corps.

Avait-il, en songeant à Gabrielle, la vision de l'ange qui lui était apparu dans le souterrain de Nimbourg et qui, en lui rendant la liberté, avait déposé en lui le germe de cette lumière divine qui fait distinguer la vérité de l'erreur? Voulait-il le pillage? voulait-il le spectacle du sang?—ou cédait-il avec regret à l'entraînement d'une horde avide de butin?...... —Question douteuse; son épée était vierge depuis Nimbourg.

Les arquebuses faisaient rage, au clocher, et chaque coup abattait un homme; mais les forcenés, enhardis par l'appât du butin, semblaient insensibles à la pluie de fer qui les broyait, voulant sans doute se dédommager à Saint-Clair, de la moisson d'or qui leur avait échappé à Nimbourg.

Soudain, la porte de la chapelle eut un cra-

quement pareil au bruit qu'on doit entendre
quand le mât d'un navire se brise sous l'ouragan. Les bandits se précipitèrent en poussant
des hurlements affreux, et c'en était fait du Père Edmond, c'en était fait de sœur Héloïse, si
en ce moment, deux hommes, descendant rapidement par l'escalier intérieur, et debout sur le
seuil, comme de redoutables colonnes, n'eussent
opposé une digue à la rage de l'ennemi?

«Ce sont eux!...... eux! hurlait le cabaretier;
ce sont» ·....

Il n'acheva pas, car un poignet d'acier l'abattit
sur le sol. Le traître avait vécu, tombant sous
l'arme vengeressé, comme un pygmée sous la
main d'un géant!

Ambroise et Daniel semblaient se multiplier,
frappant avec la hache comme dans un charnier,
traçant dans l'air des sillons de feu et jonchant
la terre de morts et de mourants.

La mêlée était horrible! On eût dit un groupe d'anges envoyés contre une légion de démons pour défendre la demeure de Dieu. La
lutte ne pouvait durer pourtant. La rage de l'attaque devait triompher du délire de la défense
écrasée par le nombre. Encore quelques instants, et tout serait dit!

Gabrielle, debout à côté d'Ebrard, suivant
avec angoisse, du regard, toutes les phases sanglantes de ce duel sans merci, comprit que le
dénouement touchait à son terme, et, s'élançant

soudain, dans l'embrasure d'une fenêtre, de façon à être vue distinctement, droite, sublime
dans son dévouement, semblable à un drapeau
lançant un défi à l'ennemi:

«Raoul de Brissac, s'écria-t-elle avec force,
souviens-toi de Nimbourg!»

Le chevalier avait entendu; il releva vivement
la tête, et, rencontrant le regard de l'héroïque
enfant:

«Ange béni, répondit-il, en élevant la voix,
tu as vaincu!»

Et, prenant son épée, flamboyante sous les
rayons du soleil, il la brisa.

Au même instant, il se renversa au pied d'une
statue; car une balle, partie on ne sait d'où,
venait de le frapper!

Alors, ce fut une panique générale, une confusion indescriptible. Au lieu de porter secours
à leur chef, les Huguenots se débandèrent et
s'enfuirent, plusieurs d'entre eux ayant reconnu
l'invincible canonnier de Nimbourg.

Au moment où Gildas allait franchir la porte
de l'abbaye, une voix, qui dominait le fracas
des armes, l'arrêta en lui criant:

«A nous deux, bandit! Saint-Clair est près
de la taverne!»

Et Gildas s'abattit sur le sol, le crâne broyé
par un coup terrible, entraînant dans sa chute
deux vases de fine porcelaine peinte qui se bri-
sèrent en mille morceaux.

Une infernale ruse avait arraché Nimbourg au
pillage; la frêle voix d'une enfant venait de sauver Saint-Clair.

A une heure de l'après-midi, il ne restait d'autres Huguenots dans le cloître que ceux que la
mort avait couchés pour toujours, et ceux que
de profondes blessures avaient cloués sur la terre!
L'ennemi avait fui, laissant après lui la trace
que laisse l'ouragan dans un jardin en fleurs: des
débris de statues, des meubles éventrés, des
portes enfoncées, des tableaux mutilés, des couloirs souillés de sang, une cour jonchée de cadavres, et des agonisants partout!

Alors, la chapelle apparut, étalant ses trésors;
le clocher devint désert, et les entrailles de la
terre rendirent à la lumière leur tremblant dépôt.

«Que de sang!» s'écrièrent à la fois le Père
Edmond et sœur Héloïse. «Que de sang répandu par des hommes qui sont frères!

Mon Dieu, pardon!»

Et, se penchant sur les blessés, ils versaient
le baume sur la douleur, murmurant à l'oreille des
moribonds, des paroles de consolation et d'espoir.

Raoul de Brissac n'était pas mort, mais son
état était grave. Transporté avec soin dans une
pièce voisine du département des étrangers, il
resta plusieurs heures évanoui, suspendu entre
la vie et la mort. Quand il ouvrit les yeux, le
Père Edmond était à son chevet, et près de lui,
sœur Héloïse et Gabrielle de Blaimont.

Le moribond fit un effort suprême pour se soulever et, attachant son regard sur la jeune fille, avec cette ineffable fixité que donne à l'œil l'esprit flottant déjà entre deux mondes:

«Noble enfant, murmura-t-il, d'une voix presque éteinte, je te reconnais!...... Merci!...... Si je me suis égaré dans ma route, à Dieu pardon!......

Après une longue pause, son œil presque vitré s'ouvrit de nouveau et, rencontrant le visage de l'abbesse·de Saint-Clair, une sorte de commotion parut agiter ses membres; sa paupière trembla et ses lèvres voulurent s'entr'ouvrir; vains efforts!

Arthur de Brissac venait de rendre le dernier souffle en baisant le crucifix.

A neuf heures du soir, il ne restait à l'abbaye, du tumulte, du fracas, des cris confus, des râles d'agonie, que le majestueux silence qui plane sur les champs de mort, interrompu, de temps à autre, par le murmure monotone de voix angéliques priant pour ceux qui n'étaient plus!

Remords

Le lendemain de cette journée, dont les événements terribles viennent de passer sous nos yeux, à l'heure où le monde entier repose, à l'heure où, comme un volcan récemment éteint, Saint-Clair dormait avec les morts renversés par la lave, trois cavaliers gravissaient au pas de course la côte rapide conduisant à Nimbourg, et s'arrêtaient, soudain, à l'entrée du manoir silencieux. La sombre forteresse devait leur être connue, car, sans difficulté, ils se dirigeaient à travers les ruines d'une tour, abandonnaient leurs montures, s'engageaient, sans mot dire, dans un escalier sinueux aboutissant au premier étage, et s'arrêtaient, tout à coup, à la porte d'un luxueux appartement.

Quels étaient les mystérieux personnages qui, après une course forcée à travers les bois, à la faveur des ténèbres, allaient troubler le repos de ceux qui n'étaient plus, et visiter sans crainte la seigneuriale demeure hantée par les esprits? Quels étaient les hardis cavaliers qui, bravant la rumeur populaire et foulant aux pieds le respect des tombeaux, se glissaient comme des ombres errantes dans ce séjour maudit?

Etait-ce des pilleurs d'épaves, attirés par l'appât du butin? Etait-ce le fier châtelain de Nimbourg, ayant survécu au désastre, et regagnant, sous escorte, le manoir paternel abandonné un instant? Etait-ce les sorciers, nés de l'ignorance et de la superstition, commençant leur sabbat?...

Apparition étrange, vraiment, dans un lieu voué à l'abandon, et sur le coup de minuit!

Trêve à la curiosité!

Arrêtons-nous avec les fantômes dans l'antichambre de l'appartement dont nous venons de parler; laissons un rayon de lumière tomber sur eux, dans la nuit, et le mystère s'éclairera; l'imagination exaltée retrouvera le calme, l'esprit sa sérénité et, dans une douce vision, notre œil rencontrera des visages connus.

Pâle, troublée, frissonnante sous son voile, mais sympathique toujours, l'abbesse de Saint-Clair nous apparaîtra, comme un reflet de joie au coin d'un tableau sombre, attendant avec Daniel, tandis qu'une porte s'ouvre pour livrer passage au vieux prêtre de la montagne.

Silence maintenant, car, dans la chambre close, un homme va mourir!

A travers de riches draperies, élégamment tendues, sa tête se détache comme la silhouette d'un spectre; ses traits convulsés expriment la souffrance; ses mains, brûlées par la fièvre, s'agitent avec désespoir, et son œil hagard, flottant dans le vide, semble chercher en vain un objet visible pour lui seul.

Quel est cet homme qui livre à la vie le dernier combat, qui attend avec angoisse l'arrivée de quelqu'un, qui se raidit contre la mort prête à saisir sa proie?...... Cet homme est une triste épave de la bataille de Nimbourg! C'est le fier châtelain; c'est le lutteur terrible; c'est l'inexorable vaincu, allumant sa vengance naguère aux flambeaux d'un festin, pour noyer les affronts! C'est lui, écrasé, broyé par la sort, cloué sans pitié sur un lit de tortures!......

Triomphe, vengeance, fortune, mariages pompeux, gloire aux reflets d'or, fuyez! L'avenir est une chimère, l'espoir une dérision, et la vie est un souffle!

Cruellement atteint dans l'incendie que sa main avait allumé dans un suprême désespoir; ayant échappé au fer des Huguenots, grâce à la panique qui avait précipité leur fuite, le comte de Blaimont était couché depuis le soir de la bataille, ayant, pendant trois jours, été en proie à la fièvre et au délire, n'ayant à ses côtés que Daniel, trois serviteurs dévoués et quelques vétérans du sire de Montluc.

A une heure lucide, la vérité lui était apparue dans toute son horreur; son souvenir, plongeant avec effroi dans les scènes du passé, la conscience avait parlé, le remords s'était dressé, et, trem-

blant devant l'abîme de l'éternité prêt à s'ouvrir,
il avait chargé Daniel d'aller à la recherche du
Père Edmond, témoin de ses jeunes annécs, pour
lui faire l'aveu d'une vie coupable.

Le fidèle écuyer du sire de Montluc était parti,
sous son déguisement de mendiant, et il allait
frapper à la porte du prêtre de la montagne,
quand Ambroise s'était trouvé sur son chemin, au
moment précis où Gildas et le cabaretier levaient
dans l'ombre le poignard, à deux pas du presbytère.

Le danger immédiat qui menaçait Saint-Clair,
l'attaque à l'abbaye par les Huguenots, avaient
retardé l'arrivée du Père Edmond, toujours debout, malgré l'âge, au poste du devoir. Il était
là maintenant, pour recevoir l'aveu d'un cœur en
proie aux tourments du remords, et ouvrir à
l'âme tremblante, les portes d'un monde inconnu.

L'abbesse de Saint-Clair, sœur Héloïse, était
là aussi, ayant laissé Gabrielle à la garde d'Ambroise et d'Ebrard, ayant profité du repos de la
nuit, pour s'éloigner, à l'insu de la jeune châtelaine et suivre le prêtre au manoir de Nimbourg,
comme si, par quelque lien mystérieux, son existence fût unie à celle du moribond; comme si,
avant le départ de cette âme agitée, elle eût eu,
dans un suprême adieu, ou un mot à dire, ou un
mot à entendre.

Enfin, le prêtre entra, et, comme un rayon de
lumière divine, sa blanche tête se pencha sur le

lit de l'agonisant, tandis que sœur Héloïse, étouffant ses sanglots, attendait au dehors!

—Mon Père, s'écria le moribond, en attachant son regard sur le saint vieillard, je souffre! Oh! je souffre!

Et un soupir profond s'échappa en sifflant de sa poitrine.

—Que puis-je faire, mon ami, pour soulager vos peines et adoucir vos maux? murmura le prêtre, avec ce doux accent bien connu du châtelain.

—Je vais mourir, mon Père, et j'entends près de moi un gouffre qui rugit!...... Ah!......

—Parlez, mon fils; Dieu m'envoie près de vous pour verser le baume sur les plaies de votre âme; parlez! Je vous écoute et veux vous soulager!

—Ah! quelle voix terrible est la voix du remords!....

—C'est la voix de Dieu même qui vous prépare à recevoir ses lumières.

—Que de visions horribles, mon Père, se dressent devant moi! Que de voix en courroux montent du souterrain!......

—Ayez confiance, mon fils, le remords est une grâce que le ciel vous accorde.

—Mon Père! mon Père, quand je songe......

—La bonté de Dieu est immense.

—Sa justice m'effraie!...... Si vous pouviez comprendre, mon Père, le fardeau que je porte depuis quinze ans!...... la chaîne de feu rivée à mon existence!.... Quelle horreur!.... Là!.... là!

Et sa main tremblante, se soulevant avec effort, signalait au prêtre un objet invisible.

—Ouvrez votre cœur, mon fils; le Seigneur est clément.

—Le crime est là...... là...... enseveli depuis quinze ans!...... La victime que j'immolai...... Mon Père, aidez-moi! ma langue se paralyse, quand......

—Frère, continuez! Le cœur qui s'humilie lave en partie la faute, et la bouche sincère d'où s'échappe l'aveu, rend le Ciel indulgent pour le bras qui frappa.

—Il le sera, peut-être, car je vengeai......

—Ne cherchez point d'excuse, mon fils; Dieu est juge en ce moment. Celui qui scrute nos consciences et sonde sans effort tous les replis de notre être, demande l'aveu d'abord, le repentir après!

—Je frappai deux coupables, mon Père!......

—En eûtes-vous la preuve, frère? nous nous trompons souvent!

—Approchez, mon Père; je sens mes forces s'affaiblir!.... L'homme fut muré dans un cachot du souterrain!...... il s'évada......

—Et l'autre? demanda le prêtre en tremblant.

L'infortuné poussa un douloureux soupir; puis, faisant un effort suprême:

—L'autre était mon épouse, dit-il; mon épouse infidèle!......

—Elle mourut, comte?

—Elle mourut en des tourments affreux!......
Le Père Edmond frémit; le crucifix trembla dans
sa main et les larmes gonflèrent sa paupière.

—Comte, reprit-il, après une légère pause,
votre passion fut aveugle; la comtesse votre
épouse était innocente!

Et il inclina la tête.

—Innocente! s'écria le moribond, en essayant
de se soulever; innocente!...... qui l'a dit?

—Votre épouse était une sainte! reprit le
prêtre, en élevant la voix.

—Innocente! s'écria de nouveau le comte, en
même temps que son regard semblait reprendre
la vie; innocente!...... Ah! je vois le gouffre, car
le pardon me fuit....

—La miséricorde de Dieu est infinie, murmura
le Père Edmond; puis il ajouta:

Regrettez-vous le crime, mon fils?

—Que ne puis-je le réparer! gémit l'agonisant.

—Vous le pouvez, peut-être, frère.

—Rendre la vie, mon Père!.... quand la victime dort, quand la victime m'attend dans l'éternité!

—En êtes-vous certain, comte?

—Là!...... mon Père, dans la tour, Ambroise
la mura!....

—Si la victime vivait encore, voudriez-vous,
mon fils, implorer son pardon?

—Ah! mon Père, tout est fini!...... mes tourments sont cruels; mais je mourrais content, si,

dans son affreux tombeau, Dieu permettait à Yvonne de se dresser pour voir mon repentir et murmurer un mot: «Pardon!»

—Comte! Dieu vous entend! votre épouse est vivante!

—Vivante! bégaya le mourant, en se dressant sur son lit; vivante! Impossible!

—Elle est vivante, je le répète, et prie pour vous en ce moment!

—Elle est morte, mon Père! Ambroise la mura!

—Ambroise la sauva, comte, car Dieu ne voulut point sa mort!

Les yeux du sire de Blaimont s'ouvrirent d'une façon effrayante; un tremblement violent fit frémir tout son être, et sa voix s'étrangla dans sa gorge.

—Demandez pardon à Dieu, mon fils, ajouta le prêtre, en levant le crucifix; à Dieu qui protège l'innocence et veut le repentir.

—Yvonne vivante! répéta le châtelain avec un accent terrible, comme l'adieu suprême d'une âme au désespoir.

A ce moment, une porte s'ouvrit et l'angélique figure de l'abbesse de Saint-Clair apparut, soudain, près du lit seigneurial.

—«Yvonne! Yvonne! pardon!» articula le moribond, puisant la force dans la frayeur que donnerait la vue d'un spectre se dressant sur un tombeau.

—«Comte de Blaimont, s'écria sœur Héloïse

avec force, j'étais innocente! mourez en paix, je vous pardonne!»

Il était temps! L'écho vibrant de cette voix s'éteignit dans le velours avec l'adieu du châtelain! La mort avait sa proie, et l'âme le repos.

Alleluia d'amour

Six mois s'étaient écoulés depuis la bataille de Saint-Clair et l'émouvante tragédie de Nimbourg. A l'insu de Gabrielle, à l'insu d'Ebrard, le crime avait reçu le pardon, et, dans son cercueil, à côté de Charlotte, dormait le fier châtelain.

En face de la mort penchée sur le coupable; à l'heure où tout s'efface devant le repentir; à l'heure où l'écho lugubre du passé se tait, pour laisser l'âme ouverte à la pitié, sœur Héloïse était devenue Yvonne et avait regagné son cloître. Le mystère dormait dans la retraite; pas un doute, pas un soupçon, n'avaient pu s'élever dans le cœur de la fiancée, et pourtant, le moment était proche où, de la bouche muette, allait jaillir le secret; où, comme un chant d'amour éteint près du berceau, allait résonner après quinze ans le nom béni d'Yvonne, et faire tressaillir l'orpheline de Nimbourg!

Quel changement heureux, survenu dans ce coin de la Bretagne où notre histoire se déroule! Arthur de Brissac était mort; le vieux comte de Brissac, lui-même, avait suivi son fils dans la tombe, et, comme conséquence, les Huguenots avaient fui.

Deux noms glorieux disparus de la scène; deux brillants étendards à jamais enfouis, la lutte devait changer de théâtre; il fallait chercher ailleurs, avec de nouveaux chefs, un autre champ d'action.

Les églises et les monastères commençaient à respirer dans cette partie de la terre française battue par l'océan, tandis que sur d'autres points, la guerre civile éclatait, plus terrible que jamais. D'un côté, l'incendie s'était éteint; de l'autre, la fournaise montait et ses lueurs sanglantes ravageaient la patrie.

Saint-Clair était redevenu l'abbaye paisible, l'asile du calme et de la prière; sa porte mutilée était encore debout, et, dans ses couloirs sombres, la vie, un instant arrêtée, circulait de nouveau.

Dans la cour, plus de tronçons d'armes; dans les allées, plus de débris de statues; dans le réfectoire, transformé naguère en salle d'hôpital, plus de cris déchirants poussés par la douleur. L'ouragan avait passé et, sous la froide terre, marquée par des tertres de neige surmontés d'une croix, ses victimes reposaient endormies. Tout était calme à présent, et le son de la cloche, retentissant de temps à autre dans les bois, éveillait, seul, les échos d'alentour.

Comme par le passé, sœur Héloïse, était l'ange

du cloître et, dans le temple de Dieu, rempli toujours de pieux murmures, le vieux prêtre de la montagne, apparaissait à l'heure accoutumée.

Tel était Saint-Clair calme, silencieux, recueilli, tandis qu'à Nimbourg, tout avait changé d'aspect. Les ruines de la tour avaient disparu; les cris de guerre y étaient morts et, avec le dernier souffle du maître, le bruit des armes s'y était éteint comme s'éteint le son sur un instrument qui se brise.

Aux créneaux du donjon, plus de têtes hideuses; dans le ravin, plus de cadavres sanglants; plus de corbeaux tournoyant dans le ciel; plus de victimes gémissant dans la nuit; aux fenêtres, plus d'arquebuses; dans la cour, plus de chevaux piaffant au son des instruments guerriers! Plus de débris jonchant le sol; plus de flambeaux éclairant l'orgie; plus de tyran respirant la menace; plus de poignard brillant dans l'ombre; plus de bourreaux au sinistre regard! Rien pour rappeler un champ de mort; rien pour rappeler l'antre du crime et le tombeau des vaincus!

Le souffle de Dieu avait passé là et purifié Nimbourg en lavant la souillure.

La flèche du manoir fendait toujours crânement les nues; mais le paysan avait banni la crainte, car, avec les sorciers, la terreur avait fui. Un génie bienfaisant avait terrifié les fantômes, enchaîné les esprits infernaux, et rendu le calme aux imaginations exaltées. Une main bénie, un astre aux puissants rayons, avait dissipé les ombres. éteint les dernières lueurs d'un horrible incendie. et donné au redoutable colosse un reflet de gaîté.

Une ère de paix succédait à une ère de trouble, et le point de départ d'une sombre épopée, allait devenir le rendez-vous d'un riant pélerinage.

Tableau charmant, transformation heureuse, admirable prodige, quand nous voyons les ombres enfanter la lumière; quand nous voyons la paix sortir de la terreur; quand nous sentons la vie circuler dans la mort et le parfum de l'encens étouffer les vapeurs de la poudre! Source de joie, quand nous voyons les fleurs émailler les tombeaux, le dernier cri de guerre s'éteindre dans un chant, et le gouffre béant se combler sans retour!

Douce vision, concert divin, agréable mystère, dont nous aurons bientôt la clef!

Six mois, disions-nous, s'étaient écoulés, depuis les événements qui nous sont connus, et l'année 1560 touchait à sa fin.

C'était le 26 Décembre.

Le soleil s'était couché dans la brume de l'océan, et la nuit glacée tendait déjà ses voiles.

Avec la chant des bergers, le mystère de Bethléem dormait dans les clochers, où le carillon de Noël venait de s'éteindre, faisant rêver aux anges, comme le sourire de l'Enfant-Dieu.

Pas un bruit dans la campagne; pas une lumière dans les hameaux; pas un passant sur les chemins enfouis sous la neige!

Seul, dans la nuit, un point brillait.

Vu de loin, on eût dit un phare dominant la montagne, un astre allumé dans les cieux; vu de près, c'était Nimbourg veillant à l'heure où tout repose; c'était Nimbourg conviant à la joie.

Etincelante sous le feu des cierges bénits, la chapelle du manoir frappait l'œil, apportant à l'esprit, je ne sais quel lointain reflet de l'étoile des Mages. L'autel resplandissait sous sa parure de fête, et les saints éblouissants semblaient sourire au milieu des vapeurs de l'encens qui montaient vers la voûte. Ils souriaient, sans doute; sans doute ils bénissaient l'amour, car un jeune couple attendait grave, recueilli, dans l'attitude de futurs époux.

Spectacle attendrissant que celui de deux êtres sur le point d'être unis par des liens solennels! Tableau plein d'inconnu que celui de deux fronts courbés sous la bénédiction du prêtre! Vision céleste, défiant le pinceau, et remuant le cœur jusque dans ses dernières fibres, pour ceux qui, ayant suivi avec un intérêt croissant, les phases diverses de ce récit, vont embrasser d'un regard, le groupe sympathique des plus belles figures de notre histoire!

Blanche comme les lis, majestueuse comme une reine, adorable dans sa séraphique beauté, une enfant est debout, le regard sur l'autel et l'âme dans les cieux.

C'est l'astre charmant dissipant les ténèbres; c'est l'étoile des prisonniers; c'est la fiancée fidèle; c'est la femme au cœur fort; c'est l'âme aux élans généreux; c'est l'héroïne de Saint-Clair; c'est l'ange de Nimbourg!

C'est Gabrielle, c'est Ebrard, debout sur l'abîme comblé, prêts à cueillir, tous deux, le laurier de la lutte, la palme des vainqueurs, conquise dans les larmes!

C'est le nouveau châtelain, digne à présent d'entrer dans la demeure des preux; c'est l'humble fils du peuple, digne d'unir son nom à celui de la fiancée, car, lui aussi, a un blason découvert depuis peu!

Des parchemins, sortis de la poussière d'un presbytère de compagne, ont fait, naguère, de touchantes révélations.

Comme les chevaliers du manoir séculaire, Ebrard a d'illustres aïeux, et leur nom est écrit aux pages de l'histoire!

Son père, victime, comme on sait, d'un naufrage, sur les côtes de la Bretagne, appartenait à une noble famille du midi de la France.

Les désastres survenus dans le foyer paternel, la perte totale de sa fortune, l'avaient induit, loin des siens, à cacher son illustre origine, et jeté, sans retour, dans une barque de pêcheur.

Sa mort tragique et celle de l'épouse, avaient

englouti le secret, et privé l'orphelin d'un levier puissant, dans l'âpre chemin de la vie.

La Providence a pourvu à tout, imposé silence aux préjugés de l'époque, et éclairci enfin l'horizon d'une existence si cruellement agitée.

Emus, rayonnants, la main dans la main, les fiancés sont là, tandis qu'à l'autel, la voix du prêtre tremble. Sa tête auguste se détache, ornée d'une blanche couronne, pareille au nimbe éblouissant des habitants des cieux.

Ce prêtre est le vieillard de la montagne, l'aumônier pieux, l'apôtre divin, en mission sur la terre, pour prêcher la douceur, pour prêcher la vertu, pour affermir la foi et confondre l'impie! Rayon du ciel, c'est lui, ouvrant les cœurs à la joie la plus pure et sanctifiant l'union! .

Au fond de la chapelle, un homme est attentif et prie, à genoux sur les dalles. Comme la voix du prêtre, sa lèvre tremble et, de temps à autre, une larme brille dans son regard fixement arrêté sur les jeunes époux.

Témoin muet, ses traits s'animent pour dire l'émotion et proclamer l'ivresse dont son âme déborde. C'est le vaillant soldat, le protecteur du faible, semant la mort au poste du devoir, déviant le poignard prêt à frapper dans l'ombre, brisant le fer dans la main des tyrans! C'est Ambroise, l'ami dévoué, le serviteur loyal, le complément nécessaire de cette fête intime!

Lui aussi, doit s'asseoir au banquet, car ce

banquet est son œuvre, et son cadeau de noces, plus précieux qu'un collier de diamants, plus précieux que l'hommage d'un roi, frissonne entre ses doigts, attendant l'instant voulu pour glisser dans la main de la nouvelle épouse.

Sonnez, gais carillons, l'amour triomphe! C'est un pli cacheté avec soin, gage mystérieux d'une affection inconnue; c'est le plus pur rayon de la lune de miel qui se lève; c'est le plus beau fleuron de la couronne nuptiale; c'est la mystère sortant de l'ombre; c'est la mort secouant son sommeil; c'est la vie, debout sur la tombe fermée depuis quinze ans; c'est la dernière larme de l'orpheline; c'est l'hymne d'amour et de bénédiction; c'est le secret de sœur Héloïse!

C'est une lettre partie de Saint-Clair, à la garde d'Ambroise et adressée à Gabrielle, pour être le couronnement d'une impérissable soirée, allumée au flambeau de l'hymen, éteinte dans un alleluia d'amour!

Lisons:

«Ma fille bien-aimée,

Il est des peines ici-bas, qu'aucune langue ne saurait rendre; il est des joies bien vives qu'aucune plume ne saurait exprimer.

Dieu veut les peines; Dieu veut les joies; gloire à Lui dans le Ciel!

Morte au monde depuis quinze ans, heureuse

de rester ensevelie, il m'est doux, néanmoins, d'abandonner un instant ma retraite pour laisser ma pensée s'envoler près de vous.

Témoin de vos souffrances; ayant, à votre insu, suivi tous vos pas dans la vie; pleurant, quand vous pleuriez, louant le Ciel, quand le sourire arrivait à vos lèvres, mon âme fuit le cloître, à l'heure où votre front s'incline, attentive à la voix qui vibre à mon oreille, comme un troublant écho.

Sur un sombre passé, plein d'épreuves cruelles, l'avenir vous sourit, car votre premier pas est un pas dans les fleurs.

Dieu soit béni, ma fille; votre joie est la mienne!

Soyez heureuse, enfant! Aimez, priez, pardonnez!...... Ayez de longs jours, et n'oubliez pas le chemin de Saint-Clair.

Avec Ebrard, votre loyal époux; avec Ambroise, votre meilleur ami, faites souvent ce pieux pèlerinage. C'est l'appel d'une voix connue; ¡c'est le cri d'un cœur aimant; c'est l'accent d'une mère!

Gabrielle, adieu!...... Yvonne vous embrasse; sœur Héloïse vous bénit!»

FIN

TABLE

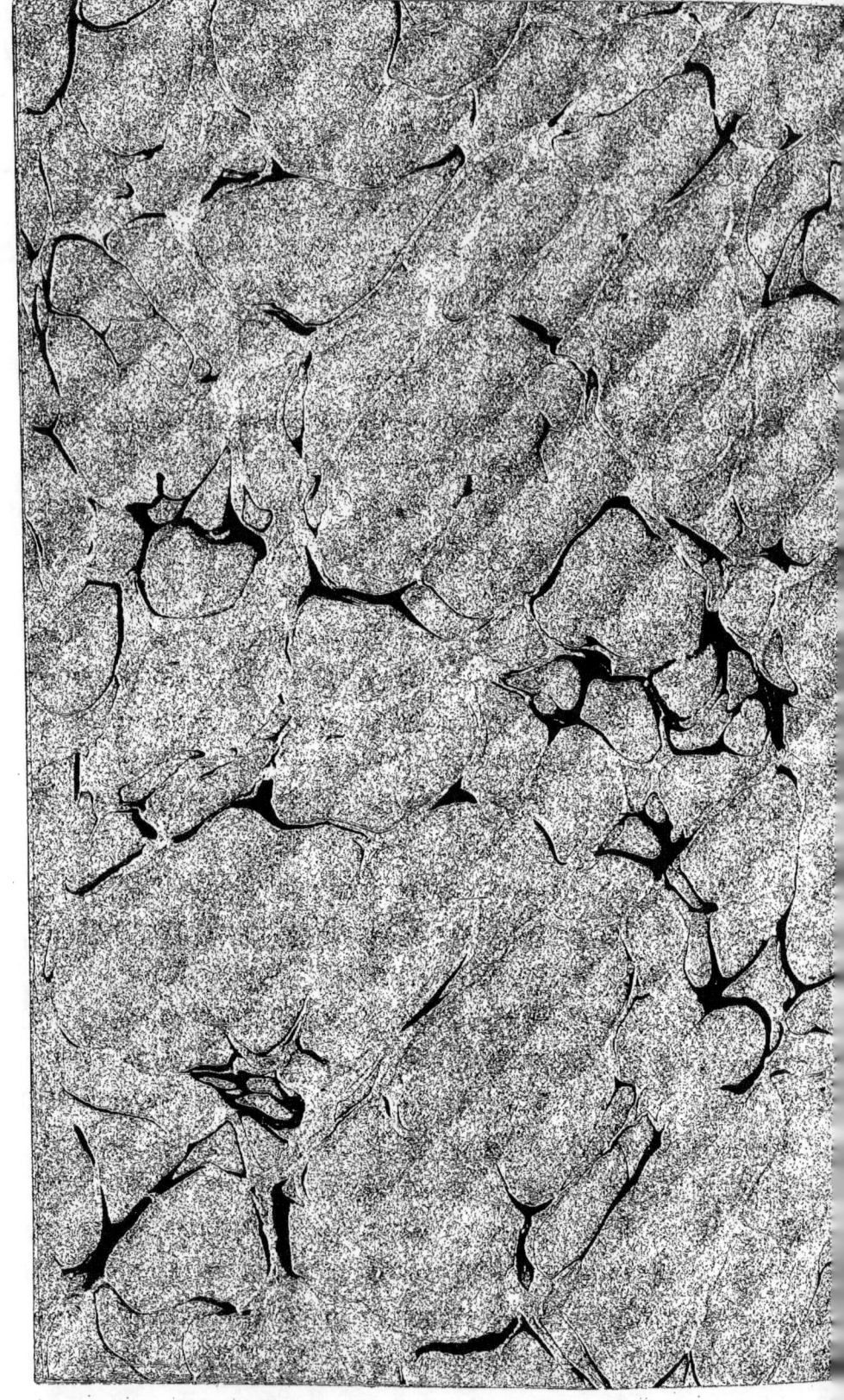

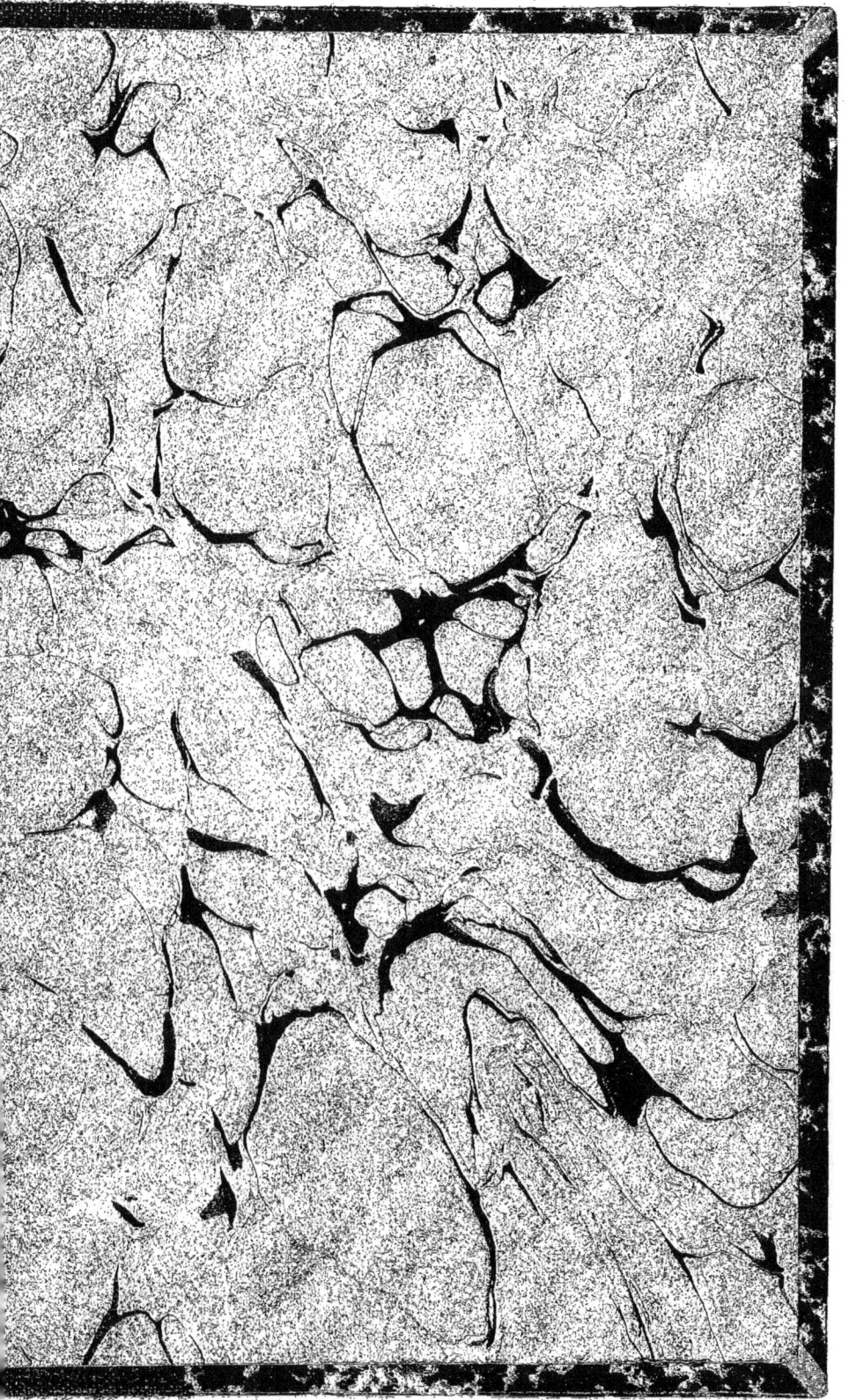

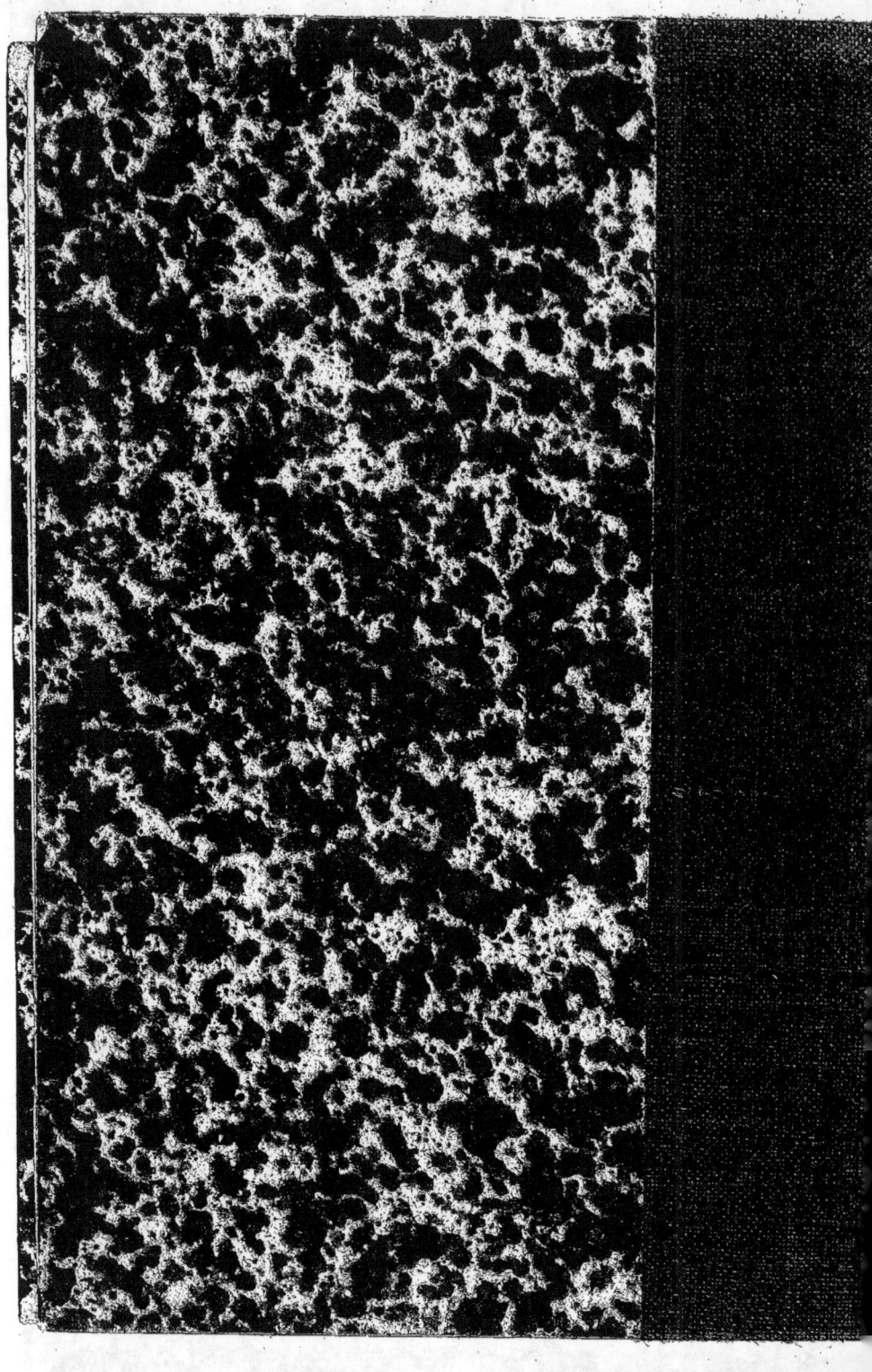